U0016985

天鷹與神豹的回憶

Las memorias del Águila y el Juagar

怪獸之城

La Ciudad de Las Bestias

伊莎貝・阿言德（Isabel Allende）　著

張雯媛　譯

《怪獸之城》國際書評

「魅力十足。」

——《校園圖書期刊》（*School Library Journal*）

「充滿驚奇與出乎意料的譏諷。」

——《出版人週刊》（*Publishers Weekly*）

「令人喝采的小說家伊莎貝・阿言德　青少年書寫的第一部小說，兼敘攸關生死的歷險以及少年成熟長大的過程，融合了魔幻寫實、嚴肅議題和現代政治，挑戰野蠻和文明的定義界線。」

——美國圖書館協會《書單》雜誌（*ALA Booklist*）

「阿言德這部作品營造令人心生恐怖的驚豔奇幻氛圍，讓粉絲急於了解遭受威脅的文化以及眾人苦心拯救雨林的結果。」——美國《邦諾》書店雜誌（*The Barnes & Noble Review*）

「阿言德大顯功力，作品一開始即擄獲讀者的心，並以快速步調帶領讀者參與書中主角亞歷山大和娜迪雅的歷險過程。」

——《青少年文學學會雜誌》（*The ALAN Review*）

「阿言德眾所周知的説故事稟賦，在叢林裡隨著想像力狂野奔馳。」

——英國《*Uncut*》雜誌

「一位具有魔法的説故事家。」

——英國《每日郵報》（*The Daily Mail*）

「亞馬遜河流域的神秘禁忌以及善與惡的力量，無不使這部攸關種族存亡的奇幻傳説更令人驚心動魄。」

——《青少年倡導之聲》雙月刊（*Voice of Youth Advocates*）

本書獲選為紐約公共圖書館青少年讀物（New York Public Library Books for the Teen Age），同時亦為獨立書商協會（The Book Sense 76）選書。

世界的盡頭，地球的淨土

——文明與野蠻的碰撞與契合

張淑英
（台灣大學外文系教授）

旅美智利名作家伊莎貝・阿言德（Isabel Allende, 1942-）二〇〇二—二〇〇五年以三年的時間完成「天鷹與神豹的回憶」（Las memorias del Águila y el Juagar）三部曲，分別以《怪獸之城》（*La ciudad de las bestias*）、《金龍王國》（*El reino del dragón de oro*）和《矮人森林》（*El bosque de los pigmeos*）帶領讀者眺望地平線的另一端，探索神秘的境域、找尋世界的淨土，與小說人物一同經歷神奇的境遇。在不同國度的層層冒險中，由拉丁美洲的亞馬遜河雨林跨越到中印邊界的喜馬拉雅山的藏族，再折回到赤道非洲的肯亞森林，引領大家思索原始與進步的界線、蠻荒與文明的演變、傳統與現代的異質、動物與人類的共生、宗教信仰的奧秘，與科學實證的二元論、生死涯涘的捨與不捨，同時指涉地球的現在與未來的隱憂。阿言德將全球化浪潮下二十一世紀的人類帶回希臘羅馬文化世界裡眾神花園的國度，回到人與動物共存的寓言故事裡，輾轉提問「發現」與「存在」的定義、「知」與「未知」的智識層次、心靈和物質的念力及慾望的轉換。這三部曲因爲大自然本身的魅力與奧秘增添了小說的趣味，也因爲未知的疆界啓發了讀者的好奇心和作家的異國想像，填補了知識的虛空。誠然，我們如果以二十五年前的《精靈之屋》（*La casa de los espíritus*）審視阿言德的創作，她的三部曲原應可以揮灑得更精采、更奇幻、更真實。阿言德表示這三部曲是寫給「青少年」的讀物，希望喚起他們對生態的關懷意識和世界觀，構思、鋪陳和敘事轉折都簡潔平直許多。

三部曲是一系列的異國旅行和冒險，主要人物有三位：亞歷山大·寇德，一位在美國長大的十五歲少年；娜迪雅，生長在亞馬遜河聖母瑪麗亞雨林的十二歲女孩，通曉動物語和印第安原住民語言；六十四歲的凱特·寇德，亞歷山大的祖母，爲《國際地理雜誌》特約記者兼女作家，這些主要人物儼然是阿言德和其兒孫的寫照。在首部《怪獸之城》中，女作家偕同孫子亞歷山大和雜誌的工作團隊，以及人類學教授勒布朗一同造訪亞馬遜河，在那兒和嚮導塞薩·桑多斯以及他的女兒娜迪雅會合後展開探險之旅。在這座神秘浩瀚的雨林中，他們遇見神奇的巫師瓦利邁，巫師秉持的傳統信念與智慧，和他們對文明的認知產生了衝突和質疑。接著一群人發現隱形村落的原住民「霧族人」，霧族人的存在讓來自所謂全知的文明世界的人感到無比詫異與驚奇。更大的驚險是他們遇見惡臭撲鼻、幾乎讓人致命的怪獸，亞歷山大和娜迪雅與怪獸協商，歷經險阻各自取得想望之物。在這一連串的冒險中，亞歷山大和娜迪雅也因神奇因緣，分別感受自己的身體與黑豹和白鷹合而爲一的神奇化身，時而可以借助動物的力量化險爲夷，而且自此兩人以動物圖騰相稱。然而，同樣的探險，殊不知文明世界中處處存在著野心勃勃的劊子手，也正蠢蠢欲動想要摧殘大地最後的淨土與原始的純粹。

一年後，祖母作家凱特・寇德巧妙安排娜迪雅到紐約，和孫子亞歷山大三人，以及《國際地理雜誌》攝影師等人再度啓程，橫度千重山萬重水抵達喜馬拉雅山，造訪地球最後的淨土——「禁地之國」，也就是金龍王國。金龍王國有著神奇雕龍的傳說，人人只聞其名，未見其形，平添外界有心人士的好奇心與覬覦。金龍王國雖然是個虛構的國家，從故事脈絡和文化描述可以知道所指涉爲西藏及其鄰國與藏傳佛教的區域。《金龍王國》的鋪陳分兩個介面，一個是祖母作家一行人的報導採訪之旅，他們驚覺造訪禁地之國人人目的各不相同；另一方面，故事著墨在金龍王國未來繼承人的訓練與陶養，迪巴度接受喇嘛師父天行的教導，十餘年來的修練爲了成就一國之君而準備。在這歷程中他們與雪人的奇遇讓師父承諾另一項預言。來自西方的一行人與遠離紅塵俗世的喇嘛師徒在娜迪雅遇難後巧遇，金龍傳說再度沸揚……

經歷金龍王國驚濤駭浪的險境之後，祖母作家一行人越挫越勇，第三次再度聯手探險，冒險之旅深入人們口中「被上帝遺忘的地方」——非洲。他們騎著大象遠征，在赤道非洲肯亞的「被詛咒的森林」經歷一樁樁奇遇。他們得知遠到這兒宣教的神職人員離奇失蹤；遇見聰明機智的矮人獵人貝爺・多構烏；也發現由高頌果國王、門班貝列軍長和巫師松貝極權統治的恩高背王國，以欺壓手段統御森林其他的族群。探險隊一行人深受矮人村的風土民情吸引——彷彿《魔戒》「哈比人」的顯影——想要幫助他們自主，然而此地巫毒教徒告知他們，必須面臨與三頭怪獸纏鬥的嚴苛考驗。於是，魔法現身，隱居多年的恩高背女王（也是女巫師）娜娜—阿桑特出現了，娜迪雅和亞歷山大的隱身術和變身能力也開始發功，展開一場善與惡的爭戰，試圖讓這個矮人村成為不同族群得以和平共存的森林。

阿言德筆下，三部曲探險隊的基本成員之外，探險的三個國度都有類似的景致與人物特色。亞馬遜河、喜馬拉雅山、非洲森林都是一個充滿色彩、樂音和感性的國度，不是刻板印象中落後蠻荒的形象。在他們的「樂園」裡，他們保有最原始的聖、美、善、真，也忠於他們的民族信仰與文化。例如《怪獸之城》裡說亞馬遜河是「地球上最後一片樂土」，《金龍王國》是「環保生態的聖地」，《矮人森林》說「非洲是人類生活的開始」，這些描述試圖追溯喚起大自然與人類的根源。文明尚未探勘與無法解釋的未知世界裡還可能住著霧族人、雪人和矮人。相對於西方一神論的宗教信仰，東方的佛教則是一個多元奧秘的禪意與心靈世界；而宗教信仰之外，民俗傳統更是一股不可侵犯的神聖力量。百年長壽的動物、巫術的世界、亞歷山大和娜迪雅人與動物（本尊與分身／精神與形骸）的融合、喇嘛天行的傾聽心靈……等等，都傳遞一種超自然的可能與神奇。《怪獸之城》裡冒險家卡里亞斯和女醫師歐麥菈、《金龍王國》的「蒐藏家」和阿馬迪歐、《矮人森林》的高頌果和門班貝列，則象徵著權力與知識的傲慢，雖然三部曲都在一個預言／寓言式的框架下交代善勝惡敗的結局，背後的意涵更是我們要深思的議題。

無可諱言，阿言德在新世紀裡，小說創作筆觸的轉變多少受到出版風潮的影響，《哈利波特》與《魔戒》書市與電影雙棲，平面與立體均告捷的佳績，造成廣大讀者觀眾披靡的現象，自然是一股引發作家迎迓類同題材書寫的吸引力。從另一個角度看，阿言德這三部曲呼應了現實社會裡人類的關切與憂慮，聯合國「政府兼氣候變遷問題小組」（IPCC）指出，從非洲及亞洲的飢餓、動植物絕種到海平面升高，全球暖化正以加速度摧殘人類及地球。「世界保護野生動物基金會」（WWF）也提出警訊，全世界自然奇觀正遭受威脅，其中包括喜馬拉雅山冰川、亞馬遜森林（熱帶雨林將變成半貧瘠的熱帶大草原）、澳洲大堡礁、加勒比海的玳瑁、中國長江等奇觀將面臨摧毀。阿言德長久旅居美國，站在文明與科技國度的制高點，以第三世界之眼書寫人文關懷，三部小說的背景正是我們賴以生存的地球，那些被遺忘、神秘不可測的區域，它們的神秘平添原始的況味，亦讓文明的觸角疏遠。小說虛構趣味之外，我們或許應該思考創作的隱喻與作家自我省思的實踐。阿言德這三部曲描繪少年亞歷山大和少女娜迪雅的成長小說，映照文明與原始碰撞產生的衝突與波痕，他們嘗試撫平並學習榫接；是老作家以筆疾書希望人類自我關照／觀照的呼籲，是給那些汲汲沉浸於「進步」的迷魅而遺忘所謂「少數落後」的文化者的灌頂之聲，也是反映生態與和平的三重奏。

給親愛的中文讀者：

但願各位可以一同分享、體驗這三部曲中的主角人物——年輕的「神豹」與「天鷹」的友誼，他們將帶領大家一同冒險，前往南美、亞洲和非洲等神奇境域。

謹致上最誠摯的祝福。

伊莎貝·阿言德

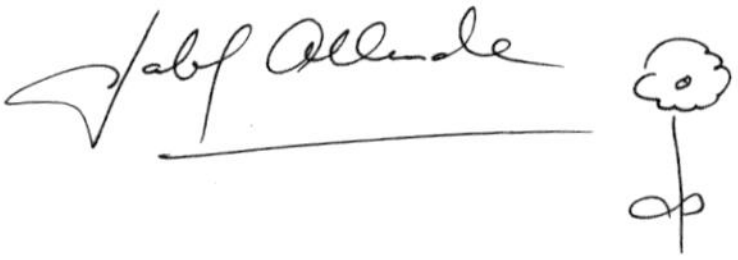

獻給亞歷山大、安德蕾雅和妮可，
他們要我說這個故事。

目次

第一章　夢魘

清晨，亞歷山大・寇德被惡夢嚇醒。他夢見一隻黑色巨鳥撞上窗戶，玻璃碎片發出轟隆聲響，鳥飛進屋裡，把母親帶走。夢中他無力地看著那隻龐然禿鷹怎樣用黃色爪子抓住麗莎・寇德的衣服，然後從那扇破碎的窗戶飛出去，消失在濃雲密布的天空裡。暴風雨聲將他吵醒，風摧擊著樹木，雨敲打著屋頂，雷電交加震耳。他感覺像身處一艘漂流的船上，搖晃地把燈點亮，然後往睡在他身旁的大狗身上擠過去靠在一起。他猜想離他家沒幾個街區的太平洋狂怒呼嘯著，洶湧海浪沖向防波堤溢瀉而出。他聽著暴風雨，想著那隻黑鳥和母親，一邊等著胸內如鼓的撞擊聲平息下來，噩夢裡的影像依舊對他糾纏不清。

男孩看了一下鬧鐘，六點半，是該起床的時間了，外頭天色剛亮。他相信那是個不祥的日子，就像那種最好是留在床上的日子一樣，因爲一切都不會順利。自從他母親生病以來，有好幾天像這樣的日子，有時候屋裡的氣氛很沉重，像沉在海底一般。那種日子裡，唯一的慰藉是逃脫，和笨球在海灘上跑步跑到上氣不接下氣。但是一星期來除了下雨還是下雨，跟真的洪水沒兩樣，而且，笨球被一頭鹿咬傷，動都不想動。亞歷山大確信他擁有的是一隻有史以來最笨的狗，絕無僅有的一條重四十公斤卻被鹿咬傷的拉布拉多犬。在笨球四年的生命裡，曾被浣熊和鄰居的貓攻擊過，現在則是一頭鹿，至於鼬鼠在牠身上噴灑臭液那種糗事可還沒算進去，那次爲了弄淡味道，還得把牠放在番茄泥醬裡泡一陣子澡。亞歷山大離開床鋪時沒打擾到笨球，然後哆嗦著穿衣服；暖氣六點就點燃了，但是還沒能把走廊上他最後這一間房間溫熱。

早餐時間亞歷山大心情不太好，沒興致去稱讚他父親做甜餅的苦心。約翰・寇德的廚藝實在不算好，他只會做甜餅，做出來卻像橡膠做的墨西哥蛋餅。爲了不傷他的心，孩子們把甜餅塞到嘴裡，但是會利用任何他不注意的時機吐到垃圾桶裡。他們曾經嘗試訓練笨球吃下甜餅，可惜沒用：狗是笨，但沒那麼笨。

「媽媽什麼時候會好呢？」妮可問，用叉子試著叉住橡皮般的甜餅。

「住嘴，笨蛋！」亞歷山大回答，他已經厭倦他小妹一個星期好幾次問同樣的問題。

「媽媽就要死了。」安德蕾雅解釋。

「騙人！她才不會死呢！」妮可喊叫。

「妳們這些乳臭未乾的小鬼，根本不知道自己在說什麼！」亞歷山大大叫。

「好啦！孩子們，平靜下來。媽媽會好起來的……」約翰・寇德插進來說話，口氣卻不具說服力。

亞歷山大一肚子氣，對他父親、妹妹、笨球和生活周遭的一切都不滿，甚至對母親也有微詞，因爲她竟然讓自己病倒了。他大步匆忙離開廚房，準備不吃早餐就出門，但是他在走廊上被狗絆倒，臉朝地摔下去。

「別擋路，白癡！」他對狗吼叫，快樂的笨球卻在他臉上響亮地舔了一下，他的眼鏡沾滿了狗口水。

沒錯，那種不祥的日子就像這樣。幾分鐘後，他父親發現輕便貨車的一個輪胎被戳破，亞歷山大得幫忙換胎，但是不管怎樣，他們還是失去了寶貴的幾分鐘，三個小孩上課遲到了。匆忙出門時，亞歷山大忘了帶數學作業，他和老師的關係因此惡化。他認爲那位老師是個悲哀的小男人，一心就想找他的碴。更糟糕的是他也忘了帶長笛，那天下午他要和學校的樂團排練；他是獨奏，缺席不得。

笛子是亞歷山大必須在中午休息時間離校返家的理由。暴風雨已經過了，但是大海仍然激盪不安，他無法從海灘抄近路，因爲海浪濺蓋過堤防，淹向街道。他繞遠路跑步回家，因爲他只有四十分鐘的時間。

自從他母親生病幾星期以來，有個婦人會來家裡打掃，但是那天她事先告知由於暴風雨的關係，所以不來了。總之，她來也沒多大用處，因爲那個房子本身就髒兮兮，甚至從外面就看得出破舊不堪，好似房屋本身就透露著悲涼的情緒，被遺棄的氛圍從庭院開始便感受得到，還延伸到各個房間，直到最後一個角落。

亞歷山大有預感他的家庭正在瓦解中。他的妹妹安德蕾雅總是和其他女孩不太一樣，現在老是奇裝異服，會迷失在她奇幻的世界裡好幾個小時，在那個天地裡，有女巫在鏡子裡窺視著，還有外星人在湯裡面游泳。她已經不是玩那玩意兒的年齡，十二歲應該對男生或穿耳洞有興趣，他想。至於妮可，家裡的老么，正在組一個動物園，好像想要彌補母親無法給予她的關懷。她餵養好幾隻老在家裡周遭踱繞的浣熊和鼬鼠；收養了六隻小流浪貓，把牠們藏在車庫裡；救了一隻斷了翅膀的怪鳥，也把一條一公尺長的蛇安置在箱子裡。如果他母親發現那條蛇，一定當場嚇死在那裡，雖然那不可能發生，因爲麗莎・寇德如果不在醫院，就是整天躺在床上。

除了他父親的甜餅和幾塊安德蕾雅拿手的美乃滋鮪魚三明治，幾個月來沒人在家裡下過廚。冰箱裡只有柳橙汁、牛奶和冰淇淋；下午他們打電話叫披薩或中國菜。一開始幾乎像個同樂會，因爲每個人可以在任意的時間吃自己想吃的東西，特別是甜食，但是，大家都開始懷念正常日子裡的健康飲食了。那幾個月裡，亞歷山大可以衡量出母親的存在曾經是多重要，而現在她不在又有多沉重。他想念她的關愛和笑容可掬的臉孔，還有她的嚴厲作風。她比父親更嚴格、更精明：根本就不可能騙得過她，因爲她有第三隻眼可看到看不見的東西。已經不再聽到她哼唱義大利文的歌聲，沒有音樂，沒有花朵，也沒有剛烘烤出爐的餅乾和油畫相混的那股特有味道。以前他母親會想盡辦法在工作室作畫好幾個小時，同時把家裡維持得一塵不染，還準備餅乾等待小孩回家；現在，她只下床一會兒，一副不知所措的模樣在幾間房間裡繞來繞去，好像不認得她的周遭環境，她瘦了，眼睛凹陷，周圍布滿黑眼圈。她的畫布，以前像是如假包換、五彩繽紛的爆炸現場，現在卻被遺忘在畫架上，油彩也在顏料管裡乾枯了。麗莎・寇德看起來像縮了水，儼然像是個安靜的鬼魅。

亞歷山大已經沒人可要求幫他抓抓背，或是，早上醒來他覺得像一條蟲時，也沒人給他打氣。他父親不是個會呵護小孩的人。他們一起出去攀岩，但是很少講話；而且約翰・寇德變了，像家裡每個人一樣。他已不再是以前那個安詳的父親，現在他經常發脾氣，不僅對小孩，也對他太太發脾氣。有時候他會吼叫，責備麗莎東西吃得不夠多或是沒吃藥，不過馬上會為自己的衝動感到後悔，然後苦惱地請求她原諒。那幾幕總讓亞歷山大不停顫抖：他無法忍受看到虛弱的母親和眼裡充滿淚水的父親。

那天中午他回到家，看到父親的輕便貨車感到很奇怪，那個時間父親都是在診所裡上班的。他從向來不上鎖的廚房後門進入，打算吃點東西、拿了長笛，就飛速回學校去。他瞧了四周一眼，只看到前一個晚上吃剩如化石般的披薩。他認命要挨餓，走向冰箱找杯牛奶喝。就在那時他聽到哭聲。一開始他以為是妮可藏在車庫的那些小貓，但是他馬上發覺聲音來自父母親的房間。他沒心情窺探，幾乎自動地走近，輕輕將半掩的門推開。看到的事讓他愣住了。

他母親穿著連身睡衣、光著腳丫，坐在房裡中間的一張椅子上，臉埋在雙手之間啜泣著。他父親站在她身後，手握一把曾經屬於爺爺的舊式剃鬍刀。縷縷黑色長髮散落在地面以及母親纖弱的肩膀上，在窗戶穿射過來的蒼白光線下，她被剃光的頭顱像象牙般閃亮無比。

男孩有幾秒鐘驚愕得全身冰冷，沒能理解那一幕，也不懂地上的頭髮是什麼意思，還有剃光的頭顱，或是父親手上那把離母親傾斜頸項僅只一毫米的發亮剃刀。當他回過神來，一聲可怖的尖叫從他的腳底竄升上來，一股瘋狂的浪濤使他全身抖動。他撲向約翰•寇德，把父親一把推到地上。剃刀在空中劃個弧形，從他的額前飛擦而過，刀尖釘住地上。他母親開始叫他，猛扯他的衣服，想把他拉開，而他卻盲目地四處揍拳，根本不管拳頭落在何處。

「好了，兒子，冷靜下來，沒事的。」麗莎•寇德苦苦哀求，用她薄弱的力氣拉住他，他父親則是用手臂護著頭顱。

終於他母親的聲音鑽進他的腦子，一時之間他的氣消了，卻因爲發覺自己剛剛做的事而轉爲驚慌失措、恐懼不安。他站起來，搖晃地向後退，然後跑開，把自己關在房間裡。他把書桌拖過來抵住房門，塞住耳朵，不想聽到父母親的叫喚。好長一段時間，他就這樣靠在牆上，閉著眼睛，試圖控制住幾乎要摧斷骨頭的那股狂飆情緒。接著他開始有條理地破壞房間裡所有的東西。他把牆上的海報取下，一張接著一張撕破；拿起球棒對著圖畫和錄放影機狂擊；將他收集的舊式汽車和第一次世界大戰的飛機搗碎；把書本的紙張撕下來；用他那把瑞士陸軍小刀挖開床墊和枕頭；把衣服和被褥剪成細條狀，最後用腳把燈踢成碎片。他這項破壞行動實踐起來一絲不苟，有方法，不出聲，像執行重要任務一般，直到用光全部力氣又沒東西可破壞時才停下來。地上到處鋪滿羽毛和床墊的塡料，還有玻璃、紙張、破布和玩具殘骸。歷經情緒起伏又用盡力氣，他似乎被摧毀了，躺在那個災難現場中間，如蝸牛般縮著身子，頭埋在膝蓋裡，一直哭到睡著。

幾個小時後，亞歷山大・寇德被兩個妹妹的聲音吵醒，花了幾分鐘才記起發生的事。他想開燈，但是燈被弄壞了。他摸索著靠近房門，卻被絆倒，當他感覺到手掌落在一片玻璃上時，一聲咒罵脫口而出。他不記得曾經移動過書桌，現在必須用整個身體去推書桌才能把門打開。走廊的光線照亮了變成戰場的房間，也照在門檻那邊兩個妹妹驚嚇的臉上。

「亞歷士，你在重新布置房間嗎？」安德蕾雅嘲弄地說，妮可在一邊遮住臉忍著不笑出來。

亞歷山大把門在她們的鼻頭前關上，坐在地上思考，用手指頭緊緊壓住手掌的傷口。他覺得失血死亡的主意滿誘人，至少做過那件糗事之後，他不用去面對父母親，但是他馬上改變想法。必須在感染之前洗淨傷口，他這樣下了決定，況且他已經開始感到疼痛，那個割痕應該不淺，有可能讓他得破傷風……他踏著躊躇的步伐走出去，因爲幾乎看不見，只好摸索著；他的眼鏡在這場災難中不見了，此時他的眼睛因哭泣而紅腫。他把頭伸進廚房，全家人都在那兒，包括他母親，她頭上綁的那條棉質絲巾讓她看起來活像個難民。

「我很抱歉……」亞歷山大結結巴巴地說，視線盯在地上看。

麗莎看到兒子身上染血的汗衫，忍下一聲驚叫，但是丈夫給她一個手勢，她便拉起兩個女孩的手臂，什麼話都沒說，就把她們帶走。約翰・寇德走近亞歷山大，查看他受傷的手。

「我不知道我怎麼了，爸爸……」男孩低聲說道，不敢抬起視線。

「我也害怕，兒子。」

「媽媽就要死了嗎？」亞歷山大用微弱的聲音問。

「我不知道，亞歷山大，把手放在冷水柱下面。」父親命令他。

約翰・寇德將血洗淨，細看傷口，決定注射一劑麻醉針，好拿出玻璃碎片，再給他縫幾針。通常見到血會惡心的亞歷山大，這回卻是任何表情都沒有，忍耐到傷口處理完畢，還心懷感激家裡有個醫生。父親在他手上抹了消毒藥膏，綁上繃帶。

「不管怎樣，媽媽都會掉頭髮，對嗎？」男孩問。

「對，是化療的關係。一次剃光總比看到一撮一撮掉落來得好。那沒什麼要緊，兒子，會再長出來的。你坐下來，我們必須談談。」

「原諒我，爸爸……我會打工，重新添購所有被我破壞的東西。」

「沒關係，我想你需要發洩。我們不要再談那件事，還有其他更重要的事我得跟你說。我必須帶麗莎去德州一家醫院，她要在那兒做個又長又複雜的治療。那是唯一可以做這種治療的地方。」

「那樣她就會康復嗎？」男孩渴望地問。

「我是這樣希望，亞歷山大。當然，我會和她一起去。這個房子要關起來一段時間。」

「兩個妹妹怎麼辦？還有我？」

「安德蕾雅和妮可會跟卡爾菈外婆一起住，你到我母親那邊。」父親解釋給他聽。

「凱特？我不要去她那裡，爸爸！爲什麼我不可以跟妹妹她們一起去呢？至少卡爾菈外婆會煮菜……」

「三個小孩對我岳母來說工作量太大。」

「爸爸，我十五歲了，這年紀至少足夠讓你先問問我的意見。你把我像個包裹一樣送到凱特那邊很不公平。每次都一樣，你做的決定，我就得接受。我已經不再是小孩了！」亞歷山大生氣地爭論。

「有時候你的作爲就像小孩。」約翰・寇德指著他手上的傷口反駁說道。

「那是個意外，任何人都有可能會發生。在卡爾菈外婆那邊我會乖乖的，我跟你保證。」

「我知道你的誠意，兒子，但是有時候你會失去理智。」

「我跟你說過弄壞的東西我會賠償的！」亞歷山大喊叫，在桌上敲了一拳。

「亞歷山大，你看到你怎麼失去控制了嗎？再怎麼說，這和你房間的損壞一點關係也沒有，在那之前我就和岳母還有我母親說好了。你們必須到外婆和奶奶那兒去，沒有其他的解決辦法，兩天後你就去紐約。」他父親說。

「我一個人？」

「你一個人，從現在開始恐怕很多事你都得一個人做。你護照帶著，因爲我想你就要和我母親開始一段歷險。」

「去哪裡？」

「去亞馬遜河流域……」

「亞馬遜河！」亞歷山大害怕地喊叫：「我看過一部有關亞馬遜河流域的紀錄片，那地方到處都是蚊子、鱷魚和搶匪，還有各種疾病，甚至有痲瘋病！」

「我想我母親知道她在做什麼，她不會帶你到有生命危險的地方去，亞歷山大。」

「爸爸，凱特她有辦法把我推到一條到處都是食人魚的河裡。有個像她那樣的奶奶，我根本不需要敵人了。」男孩講得匆忙又含糊。

「我很抱歉，但是你無論如何都得到那兒去，兒子。」

「那學校呢？我們正逢考試期間。還有，我不能突然丟下樂團……」

「學著彈性點，亞歷山大，我們家正處於危機。你知道中文字的『危機』怎麼寫嗎？危險加機會。或許麗莎生病的危險給了你一個非凡的機會。你去打包你的東西。」

「我要打包什麼？我有的東西又不多。」亞歷山大咕噥著，還在跟他父親生氣。

「那麼你東西就帶少一點。現在去親一下你媽媽，眼前這些事讓她備受打擊。麗莎面對這些事比我們任何人都要難捱，亞歷山大。我們應該要堅強起來，像她一樣。」約翰・寇德難過地說。

直到幾個月前，亞歷山大一直很幸福。他從來不曾有強烈的好奇心想探索他安全生存範圍以外的世界；他相信只要不做傻事，一切都會順利。他對未來的計畫很簡單，他想當個知名醫生，像他爺爺約瑟夫・寇德一樣，然後如果賽西麗雅・伯恩斯接受他的話，他想和她結婚，生兩個小孩，在山區附近定居。亞歷山大對自己的人生頗滿意，儘管談不上是傑出人才，他倒是個好學生、好運動員，他對人友善，也不會搞出什麼嚴重的問題。至少跟這世上的一些天生怪物比較的話，他自認爲是個相當正常的人，例如與科羅拉多手持機關槍闖進學校、殺戮同學的那些男生相比。不用談到那麼遠，他自己學校裡就有幾個討人厭的傢伙。不，他不是那種人。事實上，他唯一渴望的是回到幾個月前母親還健健康康的日子。他不想和凱特・寇德去亞馬遜河，他有點怕那個奶奶。

兩天後，亞歷山大道別了他度過十五年生命的地方。他一併帶走母親在家門口留下的身影，一頂帽子遮住她的光頭，她微微笑著，揮手跟他道再見，同時眼淚滑落在臉頰上。她看起來瘦小脆弱，但儘管這一切遭遇，她卻依然美麗。男孩上飛機時想著她和可能失去她的恐怖感覺。不！我不能這樣想，我必須有正面的想法，媽媽會康復的，在漫長的旅途中他一次又一次地喃喃低語。

第二章　古怪的奶奶

亞歷山大・寇德人在紐約機場，擠在他身邊匆忙經過的人群中間，那些人拖著行李和大包小包的東西，推擠著，撞來撞去。他們看起來像機器人，有一半的人手機貼著耳朵，對著空中說話，活像白癡一般。他一個人，背包掛在背上，一張皺掉的鈔票握在手上，另外三張摺好藏在登山鞋裡。父親叮嚀他要謹慎小心，因爲在那個龐大的城市裡，事情複雜多了，可不像他們住的那個加州海岸小鄉鎮，從來沒什麼事發生。寇德家三個小孩在街上和其他小孩一起玩耍長大，他們認識所有的人，進入鄰居的家就像進自己家一樣稀鬆平常。

男孩飛行了六個小時，從大陸的一端飛越到另一端，他坐在一個不斷出汗的胖子旁邊，這個胖子身上的脂肪越過座椅，把他的空間擠得只剩一半。每隔一段時間那個男人便困難地彎下腰，把手伸進裝著食物的袋子裡，然後開始咀嚼零食，根本不讓他安靜地睡覺或看電影。亞歷山大覺得很累，數算著結束這個酷刑所剩的時間，一直到他們終於降落，他才能伸展雙腿。他如釋重負地下了飛機，目光尋找奶奶，但是並沒在機場門口如預期般見到她。

一個小時後，凱特•寇德還是沒到，亞歷山大開始打心裡頭焦躁起來。他已經透過廣播找她兩次，但是沒回音，現在他必須把鈔票換成銅幣打電話。他很慶幸自己的記性很好，可以毫不遲疑地背出號碼，就像他從來不曾到過奶奶家，只憑她偶爾寫來的幾張賀卡，便能記住她的地址。奶奶的電話重複響著卻沒人接，他集中心念希望有人拿起電話。現在我該怎麼辦呢？他茫然地喃喃自語。他腦子想到的是打長途電話給父親，向他尋求指示，但是那可能要花掉他所有的銅板。此外，他不想像個乳臭未乾的小孩般沒主見。他父親在那麼遠又能做什麼？不，他決定了，不能因爲奶奶遲到片刻就亂了頭緒；或許她被繁忙的交通困住，或是在機場裡兜圈子找他，然後兩人擦身而過，沒看見對方。

又過了半小時，那時他對凱特•寇德已是怒火中燒，如果她人就在他面前，肯定把她臭罵一頓。他記得好幾年來奶奶對他開的那些嚴重玩笑，例如，有一次她寄來給他當生日禮物的那盒包辣椒醬的巧克力。沒有一個正常的奶奶會花工夫用注射筒把每顆巧克力的內餡抽掉，換上塔巴斯可辣椒醬，再用銀色糖果紙把巧克力包好放回盒子裡，就只爲了要消遣孫子。

他也記得她來訪時把他們嚇壞的那些恐怖故事，還有她是怎樣堅持把燈關掉才說故事。現在那些故事已經沒那麼真實，但是在童年時幾乎把他給嚇死了。他的兩個妹妹現在還會做噩夢，夢見壞奶奶在黑暗中召喚從墳墓裡逃出來的那些吸血鬼和殭屍。然而，他不能否認他們聽那些恐怖故事也聽上癮了。他們也百聽不厭她講述那些在世界各地旅行時遇到的危險，不管是真實還是想像。他們最喜歡的是馬來西亞一條八公尺長的大蟒蛇故事，蟒蛇還把她的照相機都吞下肚了。「好可惜沒把妳吞下去，奶奶。」亞歷山大第一次聽到那樁軼事時這樣發表意見，但是她並沒有生氣。同樣也是那個女人可以在不到五分鐘的時間內教會他游泳，那時他四歲，奶奶把他推到游泳池裡，最後他徹底絕望地從另一頭游過來，但是冒著可能淹死的危險。難怪婆婆來訪時，麗莎・寇德會異常緊張：她得加倍提高警覺，以確保兒女的安危。

在機場枯等了一個半小時後，亞歷山大已經不知道該怎麼辦了。他想像凱特・寇德看到他那樣苦惱一定開心得不得了，所以決定不讓她稱心如願；他必須像個男人般面對事情。他把外套穿好，將背包放在兩邊肩膀上揹好，走出街上。航廈裡邊的暖氣、吵雜聲和白色燈光對比外面的寒冷、安靜和夜晚的漆黑，他幾乎被擊倒。他根本不知道紐約的冬天這麼令人不舒服。他聞到汽油的味道，人行道上攤著骯髒的雪，冰凍的暴風雪像針一般往臉上打來。他發現因爲和家人激動道別，卻忘了帶手套和帽子，這些東西他在加州根本沒機會用上，所以放在車庫的一個箱子裡，和他的其他滑雪用具放在一起。他感到左手的傷口在跳動，在這之前傷口一直未曾讓他感到不便，他估算一到奶奶那兒就該換繃帶了。他根本無法想像她的公寓到底有多遠，也不知道那段路搭計程車要花多少錢。他需要一張地圖，但是不知道哪邊才要得到。他頂著冰凍的雙耳，雙手插在口袋裡，往公車站走去。

「你好！你一個人嗎？」一個女孩走近他。

女孩的肩上揹著一個帆布袋，帽子遮到眉毛，指甲塗上藍色，鼻子穿了一只銀環。亞歷山大目瞪口呆地看著她，儘管她身上破舊的長褲、腳上的軍鞋和算是骯髒又飢渴的外表，她幾乎像他的秘密愛人賽西麗雅・伯恩斯那麼漂亮。她身上唯一的禦寒衣物是一件橙色仿皮短外套，剛好蓋到腰部。她手上沒戴手套。亞歷山大低聲含糊回話。他父親叮嚀過他別跟陌生人說話，但是那個女生不可能是什麼危險人物，她只不過大他兩三歲，幾乎就像他母親一樣瘦弱矮小。事實上，亞歷山大站在她身邊，覺得自己很強壯。

「你要上哪兒？」陌生女孩堅持問道，一邊點根香菸。

「去我奶奶家，她住在第二大道十四街。妳知道我怎樣可以到那兒嗎？」亞歷山大向她打聽消息。

「當然知道，我要往同一個方向去，我們可以搭公車。我是摩嘉娜。」年輕女孩自我介紹。

「我從來沒聽過這個名字。」亞歷山大發表意見。

「是我自己選的啦！我那笨蛋母親幫我取了一個和她一樣俗氣的名字。你呢？你叫什麼名字？」她問道，煙從鼻子噴出來。

「亞歷山大・寇德。大家都叫我亞歷士。」他回答，聽到她用那樣的言詞談論她的家人時，他感到有點難爲情。

他們在街上等了大約十分鐘，爲了保持腳部的溫熱，兩人在雪地上不停跺腳踏步，摩嘉娜利用那段時間把她的生平做了簡短的介紹：她有好幾年沒上學了——說那是給笨蛋上的——，她受不了繼父而逃了家，因爲他簡直是頭令人做嘔的豬。

「我會加入一個搖滾樂團，那是我的夢想。」她補充說明：「我唯一需要的是一把電子吉他。你綁在背包上的盒子裡是什麼東西？」
「長笛。」
「電子的？」
「不是，是電池的。」亞歷山大開玩笑地說。
當他的耳朵就要變成冰塊的時候，公車剛好出現，兩人上了車。男孩付了自己的車費，拿回找剩的零錢，這時摩嘉娜在她橙色外套一個口袋裡找錢，然後再找另一個口袋。
「我的皮夾！我想有人偷了我的皮夾……」她口吃說道。
「抱歉，小女孩，妳必須下車。」司機下令。
「有人偷我東西又不是我的錯！」她幾乎喊叫著，亞歷山大一臉惶恐，他向來懼怕引人注意。
「也不是我的錯，請您去警察局。」司機冷冷地回答。
年輕女孩打開她的帆布袋，把所有的東西都倒在車內走道上：衣服、化妝品、炸薯片、好幾個不同大小的盒子和一包包的東西，以及一雙看起來像是屬於另一個人的高跟鞋，因爲很難想像她穿上那雙鞋的模樣。她以驚人的超慢速度檢查每件衣服，把衣服翻過來翻過去，打開每個盒子和每包東西，也在眾人面前抖甩內衣。亞歷山大轉移視線，越來越慌張，他不想讓人以爲那個女孩和他是同夥的。
「我不能整個晚上等妳，小女孩，妳必須下車。」司機重複說道，這次用的是威脅語氣。

摩嘉娜不理他。那時她已經脫下橙色外套，正在檢查內裡，這時公車上的其他乘客開始抗議開車時間延誤。

「借我一點錢！」最後她對亞歷山大提出要求。

男孩感到耳朵的冰塊正在融化，他猜這時耳朵一定變紅了，每逢緊張時刻他就會這樣。耳朵是讓他受苦的十字架：那雙耳朵老是背叛他，尤其是面對賽西麗雅・伯恩斯時。她是他從幼稚園就在心裡偷偷愛戀的女生，但他卻不抱一點被回應的希望。亞歷山大已經下了結論，賽西麗雅大可在學校最好的運動員之間做選擇，所以沒有任何理由把眼光放在他身上。他各方面都不出色，唯一的天份就是攀岩和吹奏長笛，但沒有任何一個頭腦清醒的女生會對山丘或長笛有興趣。他命中注定要在剩餘的人生裡默默愛著她，除非有奇蹟出現。

「借我錢付車費。」摩嘉娜重複說道。

正常狀況下亞歷山大不會在意損失一點錢，但是那時候他沒有耍慷慨的條件；另一方面，他卻決定幫她，在那種情況下，沒有一個男人可以把一個女人丟下不管。他手上的錢剛好夠資助她，不需要用到登山鞋裡摺好的鈔票。他付了第二張車票，摩嘉娜開玩笑地用手指指尖送給他一個吻，對司機吐舌頭，司機生氣地看著她，她快速地收拾東西，跟著亞歷山大走到車子最後一排，兩人坐在一起。

「你救了我一命。一有錢，我就還你。」她向他保證。

亞歷山大沒回話。他有個原則：如果你借錢給人，而你又不會再見到他，那錢就算是花掉了。

摩嘉娜給他的感覺是既迷人又討厭，她完全不同於他鄉鎮裡的任何一個女孩，甚至和最大膽的那些女孩也不一樣。爲了避免像個笨蛋張著嘴巴看著她，漫長旅途中他大半保持沉默，視線盯著窗戶漆黑的玻璃，玻璃上反射著摩嘉娜的身影和他自己消瘦的臉，他戴著圓形眼鏡，有一頭和母親一樣的深色頭髮。什麼時候他才能刮鬍子呢？他不像好幾個已經發育完全的朋友；他還是個沒鬍子的小男生，是班上最矮小的幾個男生之一，甚至賽西麗雅・伯恩斯都比他高。有別於學校的其他青少年，他唯一的優點是皮膚很健康，因爲只要長了一顆青春痘，他父親會馬上給他注射可體松。他母親向他保證沒必要擔心，有些人早點長高，有些人比較慢，寇德家族每個男人都很高；但是他知道基因遺傳很難說得準，他大有可能遺傳到母親那邊的家族。麗莎・寇德甚至當個女人也算矮小，她從後面看過去就像個十四歲的小女孩，特別是自從病魔把她壓縮得像個骷髏，就更像了。一想到她，他就覺得胸口悶，缺氧，好像有個巨大的拳頭抓住他的脖子。

摩嘉娜已經把橙色皮外套脫掉。她裡頭穿著一件黑色蕾絲短衣，肚子露在外面，脖子上戴著一條鑲上金屬環刺的皮項圈，像凶猛惡犬的頸圈。

「我想菸想得要死。」她說。

亞歷山大向她指了指公車內禁止吸菸的標誌。她向四周瞧了一眼，沒人注意他們；他們身邊有好幾個空位，其他的乘客不是閱讀就是打瞌睡。確認沒人注意他們之後，她把手伸進上衣，從胸部抽出髒兮兮的小袋子。她用手肘推他一下，把小袋子放在他鼻子前晃動。

「大麻。」她低聲說。

亞歷山大・寇德搖頭拒絕。他並不認爲自己嚴謹清高，一點也不，他有幾次還嘗過大麻和酒精，像他中學裡幾乎所有的同學一樣，但是除了因爲是被禁止外，他無法理解那些東西有何迷人之處。他不喜歡失去控制，攀岩讓他喜歡上能夠掌控身體和頭腦的感覺。每回他和父親從那些攀岩活動回來，都是筋疲力竭，全身疼痛又飢腸轆轆，但是他感到無上的快樂，充滿能量，因再度征服他的恐懼和山巒的障礙而感到驕傲。他覺得興奮，有力氣，幾乎是無敵鐵人。那些情況下，他父親總是友善地拍拍他的背，像是嘉獎他的壯舉，但卻從來都不說什麼，不給他有虛榮的機會。約翰・寇德不喜歡說奉承的話，要從他那兒得到一句讚賞是很困難的，但是他兒子也不期待聽那種話，父親很男子氣概地拍拍他的背就夠了。

亞歷山大效法父親，學會盡責把本分做到最好，不吹噓炫耀，不過，私底下他相當自豪他自認的三項優點：攀岩的勇氣、吹奏長笛的才華，和清晰的思考能力。要承認他的缺點比較困難，儘管他發現至少有兩個他必須改善的缺點，像他母親不只一次讓他自己注意到的：他的懷疑態度，那使他對幾乎所有的事情都抱持懷疑；以及他的暴躁脾氣，這會使他在最想像不到的時候發飆。這是新的經驗，因爲不過是幾個月前，他還相當容易相信一切，心情總是很愉快。他母親確信那是年紀的問題，以後他就不會那樣，但是他並不像她那麼肯定。不管怎樣，摩嘉娜的好意並不吸引他。幾次嘗試吸食毒品的經驗裡，他並沒有像幾個朋友說的飛向天堂的感覺，反而覺得頭內烏煙瘴氣，腿就像羊毛般軟弱無力。對他而言，沒有比在一百公尺的高度拉著繩子搖晃在半空中更刺激了，而且還很清楚了解該走的下一步在哪裡。不！他哪是吸毒的料。香菸也甭提，因為他攀岩和吹奏長笛都需要強健的肺腔。他一想起凱特奶奶為了要徹底根除香菸對他的誘惑所用的方法，不禁淡淡笑了起來。那時他十一歲，儘管父親對他說教，談到肺癌和尼古丁的其他後遺症，他還是經常和朋友在健身房後面偷偷抽菸。凱特・寇德去他們家一起過聖誕節，她那獵狗般的鼻子沒多久就發現菸味，不管他嚼口香糖或噴灑古龍水來掩蓋都沒用。

「亞歷山大，年紀這麼小就抽菸了？」她心情非常愉快地問他。他試著否認，不過奶奶沒給他時間。「跟我來，我們去兜風。」她說。

男孩上了車，緊緊扣好安全帶，唇齒間低聲祈求好運，因為奶奶開車很恐怖。紐約沒幾個人有車成了她的藉口，她開車就像有人在後面追她。一路跌跌撞撞，又踩了好幾次緊急煞車，她把車開到超級市場，在那兒買了四大根黑濃的雪茄；然後載他到一條安靜的街道，把車停在沒有冒失鬼窺看的地方，開始幫兩人各點一根雪茄。他們車門窗戶緊閉，不斷地抽菸，直到煙霧讓他們無法從窗戶看到東西。亞歷山大覺得頭在轉圈圈，胃則是一上一下地跳動。很快他就撐不下去了，打開車門，像個布袋般滾到地上去，連他的靈魂都病倒了。他奶奶微笑等著他吐光胃裡的東西，一點也沒撐住他的額頭或安慰他的意思，要是他母親就一定會那樣做，她隨後又點了另一根雪茄，遞給他。

「來吧！亞歷山大，證明你是個男人讓我看，再來一根吧！」她用最好玩的口氣對他挑釁。

接下來的兩天，男孩必須留在床上，他慘綠得像隻蜥蜴，相信噁心和頭痛就要奪走他的命。他父親認為是病毒，母親立即懷疑是她婆婆，但是她不敢直接指控凱特毒害孫子。從那時開始，亞歷山大幾個朋友之間風行的抽菸行為，反而讓他感到反胃。

「這是頂級的大麻。」摩嘉娜指著小袋子裡的東西堅持說道：「我還有這個，如果你比較喜歡這個的話。」她補充說明，給他看手掌裡的兩顆白色藥片。

亞歷山大再度把視線拉回到公車車窗上，沒回答她。經驗教他最好不說話，不然就改變話題。這時說任何話聽起來都會很蠢，那女孩會以為他是個乳臭未乾的男孩，或是有基本教義的宗教信仰。摩嘉娜聳聳肩，把她的寶貝藏好，等待另一個更恰當的時機。他們正要駛進位於市中心的公車站，必須下車了。

那個時候頻繁的交通尚未稍減，街上的人潮也一樣，儘管辦公室和商店都關門了，酒吧、劇院、咖啡廳和餐廳仍在營業中。亞歷山大和人們擦肩而過，無法辨識他們的臉孔，只看到他們曲著背的身影裹在深色大衣裡快速地步行。他看到幾個倒在地上的模糊身軀緊靠著人行道上的幾個鐵欄，蒸氣從那兒裊裊升起。他了解那些人是遊民，正蜷曲著身體緊靠大廈的暖氣孔在睡覺，那是冬夜裡唯一的熱氣來源。

生硬的霓虹燈和車輛的照明讓又濕又髒的街道看起來很不真實。角落裡有堆積如山的黑色袋子，幾個破了，垃圾遍灑一地。一個裹在襤褸大衣裡的女乞丐，用一根棍子往那些袋子裡挖鑿，一邊用獨創的語言唸了一長串的話。亞歷山大為了避開一隻尾巴被咬傷還流著血的老鼠，必須跳到另一邊去，那隻老鼠在人行道中間，人們經過時，牠一動也不動。繁忙交通的喇叭聲、警察的警鈴聲，和偶爾傳來救護車的哭號聲劃破空中。一個非常高大但沒氣質的年輕男子經過，喊著世界就要消失了，把一張皺掉的紙塞到亞歷山大手裡，紙張上面有一位半裸的豐唇金髮女郎提供按摩服務。一個穿溜冰鞋、耳朵戴著耳機的人撞到那個年輕男子，把他彈到牆上。「你看你走什麼路，白癡！」侵犯的來者喊叫。

他覺得手上的傷口又開始砰動。他想他是沉浸於一場科幻噩夢中，在一座由水泥、鋼鐵、玻璃、汙染和孤寂組成、令人畏懼的大都會裡。一股鄉愁像浪潮襲擊著他，他懷念那個他度過一生的靠海小鎮。那個安靜又無趣的鄉鎮，那個以前他常常想逃離的地方，現在他卻覺得美妙無比。摩嘉娜打斷他憂鬱的思緒。

「我餓死了，我們可以吃點東西嗎？」她提議。

「已經很晚了，我必須到我奶奶那兒去。」他找藉口。

「放心，小夥子，我會把你帶到你奶奶那邊的。我們就在附近了，但是我們最好給肚子餵點東西吃。」她堅持。

她沒給他機會拒絕，便拉著他的手臂走進一間吵雜的店家裡面，那地方聞起來有啤酒味、陳腐的咖啡味和油炸味。一張富美家①平板的長桌後面有兩三個亞裔雇工正端出幾盤油膩膩的

---

① 富美家（Formica）為表面裝飾建材之品牌。該公司乃跨國性企業，於一九一三年在美國俄亥俄州成立，成立之初的產品即兼具耐火、防潮、耐高溫等特性，用以取代雲母片（For-Mica），因而命名。

菜餚。摩嘉娜在長桌前面一張高腳椅上坐下來，開始研究牆上黑板用粉筆寫的菜單。亞歷山大清楚知道輪到自己付那頓飯錢，爲了取出藏在鞋裡的鈔票，他走向洗手間。

洗手間裡的牆壁塗滿了淫穢的語彙和圖畫，地上有皺巴巴的衛生紙和鏽蝕的水管滴水造成的水窪。他走進一間廁所，用門閂鎖上門，把背包放在地上，儘管感到惡心，他還是得坐在馬桶上才能脫下鞋子，在那個狹小空間裡執行這個任務並不簡單，特別是他一隻手綁著繃帶。他腦子閃過父親所說的病菌和公共廁所裡可能傳染的無數疾病。不過，他還是得顧好他不多的錢財。

他嘆了氣，數一下錢；他不打算叫東西吃，也希望摩嘉娜吃一道便宜的餐點就好，她不像是那種食量很大的女孩。他還沒安全抵達凱特・寇德的公寓之前，那三張對摺再對摺的鈔票是這世上他所擁有的一切，它們代表獲救和倒在街頭死於飢寒的差別，像沒多久前才看到的那些乞丐一樣。如果沒找到奶奶住的地方，他還是可以回到機場某個角落去過夜，然後隔天飛回他家，他擁有的回程機票就是爲了回家。他重新穿好登山鞋，把錢放在背包的一個袋子內，走出廁所。洗手間裡沒有其他人在。他走到洗手台前，把背包放在地上，調整好左手的繃帶，抹上肥皂細心地清洗右手，爲了趕走疲憊，他把不少水往臉上灑，然後用紙擦乾。當他彎下腰要拿背包時，他驚恐發現：背包不見了。

他飛速離開洗手間，心臟如奔騰的馬般跳動著。搶劫在不到一分鐘前發生，小偷不至於走遠，如果他手腳快些，可以在搶匪消失於街上人群中之前抓到人。在店家裡一切照常運作，同樣那些流汗的雇工還在櫃檯後面，同樣的冷漠老主顧，同樣的油膩食物，同樣的杯盤聲和放到最高音量的搖滾樂。沒有任何人注意到他的不安，當他喊叫有人搶了他的東西時，沒人回頭來看他一眼。唯一不同的是，摩嘉娜已經不在吧台前，他之前把她留在那兒的，現在沒有她的蹤影。

亞歷山大立即猜到是誰小心跟在他後面，是誰躲在洗手間門的另一邊靜候良機，是誰在他眼睛一睜一閉之間拿走他的背包。他在額頭上拍打一下。我怎麼會這麼天真！摩嘉娜把他當個小孩耍騙，除了穿在身上的衣服，她奪走他所有的東西。他丟了錢、回程飛機票，甚至他珍愛的長笛。唯一留下的是護照，他恰巧放在外套口袋裡，他必須異常努力才能戰勝他想如小孩般嚎啕大哭的慾望。

第三章　雨林惡人

「有嘴巴的人，就到得了羅馬。」是凱特・寇德的箴言之一。工作迫使她到遙遠的地方旅行，在那些地方，她肯定常常實踐這句俚語。亞歷山大算來是個害羞的人，對他而言，爲了弄清事情而得開口跟陌生人說話卻是件吃力的事，但是沒有其他的解決方法。他好不容易情緒穩定下來可以講話，走近一個咀嚼著漢堡的男人，問他怎麼抵達第二大道十四街。那傢伙聳聳肩沒回他話，男孩覺得被羞辱而臉上泛紅。遲疑了幾分鐘，最後他對櫃檯後的一位雇工開口問路。那人用手裡握著的刀子劃了一個模糊的方向，給他指點迷津，吼叫的聲音蓋過餐廳的吵雜聲，加上口音太重，他根本一個字也聽不懂。他確信那不過是個邏輯問題：他該弄清楚第二大道在哪一邊，然後數算街道，這很簡單；不過，當確定自己人在第八大道四十二街，估算必須要在那個寒天凍地裡走多少路時，他不再覺得那麼簡單了。他感謝攀岩的訓練：如果他可以六個小時像隻蒼蠅般攀爬岩石，在平坦的地面上他大可走上區區可數的幾個街區。他拉上外套的拉鍊，頭縮進雙肩裡面，雙手插在口袋裡，開始走路。

男孩抵達奶奶住的那條街道時，已經過了半夜，也開始下雪了。那一區讓他覺得又老又舊又醜，四周看不到一棵樹，而且有好一會兒沒看到人影了。他想，那種時間只有像他這種絕望的人會在危險的紐約街道上行走，他能逃過攔路搶劫的劫數，不過是因爲沒有搶匪有心情在那種寒冷天氣出門。那棟大樓是一座灰色高塔，坐落於好多其他一模一樣的高塔中間，還被保全欄杆圍起來。他按門鈴，凱特•寇德沙啞刺耳的聲音馬上傳來問道：半夜這種時間有誰敢來打擾！亞歷山大猜她正在等他，即使她一定絕口不承認。他冷到連骨頭都凍壞了，在他生命中，從來沒這麼需要倒在某個人的懷裡，但是電梯門終於在十一樓打開，他人站在奶奶面前，卻決定不容許讓她看到自己軟弱的樣子。

「您好，奶奶。」他盡力清楚咬字打招呼，因爲牙齒打架打得厲害。

「我跟你說過不要叫我奶奶！」她責罵他。

「妳好，凱特。」

「你遲到很久，亞歷山大。」

「我們不是約好妳要來機場接我的嗎？」他回答，試著不讓眼淚奪眶而出。

「我們什麼都沒約。要是你沒辦法從機場到我家，就更沒辦法跟我去雨林了。」凱特•寇德說：「你把外套和鞋子脫掉，我去給你泡杯巧克力，幫你準備熱水澡，但是你要搞清楚，我這麼做只是要避免你得肺炎，你必須身體健康才能旅行。未來你不要期待我呵護你，了解嗎？」

「我從來沒期待過妳呵護我。」亞歷山大回答。

「你的手怎麼了？」她看到溼答答的繃帶時問道。

「說來話長。」

凱特・寇德的小公寓很暗，到處都是東西，紊亂不堪。其中玻璃骯髒不堪的兩扇窗戶朝向有光線的中庭，第三扇窗戶則是對著一片磚牆，附設救火逃生梯。他看到各個角落丟著行李箱、背包、大包小包的東西和箱子，桌上放著堆積如山的書報雜誌。還有兩三個從西藏帶回來的人類骷髏頭、非洲矮人的弓箭、阿塔卡馬沙漠的骨灰罈、埃及的聖甲蟲石雕，以及其他千百種東西。一張長蛇皮攤開趴在一整面牆上，那張皮曾經屬於馬來西亞吃掉照相機的那條大名鼎鼎的蟒蛇。

一直到那時，亞歷山大才看到他奶奶身處在原屬於自己的氛圍裡，他也必須承認，現在親眼看到她也被自己的東西包圍住，感覺有意思多了。凱特・寇德六十四歲，削瘦但是有肌肉，純纖維沒脂肪，皮膚是風吹日曬後的黝黑厚實；她那雙曾經看遍世界的藍色眼睛像匕首一樣銳利。她那頭灰髮四處亂竄，是自己不照鏡子剪的，看起來好像從來沒梳過似的。她爲自己既大顆又強健的牙齒感到自負，那些牙可以咬開核桃，打開酒瓶瓶蓋；她也很驕傲從來沒斷過一根骨頭，從來沒看過醫生，從瘧疾侵襲到蠍子咬傷，她都存活下來。她喝伏特加是一口乾杯，用水手菸斗抽濃菸。冬天夏天都穿著同樣的寬大長褲和一件無袖背心，背心上面到處都有口袋，口袋裝著遇到災難時可以讓她活命的必備東西。遇上必要穿著高雅的某些場合，她會脫下背心，戴上熊的犬齒做成的一條項鍊，那是一位阿帕契族酋長送的禮物。

亞歷山大的母親麗莎很怕凱特，但是孩子們老是渴望她來訪。那個荒誕古怪的奶奶經歷過無數不可思議的探險，總是給他們帶來充滿異國風味地區的訊息，那些地方古怪到難以想像。三個孫子珍藏著她刊登在各種報章雜誌上的旅遊報導，以及她從東西南北各地寄給他們的明信片和相片。儘管有時候他們把她介紹給朋友很難爲情，心裡面卻很驕傲家中有個幾乎算是名人的成員。

半個小時後，亞歷山大因泡過澡身體熱了起來，他身上包著浴袍，穿著毛襪，猛吞著肉丸子和馬鈴薯泥，那是少數他喜歡吃的食物之一，也是凱特唯一會做的菜餚。

「那是昨天吃剩的。」她說，但是亞歷山大相信那是她特地爲他準備的。爲了不要被看作傻子，他不想跟她描繪遇到摩嘉娜的歷險記，但是他必須承認所有帶來的東西都被偷走了。

「我猜妳要對我說，學著點，不要相信任何人。」男孩紅著臉含糊其詞。

「剛好相反，我要告訴你，得學著相信你自己。你看到了，亞歷山大，不管怎樣，你一路沒事終於抵達我的公寓。」

「一路沒事？我幾乎凍死在路上。等到春天融雪時，我的屍體才會被發現呢！」他反駁說道。

「一段千萬里的旅程總是從跌跌撞撞開始的。那你的護照呢？」凱特詢問。

「我帶在口袋裡才逃過一劫。」

「你要用膠帶把它黏在胸膛上，因爲你要是丟了它，就完蛋了。」

「我最不捨的是笛子。」亞歷山大說。

「我得把你爺爺的長笛拿給你。我本來想把它留到哪天你展露才華再給你，但是我想在你手中總比丟在那兒好。」凱特釋出善意。

她在從地板到屋頂占滿公寓牆壁的書架堆裡找尋，然後把一個布滿灰塵的黑色皮匣子交給他。

「拿去，亞歷山大。你爺爺用了它四十年，好好保管。」

匣子裡放著約瑟夫•寇德的長笛，如他過世時樂評家所言，他是二十世紀最偉大的長笛家。「要是在可憐的約瑟夫在世時他們就這樣說，會更好。」這是凱特在報章上看到這段話時所下的評語。那時他們已經離婚三十年，不過約瑟夫•寇德在遺囑裡把一半財產留給前妻，包括現在他孫子手上拿的這支他最好的長笛。亞歷山大恭敬地打開磨損的皮匣子，撫摸著長笛：真是美極了。他謹慎地拿起長笛，放到唇邊。他一吹氣，樂器飄揚出來的音符美妙極了，他自己都嚇了一跳。聽起來的效果和摩嘉娜偷走的那支非常不一樣。

凱特•寇德給孫子時間檢視樂器，也給他時間如她所期待那般衷心感激她；她隨即遞給他一本看起來不怎麼樣的泛黃書冊，書皮都鬆掉了：《勇敢旅者健康指南》。男孩隨意打開書本，讀到吃下祖先腦子而得到的一種致死疾病的症狀。

「我不吃器官的。」他說。

「從來沒人知道肉丸子裡放的是什麼東西。」她奶奶回答。

驚嚇之餘，亞歷山大不信任地看了看他盤裡剩下的東西。和凱特・寇德在一起要非常小心注意，有個像她那樣的祖輩相當危險。

「明天你必須接種預防針，防止半打的熱帶疾病上身。讓我看看那隻手，你不能帶著感染的傷口旅行。」凱特下令。

她粗魯地翻看那隻手，確定她兒子約翰的縫工做得又細又好，為了防患起見，她把半瓶的消毒藥水倒在傷口上，她宣布隔天會親自替他拆線。那很簡單，她說，任何人都會拆。亞歷山大戰慄不安，他奶奶視力不良，用的是瓜地馬拉菜市場買來的一副有割痕的二手眼鏡。替他換新繃帶的同時，凱特向他解釋，《國際地理雜誌》贊助了一支探險隊，要前往巴西和委內瑞拉之間亞馬遜河雨林的心臟地帶，目的是尋找一隻可能像是人類的龐大動物。牠好幾回被人看到，也有人找到牠巨大的足跡。靠近過牠的人都說那隻動物——或是那個原始人類——比熊還要高大，手臂很長，全身長滿黑毛。牠等同於喜馬拉雅山裡的雪人，不過是在雨林裡。

「有可能是隻猴子……」亞歷山大提出意見。

「你不認為已經不只一人想過那種可能性嗎？」她奶奶打斷他的話。

「但是沒有證據證實牠真的存在……」亞歷山大大膽表示意見。

「亞歷山大，我們沒有那頭**怪獸**的出生證明。啊！有個重要細節：聽說牠會釋放一種刺鼻的氣味，動物和人類在牠附近都會昏倒或癱瘓。」

「如果有人昏倒就沒人看過牠。」

「沒錯，但是從足跡可以知道牠用兩隻腳走路。而且牠不穿鞋子，或許這是你的下一個問題。」

「不！凱特，我下一個問題是牠戴不戴帽子。」她孫子爆出一句話。

「我想沒有。」

「牠危險嗎？」

「不，亞歷山大。牠最親切不過了。不偷搶，不劫持小孩，不會破壞私人財產，只會殺人。牠做得乾淨俐落，不發出聲音，只極其優雅地打斷受害者的骨頭，挖出內臟，像個專家似的。」他奶奶開玩笑地說。

「牠殺了多少人？」亞歷山大詢問，越來越不安。

「不多，如果我們看到世界上人口過量的情形的話。」

「好幾個淘金的人，兩三個士兵，幾個商人……總之，沒人知道正確的數字。」

「多少啊？凱特！」

「牠殺了印第安人嗎？多少個？」亞歷山大問。

「老實說，沒人知道，印第安人只會數到二。而且，對他們來說，死亡是件相對的事情。例如說，如果他們認爲有人搶走他們的靈魂，或是有人在他們的足跡上走路，或是掠奪他們夢見的東西，那比死了還更糟糕。相反地，死去的人卻可以用鬼魂的模式繼續活下去。」

「真複雜。」亞歷山大說，他不相信鬼魂。

「誰跟你說過生命是簡單的？」

凱特・寇德向他解釋，探險隊是由一位知名的人類學家盧多維克・勒布朗教授率領，他花了好幾年在中國和西藏邊境研究所謂的「雪人」，或是「雪地惡人」的足跡，但是沒找到人。他也和亞馬遜河流域裡印第安人的某個部落相處過，他堅持那是地球上最野蠻的人：他們的俘虜稍不注意就會被吃掉。這個訊息令人不安，凱特承認。會有個叫塞撒・桑多斯的巴西人來當嚮導，他一生都在那塊區域度過，和印第安人的關係良好。那個人擁有一架有點老舊的小飛機，但是狀況還不錯，他們搭上那架小飛機可以深入原住民部落的領土。

「我們在學校一堂生態學的課上讀到亞馬遜河流域。」亞歷山大說，他眼睛已經閉上了。

「有那堂課就夠了，你不需要知道更多。」凱特指出。她又補充說道：「我猜你累了，你可以睡在沙發上，明天一早你開始幫我做事。」

「我得做什麼？」

「做我命令你做的事啊，現在我命令你睡覺。」

「晚安，凱特……」亞歷山大喃喃低語，蜷曲在沙發的抱枕上。

「嗤！」他奶奶嘟囔著。等他睡著了，她才拿兩條毯子給他蓋上。

第四章　亞馬遜河

凱特和亞歷山大・寇德搭乘商務客機飛越巴西北部。連續好幾個小時，他們從空中看到一片漫無止境的森林，全部都是同樣濃烈的深綠色，河流像光亮的蛇隻流竄其間。最巨大的一條河是咖啡加牛奶的顏色。

「亞馬遜河是地球上最寬最長的河流，五倍大於其他河流。只有太空人前往月球的旅途中，才能從遠處看到全貌。」亞歷山大讀著奶奶在里約熱內盧買給他的那本觀光旅遊書。書內並沒說那塊無邊無際的區域——地球上最後一片樂土——遭受貪婪的企業家和冒險家有計畫的破壞，他在學校卻是這樣學的。那兒正在興建一條公路，在雨林中烙下大剌剌的一條敞開的砍痕，成批的墾荒者從那條公路進入，以公噸計算的木材和礦產也從那兒運出。

凱特告知孫子，探險隊要從內格羅河①往上走，一直到奧里諾科高地②，那是個幾乎未開發

①葡文為Rio Negro，是亞馬遜河水量最豐沛的支流。此河發源於哥倫比亞，哥國境內稱瓜尼亞河

的三角地帶，是大多數部落聚集的地方，大家猜測**怪獸**就是從那裡來的。

「這本書說那些印第安人過著像石器時代的生活，他們還沒發明輪子。」亞歷山大說明。

「他們不需要輪子，在那塊土地用不上，他們沒有任何東西要運送，也不急著到任何地方去。」凱特・寇德回答，她寫東西的時候不喜歡有人打擾。大半的旅途她都花在筆記本上做筆記，字跡渺小又糾葛不清，活像蒼蠅的足跡。

「他們不識字。」亞歷山大補上一句。

「他們的記憶力一定很好。」凱特說。

「他們沒有藝術表現形式，只會在身上彩繪，用羽毛妝飾打扮。」亞歷山大解釋。

「他們不太在乎留名萬世或是比別人突出，我們所謂的『藝術家』絕大多數都該向他們看齊。」他奶奶回答。

他們要去瑪瑙斯，那是亞馬遜河流域人口最多的城市，在十九世紀末的橡膠時代興盛繁榮。

「你就要認識世界上最神秘的雨林了，亞歷山大。那兒有些地方的鬼魂就在大白天蓄意出

（Guainía），形成和委內瑞拉的天然疆界；注入巴西後始稱內格羅河（意為「黑河」），而且有舟楫之利，可行大船。

② 奧里諾科高地（AltoOrinoco），為環抱奧里諾科河（Río Orinoco）上游的高山地區。該河流源自委內瑞拉亞馬遜河州和巴西的邊界山區，河域廣大，超過一百萬平方公里，其豐沛水量居世界第二，僅次於亞馬遜河。

沒。」凱特解釋。

「當然，就像我們要找的『雨林惡人』。」她孫子微笑著挖苦。

「人們叫牠**怪獸**。或許不僅一頭，而是好幾頭，一個家庭或一部落的**怪獸**。」

「對妳這把年紀來說，妳實在太輕易相信事情了，凱特。」男孩發表看法，看到奶奶相信那些說法，他無法避免嘲弄的語氣。

「隨著年紀增長，態度就會越謙卑，亞歷山大。我的年紀越大，越覺得自己無知。只有年輕人才會對一切有所解釋。你這年紀可以目中無人，做荒謬的事也不太礙事。」她冷淡地回答。

他們在瑪瑙斯下了飛機，馬上感受到當地氣候像吸滿熱水的毛巾貼在皮膚上。他們在那兒和《國際地理雜誌》探險隊的其他成員會合。除了凱特・寇德和她的孫子亞歷山大，還有英國攝影師提摩西・布魯斯──他有張像馬的長臉和一口尼古丁染黃的牙齒──和他的墨西哥助手約耳・岡薩雷茲，以及有名的人類學家盧多維克・勒布朗。亞歷山大想像勒布朗該是個身材魁梧、蓄留白鬍鬚的智者，但是結果卻是個大約五十歲的小男人，矮小、削瘦、神經質，嘴上永遠掛著一副輕蔑殘酷的表情，還有一雙凹陷的老鼠眼。他全身的裝扮像電影裡面捕捉猛獸的獵人一樣，從腰部攜帶的武器到沉重的靴子，還有一頂五顏六色小羽毛裝飾的澳大利亞帽子。凱特的嘴巴裡念著，勒布朗僅少了一頭死老虎來讓他撐腳。年輕時，勒布朗曾經在亞馬遜河流域待過一段不算長的日子，寫了厚厚一本關於印第安人的專題論文，在學術界造成轟動。巴西嚮導塞撒‧桑多斯應該要到瑪瑙斯來接他們，但是他的小型飛機出了毛病而無法抵達，因此他改在聖母瑪麗亞雨林等候大家，團員必須搭船去那兒和他會合。

亞歷山大證實了位於亞馬遜河和內格羅黑河交會處的瑪瑙斯是個現代化的大城市，城內高樓大廈林立，交通令人窒息，但是他奶奶向他釐清那兒的大自然無法馴服，水災季節會有鱷魚和蛇隻出現在房子的庭院和電梯的縫隙。瑪瑙斯也是個走私城市，法律非常脆弱也很容易破壞：走私毒品、鑽石、黃金、珍貴木材、武器，無一不有。不到兩星期前還發現一艘滿載魚隻的船……每條魚都塞滿了古柯鹼。

這位美國男孩以前出國只是爲了認識義大利，那是他母親那邊祖先的故鄉，對他而言，看到某些人富裕和另一些人赤貧的對比讓他很訝異，而且是貧富全部混爲一體共同生存：沒有土地的農民和沒有工作的勞工大量湧進瑪瑙斯尋找嶄新的未來，但是很多人最後是住在茅舍裡，沒有錢也沒有希望。那天恰好有節慶，居民非常快樂，有如慶祝嘉年華會一般：樂隊走過街上，人們跳舞飲酒，很多人喬妝打扮。他們下榻於一家現代旅館，但是因爲音樂、爆竹和鞭炮的巨響而無法入睡。隔天勒布朗教授因爲沒睡好，醒來時脾氣很不好，他要求大家盡快上船，因爲除了必要的時間，他不想在那個他評定爲可恥的城市多浪費一分鐘。

《國際地理雜誌》的團隊沿著內格羅黑河而上，那條河呈現的黑色是河水挾帶而來的沉積物所造成，他們航向聖母瑪麗亞雨林，那是座位於原住民領土內的村落。船隻相當大，引擎老舊、吵雜又竄出濃煙，有個臨時的塑膠天篷用來抵擋日曬雨淋，那兒每天會下好幾次的熱雨，像沖熱水澡一樣。船隻上擠滿了人群、大小包東西、布袋、香蕉串，以及幾隻家養動物，這些家畜不是關在籠子裡，就是單單綁住腳而已。乘客還有幾張桌子可用，幾張用來乘坐的長椅，和一連串的吊床懸掛在柱子上，一張疊著一張。

船員和大部分的乘客是卡波克羅人，大家都這樣叫亞馬遜河流域的居民，那是好幾種人種的混合血統：白人、印第安人和黑人。船上還有幾個士兵，兩位年輕的美國摩門教傳教士，和一位委內瑞拉女醫生歐麥菈．多瑞斯，她的目的是幫印第安人接種預防針。她是個大約三十五歲漂亮的黑白混血兒，黑髮，琥珀色皮膚和杏仁形的綠色貓眼。她走路的姿勢優雅，好像隨著秘密節拍的伴奏舞動。男人的眼光跟著她，但是她好像沒感覺到自己的美貌引來的注意。

「我們應該做好萬全的準備。」勒布朗指著身上的武器說道。他像是對大家講話，不過很明顯他只對著多瑞斯醫師說話。「有沒有找到**怪獸**事小，最糟糕的恐怕是印第安人，他們是粗野、殘暴又叛逆的戰士。就像我書上寫的，他們爲了證明自己的勇氣而殺人，當殺害的人數越多，在族裡的階級也就越高。」

「教授，您可以解釋一下嗎？」凱特．寇德問，沒有掩飾諷刺的聲調。

「事情很簡單，這位……女士，您說您叫什麼名字來著？」

「凱特．寇德。」她這是第三或第四次澄清，很明顯勒布朗教授對女性的名字記性很差。

「我再重複一次：很簡單，那和存在自然界裡的致命競爭有關，在原始社會裡是由最凶暴的男人統治的。我想您聽過『男人中的男人』這個名詞，例如，在狼群裡，侵略性最強的公狼控制所有其他的狼，並且擁有最好的母狼。在人類裡也是一樣：由最凶暴的男人支配，他們擁有較多的女人，並且把基因傳給較多數的兒女。其他的男人則必須甘於所剩下的，您了解了嗎？也就是弱肉強食的存活規則。」勒布朗解釋。

「您是說獸性是天性？」

「沒錯，憐憫是現代的發明物。我們的文明保護弱者、窮人和病人。從基因學的觀點來看，那是可怕的錯誤。因此，人類正在衰退中。」

「教授，您會怎樣對待社會裡的弱者呢？」她問。

「就像自然界所做的：讓他們自生自滅。在那方面，印第安人比我們要有智慧得多。」勒布朗回答。

在一旁注意聽這段對話的歐麥菈・多瑞斯醫師忍不住發表意見。

「教授，恕我冒昧，但是我不覺得印第安人像您所描述的那麼殘暴，相反地，對他們而言，戰爭應該是具有儀禮意義：那是一種證明勇氣的儀式。他們在身上彩繪，準備武器，歌唱、跳舞，出發侵犯另一個族群的『夏波諾』③。他們彼此威脅恐嚇，互相揮擊幾個棒棍，但是很少會造成超過一或兩個人死亡。我們的文明剛好相反：沒有儀式，只有屠殺。」她說。

「我要送您一本我的書，小姐。隨便一個嚴謹的科學家都會對您說盧多維克・勒布朗是這

---

③ 夏波諾（shabono），為亞馬遜河流域印地安人典型的群居茅舍。

個議題的權威……」教授打斷她。

「我不像您那麼有智慧。」多瑞斯醫師微笑著說：「我不過是在這一區工作超過十年的鄉下醫生。」

「相信我，可敬的醫師，那些印第安人證明了男人不過是殺人的猴子。」勒布朗回答。

「那女人呢？」凱特．寇德插話。

「很遺憾，我要跟您說女人在原始社會裡什麼都不是，她們只是戰爭的戰利品。」

多瑞斯醫師和凱特．寇德彼此交換眼神，兩人覺得好玩地會心微笑。

在內格羅河的那段旅途一開始壓根是個耐力訓練。他們以烏龜的速度前進，太陽一下山他們就必須停下來，以免被河流捲來的樹幹打到。氣溫酷熱難捱，但是黃昏時刻變得涼爽，睡覺還得蓋條毯子。有時候，他們會在河流清澈平靜的地方，利用機會釣魚或下水游泳片刻。開始前兩天他們和不同類型的船隻交錯，從引擎艇和漂浮屋到用樹幹雕鑿的簡便獨木舟，應有盡有，不過最後他們還是在那個漫無邊際的景色裡落單。那真是個水鄉澤國：隨著河流、潮水、降雨和水災的節奏，日子在緩慢划行中度過。水，到處都是水。那兒有幾百戶的人家，在他們的船上出生老死，從未在穩固的陸地上夜宿；其他人家則是住在河岸木樁上的房子。交通運輸在河上進行，唯一的收發訊息的方式是廣播。美國男孩覺得不可思議，他們沒有電話怎麼生活呢？瑪瑙斯有一個電台不停地傳播私人訊息，這樣人們就可以得知新聞、他們的生意情形和家人的消息。在河流的上游很少通行錢幣，他們採用交換經濟的模式，用魚換糖，或用汽油換母雞，或用勞力服務換一箱啤酒。

雨林以威脅的姿態聳立在河的兩岸。船長的命令簡單明瞭：不准因任何理由走遠，因爲在森林裡會失去方向感。有消息說，曾經有外國人只不過距離河流幾公尺遠，卻完全找不到河流而遭遇不測。早晨他們看見粉紅色海豚在水間跳躍，幾百隻鳥兒在空中穿梭。他們還看見海牛，那是大型水棲哺乳動物，其中母海牛還是美人魚傳說的始祖。晚上在灌木叢裡會出現有顏色的光點：那是鱷魚在黑暗中窺視的眼睛。一個卡波克羅人教亞歷山大從鱷魚眼睛間的距離估計牠的大小。如果是小鱷魚，那個卡波克羅人會用手電筒把牠照得兩眼昏花，然後跳進水裡抓住牠，用一隻手扣緊牠的嘴，另一隻手抓住尾巴；如果眼睛距離相當大，他會像遇到瘟疫一樣，逃之夭夭。

時間過得緩慢，分分秒秒像永恆般拖拖拉拉，然而，亞歷山大並不覺得無聊。他坐在船頭觀看大自然、閱讀，也吹奏爺爺的長笛。雨林看起來很熱絡，回應著樂器的聲音，甚至船上吵鬧的船員和乘客都閉上嘴巴聆聽；那是唯一凱特‧寇德會注意他的時刻。女作家是個不多話的人，不是閱讀，就是在筆記本上寫作度過一天，通常她無視於孫子的存在，待他就像對待任何其他團員一樣。向她提出單純的存活問題是沒用的，例如像是食物、健康或是安全等等。她用明顯的輕蔑眼光上上下下看他，回答他說問題有兩種，一種可以自然解決，另一種則是沒有解決辦法，所以不要拿愚蠢問題去煩她。幸好他的手已經快速康復，否則她絕對有辦法建議他截肢來解決這件事。她是個使用極端手段的女人。她把有關亞馬遜河的地圖和書本借給他，讓他自己找尋有興趣的資訊。如果亞歷山大向她提出讀到有關印第安人的東西，或是提出自己關於**怪獸**的理論，她不會把視線抬離眼前的書頁，而直接回答他：「不說話沒人當你是啞巴，亞歷山大。」

那趟旅行的一切和男孩生長的世界非常不一樣，他覺得自己像是來自另個星系的訪客。他已經沒有以前那些不需思索就可使用的便利設施，像是床、浴室、熱水、電源。爲了要帶證據回加州，他用奶奶的照相機努力拍照。他那些朋友永遠不會相信他手中曾有過一條幾乎一公尺長的鱷魚！

他最嚴重的問題是飲食。他吃東西一向挑食，現在他們給的東西他甚至叫不出口。船上他唯一可以辨識的是罐頭包裝的菜豆、鹹乾肉和咖啡，這些沒有一樣是他想吃的。船員射殺了兩隻猴子，那晚，船隻一靠岸，他們就把猴子烤來吃。那兩隻猴子的外表這麼像人，他看到就覺得自己病倒了：那實在像透兩個燒焦的小孩。隔天早上有人釣到巨骨舌魚，那是一種巨型魚，除了他以外，那肉質對大家而言真是鮮美，但是他拒絕品嘗。三歲他就知道自己不喜歡吃魚，他母親成天如打仗般強迫他吃魚，最後她累了，並從那時開始，認命地餵他吃他喜歡的食物。他喜歡的食物其實也不多，這個限制讓他在旅途中只能挨餓；他只有香蕉、一罐煉乳和幾盒餅乾。看來他奶奶並不在意他挨餓，其他人也不在意，沒人理他。

每天有好幾次會下場短暫的滂沱大雨，他必須習慣那種持續性的濕氣，還有衣服永遠不會全乾的事實。太陽下山後會有成群的蚊子來襲，外國人會在全身灑滿防蚊液來保護自己，尤其是盧多維克・勒布朗，他不會失去機會念一長串昆蟲傳染疾病的名單給你聽，從斑疹傷寒到瘧疾。他爲了保護臉部，已經用一條密實的面紗沿著他那頂澳大利亞帽子綁好，整天大半的時間都躲在他吊在船尾的蚊帳裡。反觀那些卡波克羅人，卻像是對蚊蟲咬傷免疫似的。

第三天，一個艷陽高照的早晨，因爲引擎出問題，船隻停了下來。船長試著修理毛病時，其他人都躲在篷下躺著休息。天氣實在太熱，沒人想動，但是亞歷山大覺得那兒是乘涼的最佳地點。水看起來又淺又安靜，像一道湯似的，他跳進水裡，卻像塊石頭般沉下去。

「只有傻瓜才會用雙腳測試深度。」他把頭露出水面，連耳朵都吐了水，他奶奶這樣評論。

男孩遠離船隻游得遠遠的，因爲他們跟他說鱷魚比較喜歡河岸，他在溫水裡仰游漂浮了好一陣子，手腳都攤開來，看著天空，想著那些看到亞馬遜河和雨林一片無際全貌的太空人。他覺得非常安全，以至於有東西摩擦他的手飛速而過時，他花了一點時間才反應過來。他不知道是哪種危險埋伏其中，或許鱷魚終究不僅僅只留在河岸，他開始用全部的力氣撥水游回船隻，但是一聽到奶奶要他別動的喊叫聲，他猛然停了下來。儘管他的本能警告他以相反的動作反應，他還是依習慣遵從她的命令。他盡量以最安靜的方式保持漂浮，就在那時，他在身旁看到一條巨大的魚。他以爲是沙魚，心臟都停了，但是那條魚轉個小圈又好奇地游回來，靠他很近，然後停住，他都可以看到魚的微笑了。這回他的心臟跳了一下，必須忍住才不會快樂過頭呼喊出來，他正和海豚一起游泳呢！

接下來二十分鐘是他生命裡最幸福的幾分鐘，他和海豚玩在一起，就像和他的狗笨球玩耍一樣。那隻壯碩的動物在他的周圍快速轉圈，從他身上跳過，停在他臉前幾公分，用親切的表情觀看他。有時候海豚靠得很近，亞歷山大還可以摸到牠，牠的皮膚並不像想像中的滑溜，而是粗糙。亞歷山大真希望那一刻永遠不會結束，他準備永遠留在河裡，但是海豚突然甩打尾巴道別，消失了。

「妳看到了嗎，奶奶？沒人會相信這發生在我身上！」回到船上他喊叫，興奮到幾乎無法說話。

「這兒有證據。」她微笑，對他指了指照相機，還有探險隊的攝影師布魯斯和岡薩雷茲都抓到鏡頭。

他們越深入內格羅黑河，植物也變得更稠密，空氣變得更厚重馥郁，時間變得更慢，距離也更難估算。他們在一片令人迷惑的土地上作夢般地前進，每隔一段距離船隻裡就越空蕩，乘客拿起行頭、帶著他們的動物下船，回到茅屋或河岸邊的破村子。船上的收音機已經收不到瑪瑙斯的私人訊息，也不再以流行節奏震耳欲聾，人群也不說話了，此時大自然裡卻迴盪著鳥兒和猴子的樂團聲響，雨林中的浩瀚靜寂裡只有引擎的聲音透露著人的存在。最後，他們抵達聖母瑪麗亞雨林，船上只剩下船員、《國際地理雜誌》團隊、歐麥菈•多瑞斯醫師和兩個士兵，兩位摩門教的年輕人也在，他們被某種腸菌侵襲了。儘管女醫生開了抗生素，他們依然病情嚴重到幾乎無法睜開眼睛，時而會把炙熱的雨林錯看爲他們猶他州的雪山。

「聖母瑪麗亞雨林是文明裡的最後一塊飛地。」那個破村子出現在河流一個拐彎處時，船長說。

「從這兒往前走，是一塊神奇的土地，亞歷山大。」凱特・寇德提醒孫子。

「還有從來沒和文明接觸過的印第安人嗎？」他問。

「有人估計約有兩三千人，但是實際上沒人知道正確的數字。」歐麥菈・多瑞斯醫師回答。

聖母瑪麗亞雨林像一樁人類的錯誤，被建立在茂密的自然生態之中，因爲大自然隨時都威脅要吞滅它。村子有二十多間房子，一間棚屋湊合著當旅館用，另一間較小的當醫院，由兩位修女看管，還有三兩個小倉庫、一間天主教堂和一個軍營。士兵掌控委內瑞拉和巴西的邊境和貿易。根據法令，他們也必須保護原住民不受墾荒者和探險家的欺侮，但是實際上他們並沒那樣做。外來者漸漸占領那一帶的土地，根本沒人禁止這種行爲，他們把印第安人一步步推向人煙難以抵達的偏遠地區，或是將印第安人殺死，逍遙法外。在聖母瑪麗亞雨林的碼頭有個高大的男人等候他們，他的側面像鳥般削尖，很男人氣概的五官，表情開朗，風吹日曬的皮膚，和一把紮成馬尾的深色頭髮頂在頸部。

「歡迎光臨。我是塞撒・桑多斯，這是我女兒娜迪雅。」他自我介紹。

亞歷山大猜那個女孩的年齡和他妹妹安德蕾雅相仿，大約十二、三歲。她的頭髮鬈曲凌亂，被太陽曬淡了，眼睛和皮膚都是蜂蜜顏色；她穿著短褲、汗衫和一雙塑膠拖鞋。她兩邊手腕上綁著好幾條五顏六色的環帶，一朵黃花繫在一邊耳朵上，一根長長的綠色羽毛穿過另一邊耳朵的耳垂。亞歷山大想，如果安德蕾雅看到那些裝飾物，一定馬上模仿，而要是小妹妮可看到坐在女孩一邊肩上的小黑猴，一定羨慕死了。

多瑞斯醫師藉由兩位來接她的修女幫忙，把摩門教傳教士送到那間簡陋的醫院，同時塞撒・桑多斯指揮讓探險隊大量的行李卸下來。他爲了沒能依約定到瑪瑙斯等他們而道歉。他解釋說，他的小飛機曾飛越整個亞馬遜河流域，但是已經非常老舊，近幾個星期來，引擎還掉了幾個零件。眼見飛機快要摔碎了，他決定訂個引擎，那幾天應該會到，他還微笑補充說，不能讓女兒娜迪雅變成孤兒。接著他帶大家去旅館，那是棟蓋在河岸木樁上的木造建築，和村裡其他簡陋的破房子很像。啤酒箱堆得到處都是，吧台上的烈酒酒瓶成列排放。亞歷山大在旅途中已經發覺，儘管天氣炎熱，人們依然無時無刻一公升接著一公升灌酒。那個原始的建築物可用來當訪客的行動基地、宿舍、餐廳和酒吧。凱特・寇德和勒布朗教授被分配到兩個獨立空間，由繩子吊起來的床單和旅館的其他部分隔開來，其他人睡在有蚊帳的吊床上。

聖母瑪麗亞雨林是個懶洋洋的破村子，而且偏僻到幾乎在地圖上找不到。幾個墾荒者養了一些頂著長角的乳牛；其他的則開採河底的黃金或森林裡的木材和橡膠；少數幾個大膽的人單獨進入雨林尋找鑽石；但是大部分的人則閒混等著，看有沒有什麼機會奇蹟似地從天上掉下來。

而這些都是看得到的活動；秘密活動則是走私珍禽、毒品和武器。一隊一隊的士兵們肩上扛著來福槍，身上穿著汗水浸濕的襯衫，坐在遮蔭處玩牌或抽菸。稀少的人口奄奄一息，被酷熱和無聊弄得半昏。亞歷山大看到好幾個沒有頭髮也沒有牙齒的人，半瞎，皮膚上有疹子，比手畫腳自言自語；他們是礦工，汞把他們弄得瘋瘋癲癲，現在正一步步邁向死亡。他們在河底潛泳，用強力的管子吸取富含金粉的砂石。有些人淹死；有些人則是競爭對手把他們的氧氣管子割斷致死；大部分則是被用來分離砂土和黃金的汞慢慢毒死。

相反地，村裡的小孩卻快樂地在泥漿裡玩耍，幾隻豢養的猴子和削瘦的狗兒陪伴一旁。那兒有一些印第安人，幾個穿著汗衫或短褲，其他的則像小孩一樣裸露著。一開始亞歷山大顯得驚慌失措，不敢看女人的乳房，但是他的視覺適應得很快，五分鐘後就不再吸引他注意了。那些印第安人跟文明接觸了好幾年，已經失去他們很多傳統和習慣，塞撒•桑多斯這樣解釋。嚮導的女兒娜迪雅用印第安人的語言和他們說話，他們回話時，待她有如來自於同一個部落。

如果那些是勒布朗所描述的凶猛原住民，實在是沒什麼看頭：他們身材矮小，男人身高不到一百五十公分，小孩像是袖珍人類。亞歷山大生平第一次覺得自己長得高大。他們的皮膚呈古銅色，顴骨很高；男人剪成圓形的頭髮像個盤子放在耳朵的高度，那樣讓他們的亞裔五官更明顯。他們是來自中國北部居民的後代，一兩萬年前經阿拉斯加來到這兒的。十六世紀的征服時期，因爲處於偏僻地帶，他們才免於成爲奴隸。西班牙和葡萄牙士兵畢竟無法克服亞馬遜河流域的沼澤、蚊蟲、植物、浩瀚的河流和大瀑布。

一住進旅館，塞撒‧桑多斯便開始分配探險隊的行李，並和女作家凱特‧寇德以及攝影師計畫接下來的旅程，因爲勒布朗教授決定休息到氣候涼爽些再談事情。他受不了炎熱。這時候，領隊的女兒娜迪雅邀亞歷山大到附近走走。

「太陽下山後不可以到村子範圍以外探險，危險！」塞撒‧桑多斯叮嚀他們。

亞歷山大遵循說話像個雨林危險專家的勒布朗的建議，爲了避免貪吃的水蛭吸吮他的血，他把長褲塞進襪子和登山鞋裡面。幾乎赤腳的娜迪雅大笑不已。

「你會習慣蟲子和酷熱的。」她對男孩說。她的英文很溜，因爲她母親是加拿大人。「我媽媽是三年前離開的。」女孩清楚地解釋。

「她爲什麼離開？」

「她沒辦法適應這裡，身體也不好，當**怪獸**開始出來閒逛，她變得更糟。她覺得嗅到牠的味道，想要走得遠遠的，她無法獨處，她會喊叫……，最後多瑞斯醫師用直升機把她帶走，現在她人在加拿大。」娜迪雅說。

「妳父親沒跟她去？」

「我爸爸在加拿大要做什麼？」

「她爲什麼沒帶妳一起走呢？」亞歷山大堅持，他從來沒聽過有母親會拋棄子女。

「因爲她人在療養院，況且，我不想和我爸爸分開。」

「妳不怕那頭**怪獸**嗎？」

「大家都怕牠，但是要是牠來了，波羅霸會及時提醒我。」女孩回答，撫摸著永遠不會和她分開的小黑猴。

娜迪雅帶她的新朋友去熟悉鄉鎮，那才花掉他們半個小時，因爲實在沒有很多東西可看。突然，響起一陣雷電，從四面八方穿越天空，雨開始像洪水般落下。那雨水熱得像湯汁，把窄小的巷道變成冒煙的泥塘。大家都找個屋頂避雨，但是小孩和印第安人卻繼續他們的活動，完全漠視陣雨的存在。亞歷山大終於了解奶奶說的有道理，她建議他把牛仔衣褲換成輕便的棉質衣物，比較涼爽也容易乾。爲了躲雨，兩個小孩鑽進教堂，他們在那兒遇到一個高大魁梧的男人，他擁有樵夫寬大的臂膀和一頭白髮，娜迪雅介紹他是巴爾德梅洛神父。他完全沒有想像中神職人員的莊嚴：他穿著寬鬆內褲，上半身裸露，爬在梯子上，正在用石灰油漆牆壁。地上放著一瓶蘭姆酒。

「巴爾德梅洛神父在螞蟻入侵之前就住在這裡了。」娜迪雅這樣介紹他。

「幾乎四十年前，我在興建這個鄉鎮時來的，螞蟻襲擊時我人也在這裡。當時我們得放棄一切，往下游逃走。螞蟻像一片巨大的黑色斑點抵達，嚴酷地前進，毀滅所經之處的一切。」神父述說往事。

「然後怎麼了？」亞歷山大問，他無法想像一個被昆蟲凌虐的鄉鎮。

「我們離開前放火燒房子，火勢把螞蟻引開，幾個月後我們才回來，這裡你看到的房子沒有一間超過十五年。」他解釋。

神父有隻奇怪的寵物：一條兩棲狗，據他所說，那是亞馬遜河的原產種，但是幾乎要絕種了。牠大半輩子都在河裡度過，頭可以浸在水桶裡好幾分鐘。那條狗遠距離就會不信任地迎接訪客。牠的叫聲像小鳥的囀鳴，宛如歌唱一般。

「印第安人挾持過巴爾德梅洛神父。我真希望有那種運氣！」娜迪雅羨慕地呼喊。

「小女孩，他們不是挾持我。我在雨林裡走失，他們救了我的命。我和他們一起生活了好幾個月。他們是愛好自由的好人，對他們而言，自由比生命本身還重要，沒有自由他們便無法生存。一個被囚禁的印第安人等同於死人：他會像行屍走肉，不吃不喝不呼吸，然後死掉。」巴爾德梅洛神父說。

「有些說法是他們很溫和，另一些說法卻是說他們徹徹底底野蠻暴力。」亞歷山大說。

「我在這邊看到最危險的人不是印第安人，而是武器、毒品和鑽石的走私者，還有橡膠工人、找黃金的人、士兵和木材工人，他們不斷腐蝕、剝削這塊區域。」神父反駁並補充說印第安人在物質上是很原始的，但是精神層面卻很先進，他們和大自然相聯繫，像兒子和母親那樣聯繫一起。

「告訴我們**怪獸**的事。神父，您真的親眼看到牠嗎？」娜迪雅問。

「我想是的，但是那時是夜晚，我的眼睛也不像從前那麼好了。」巴爾德梅洛神父回答，把一大口蘭姆酒倒進喉嚨裡。

「那是什麼時候的事？」亞歷山大問，認爲他奶奶會感激那個訊息。

「兩三年了……」

「您到底看到什麼呢？」

「我說過好幾次了：一個高於三公尺的龐然大物，移動非常緩慢，發出可怕的怪味，我嚇得都麻痺了。」

「牠沒攻擊您，神父？」

「沒有。牠說了些話，然後轉過身去，消失在森林裡。」

「牠說了些話？我猜您是說牠發出聲音，像是哼叫聲，是吧？」亞歷山大堅持。

「不，孩子，牠清清楚楚地說了話。我一個字也聽不懂，但是毫無疑問那是個要咬字的語言。我暈倒了……當我醒來，我已不確定所發生的事，但是那股刺鼻的味道黏在衣服上、頭髮上、皮膚上，所以我知道我不是在作夢。」

第五章　巫師

雷陣雨像開始那樣戛然停止，夜色亮了起來。亞歷山大和娜迪雅回到旅館，探險隊的成員正圍著塞撒・桑多斯和歐麥莅・多瑞斯醫師一起研究地區地圖，討論行程的準備工作。勒布朗教授已經稍微擺脫疲勞，也和大家在一起。他從頭到腳都塗了防蚊液，而且還雇用一位名叫卡拉卡威的印第安人用一片香蕉樹葉幫他搧風。勒布朗要求探險隊隔天就往奧里諾科高地出發，因爲他不能在那個不重要的村落浪費時間，他只有三星期的時間可以抓雨林裡那隻奇怪的動物，他說。

「好幾年來都沒人做得到，教授……」塞撒・桑多斯指出。

「牠必須快點出現，因爲我得在歐洲舉行一系列的演講。」他回答。

「我希望**怪獸**瞭解您的理由。」嚮導說，但是看來教授沒聽懂他嘲諷的語氣。

凱特・寇德曾告訴過孫子，亞馬遜河流域對人類學者而言是個危險的地方，因爲他們通常會失去理性。他們有些人發明一些矛盾的理論，彼此以子彈或刀械打架；其他人則是對部落施以暴行，最後以爲自己是神。其中曾有一位人類學家發瘋了，還得將他綑綁起來遣送回國。

「我想您已經知道我也是探險隊的一份子，勒布朗教授。」歐麥菈・多瑞斯醫師說，人類學家驚豔她婀娜多姿的身材，無時無刻斜眼瞄她。

「我最樂意不過了，小姐，但是……」

「多瑞斯醫師。」女醫生打斷他的話。

「您可以叫我盧多維克。」勒布朗以調情口氣大膽示意。

「請您叫我多瑞斯醫師。」她冷冷地回答。

「我不能帶您去，敬愛的醫師，甚至我們這些被《國際地理雜誌》雇用的人都快擠不下了。預算是豐厚，但並非沒有限度。」勒布朗回答。

「那麼各位也不用去了，教授，我屬於國家衛生服務局，我人在這兒是要保護印第安人，沒有任何外國人不採取必要預防措施就可以和他們接觸。他們對疾病的抵抗力很弱，尤其是白種人的疾病。」女醫生說。

「一個普通的感冒就可以要他們的命。三年前一些記者前來拍攝紀錄片，有個部落因呼吸道感染而全部死亡。記者之間有一個人咳嗽，他的菸傳給一個印第安人吸了一口，就這樣傳染給整個部落。」塞撒・桑多斯補充說明。

那個時候，兵營的長官阿里奧斯托上尉和那一帶最富有的企業家毛洛・卡里亞斯到來。娜迪雅低聲向亞歷山大解釋卡里亞斯非常有權勢，他和好幾個南美洲國家的總統和將軍有生意往來。她補充說他的心臟不放在身上，而是放在一個袋子裡，她指著卡里亞斯手上的皮革公事包。勒布朗教授則是對毛洛・卡里亞斯敬佩萬分，因爲要歸功於這人的國際勢力，探險隊才組隊成功，也就是卡里亞斯讓《國際地理雜誌》對**怪獸**的傳說產生興趣的。

「那隻奇怪的動物把奧里諾科高地的那些善良人民都嚇壞了，沒人願意進入猜測中牠所居住的那個三角地帶。」卡里亞斯說。

「我所了解的是那個地區尚未被勘查過。」凱特・寇德說。

「沒錯。」

「我想那地方的礦產和寶石應該非常豐富。」女作家補充說明。

「亞馬遜河流域以土地和木材最爲富饒。」他回答。

「還有植物。」歐麥菈・多瑞斯醫師參與談話：「這裡的醫用藥草，我們甚至認識不到十分之一，隨著原住民巫師和庸醫的消失，我們也永遠失去那方面的知識。」

「我想**怪獸**就像部落那樣，也干擾了您在那地區的事業，卡里亞斯先生。」凱特・寇德繼續說，她一旦對某件事情有興趣，就不會放過獵物。

「**怪獸**對大家都造成困擾，甚至士兵也怕牠。」毛洛・卡里亞斯承認。

「如果**怪獸**存在，我會找到牠。可以欺騙盧多維克・勒布朗的人還沒出生，動物就更不用說了。」教授回答，他老是以第三人稱指稱自己。

「教授，一切包在我的士兵身上。他們生性勇敢，和我的好朋友卡里亞斯所認定的相反。」

阿里奧斯托上尉釋出善意。

「敬愛的勒布朗教授，我擁有的資源您也可以放一百個心，我擁有引擎艇和一組不錯的無線電發收器。」毛洛・卡里亞斯補充說明。

「至於健康問題或可能發生的意外方面，我也可以負全責。」歐麥菈・多瑞斯醫師溫婉地補充，好像不記得勒布朗拒絕把她列入探險隊伍。

「像我剛跟您說的，小姐……」

「醫生。」她再次糾正他。

「像我剛跟您說的，這個探險隊的預算有限，我們不能帶觀光客同行。」勒布朗強調地說。

「我不是觀光客，探險隊沒有官派醫師和必要的疫苗是不能繼續行程的。」

「醫生說的對，阿里奧斯托上尉會跟您解釋法令。」塞撒・桑多斯參與談話，他認識那位女醫生，很明顯也受她吸引。

「嗯，啊……，沒錯……」軍人講得匆忙又含糊，他茫然看著毛洛・卡里亞斯。

「把歐麥菈列進去不會有問題，她的費用由我本人支付。」企業家微笑著，一隻手臂放在年輕女醫生的雙肩上。

「感謝您，毛洛，但是沒必要，我的費用政府會支付。」她說，委婉地閃開。

「好了，在那方面不需要多談了。我希望我們找得到**怪獸**，否則這趟旅行就徒勞無功了。」攝影師提摩西・布魯斯說。

「信任我吧，年輕人。我對這種動物有經驗，我本人設計過一些無可脫逃的陷阱，您可以在我有關喜馬拉雅山雪地惡人的論文裡看到我設計的各種類型陷阱。」教授用滿足的表情澄清，一邊指示卡拉卡威更用力幫他搧風。

「您抓到他了？」亞歷山大對答案所知綽綽有餘，卻假裝天真問他。

「他並不存在，年輕人，喜馬拉雅那個假設的動物是個謠言，這個有名的**怪獸**或許也是。」

「有人曾經看過牠。」娜迪雅辯解。

「毫無疑問那是無知的人，小女孩。」教授下定論。

「巴爾德梅洛神父不是無知的人。」娜迪雅堅持。

「他是誰？」

「一個天主教傳教士，他被野蠻人劫持，從此發瘋。」阿里奧斯托上尉插話。他的英文帶有濃厚的委內瑞拉腔調，牙齒間又老是叼根菸，聽不太懂他說什麼。

「他不是被劫持，也沒發瘋。」娜迪雅喊叫。

「別氣，小美人。」毛洛・卡里亞斯微笑著撫摸娜迪雅的頭髮，她立刻閃開他所及的範圍。

「其實巴爾德梅洛神父是個智者，他會說印第安人的好幾種語言，對亞馬遜河的動植物也懂得比任何人多；他會重接骨折、拔牙，有幾次機會他還用自己製造的手術刀幫人開眼睛的白內障。」塞撒・桑多斯補充說明。

「對，但是他對抗聖母瑪麗亞雨林的惡習，或是教化印第安人成為天主教徒都沒成功，各位可以看到他們依然裸體。」毛洛・卡里亞斯嘲諷地說。

「我懷疑印第安人需要天主教的洗禮。」塞撒・桑多斯反駁說道。

他解釋印第安人非常重視靈魂，他們認爲萬物都有靈性：不論是樹木、動物、河流或雲朵，對他們而言，靈魂和物質是不可分割的。印第安人不懂外國人宗教的單純性，他們說那不過是單一一個重複的故事，相反地，他們卻有神鬼以及天地靈魂許許多多的故事。巴爾德梅洛神父已經放棄跟他們解釋基督死在十字架上是爲了拯救人類脫離罪惡，因爲那種犧牲的觀念讓印第安人訝異不已。他們不懂什麼是罪，他們也不能理解在那種氣候裡使用衣物的必要，以及如果死後什麼都無法一起帶到另一個世界的話，何必累積財富。

「好可惜他們注定要消失，他們是任何一位人類學家的夢想，不是嗎？勒布朗教授。」毛洛・卡里亞斯嘲諷地指出。

「沒錯，我很幸運地在他們屈服於進步之前能針對他們書寫。感謝盧多維克・勒布朗，他們將在歷史上留名。」教授回答，完全無視於另一個人的挖苦。

那天傍晚的晚餐是烤貘肉、菜豆和木薯蛋餅，儘管豺狼般的飢餓讓亞歷山大痛苦萬分，他沒有一樣肯品嘗。

晚餐後，奶奶在團隊人員的陪伴下喝著伏特加、抽著菸斗，亞歷山大則和娜迪雅到碼頭去。月亮像盞天上的黃燈閃閃發亮。雨林的吵雜聲圍繞著他們，像背景音樂一般：有鳥兒的鳴叫聲，猴子的尖叫聲、青蛙和蟋蟀的鳴聲。幾千隻螢火蟲快速地飛過身旁，摩擦他們的臉龐。娜迪雅用手捉到一隻，將牠簪纏在鬈髮上，牠在髮間如一盞小燈閃爍發光。女孩坐在停泊岸邊，腳泡在河流漆黑的水裡。亞歷山大向她問起食人魚的事，他曾在瑪瑙斯兜售給觀光客的商店看到標本，像小型的沙魚一樣，大約一個巴掌大，具有嚇人的牙床骨和像刀一樣銳利的牙齒。

「食人魚的用途非常多，可以用來清除水中的屍體和垃圾，我爸爸說只有聞到血腥還有飢餓的時候牠們才會展開攻擊。」她解釋。

她告訴亞歷山大，有一次她親眼目睹一條被美洲豹傷得很重的鱷魚怎麼拖著身體潛入水裡，一群食人魚鑽進牠的傷口，幾分鐘的工夫就把牠吞到肚子裡，只剩下皮沒碰。

就在那時女孩警覺起來，做個手勢要他保持安靜。波羅霸那隻小猴子開始跳躍，並發出尖叫聲，非常不安，但是娜迪雅在牠耳邊低語幾聲，一下子牠就安靜下來。亞歷山大覺得那隻動物聽得懂牠主人的一字一語。他只看到植物的陰影和河水的黑色鏡面，但是很明顯有東西引起娜迪雅的注意，因爲她已經站了起來。亞歷山大聽到遠處傳來村落有人撥弄吉他琴弦的閉塞聲音，如果他轉身，可以遙望背後那些房子的幾盞燈光，可是這頭卻只有他們單獨兩人。

娜迪雅發出一個又長又尖銳的喊聲，在男孩的耳朵聽來和貓頭鷹的叫聲一模一樣，然後一下子另一個相似的喊聲從另一邊河岸回應過來。她重複兩次那種叫聲，兩次都得到相同的回應。然後她抓住亞歷山大的手臂，示意他跟她走。男孩記起塞撒・桑多斯的叮嚀，黃昏過後要留在村落範圍內，他還記起那些他聽過有關毒蛇、猛獸、搶匪和攜帶武器的醉鬼的故事，而且最好不要想起勒布朗描述兇殘的印第安人或者**怪獸**……但是在女孩眼前他不想像個膽小鬼，他一句話不說地跟著她，握著他已打開的瑞士陸軍小摺刀。

村落最後幾間茅屋都在他們身後了，他們繼續小心前進，除了月亮，沒有其他光線來源。雨林沒亞歷山大想像的那麼茂密；植物在河流岸邊很稠密，但是後來漸漸稀落，可以毫無困難前進。他們沒有走很遠，貓頭鷹的叫聲又再度響起。他們身處森林的一處空曠地，那兒可以清楚看到月亮在宇宙閃閃發亮。娜迪雅停住，不動地等候；甚至波羅霸也安靜無比，好像知道他們在等什麼似的。突然，亞歷山大驚訝地跳了起來，因爲不到三公尺的距離內，有一個身影成形，並從黑夜中走出來，突然又悄然無聲，像個鬼。男孩舉起小刀準備好要防衛，但是娜迪雅安然的態度讓他的姿勢停在半空中。

「啊伊呀。」女孩低聲作語。

「啊伊呀，啊伊呀……」一個亞歷山大覺得不像人類的聲音重複著，聽起來像風吹的聲音。

那個身影靠近一步，停在離娜迪雅很近的地方。那時亞歷山大的眼睛已經有點適應昏暗，在月光下可以看到一個老得不可思議的男人。儘管他筆直的體態和敏捷的動作，卻好像活過幾個世紀之久。他非常矮小，亞歷山大估算比他年僅九歲的妹妹妮可還要矮。他身穿植物纖維做的短圍裙，貝殼、種子和野豬牙齒做的一打項鍊覆蓋在他胸前。他的皮膚皺得像千年大象的皮膚，層層的皺摺垂掛在他纖弱的骷髏上。他拿著一把短矛、一支掛滿一堆小皮囊的手杖和一個發出像嬰兒鈴鐺的石英圓柱筒。娜迪雅把手放到頭髮上，把螢火蟲抓下來獻給他；老人收下，把牠放到項鍊堆裡。她蹲下來，要亞歷山大也做同樣的姿勢，以表示尊敬。馬上那個印第安人也彎下身來，這樣三個人的高度就相當了。

波羅霸跳了起來，爬上老人的肩膀，拉扯他的耳朵；牠的主人一巴掌將牠扳開，老人開心地笑了起來。亞歷山大覺得他嘴裡一顆牙也沒有，但是因爲光線不夠亮，他無法確定。那個印第安人和娜迪雅兩人專心長談起來，對話中有手勢也有聲音，交談的語言字詞聽起來甜美，像微風、流水和鳥兒的聲響。他猜他們談到他，因爲他們指了指他。有個時候，老人站了起來，氣憤地搖晃他的短矛，但是她用一長串的解釋讓他的情緒平息下來。最後，老人拿下脖子上的護身符，那是一截雕鑿過的骨頭，他拿到唇邊吹一下。那聲音和之前聽到的貓頭鷹歌唱聲一樣，亞歷山大辨識得出來，因爲他加州北部的家附近有很多那種鳥。奇特的老人把護身符掛在娜迪雅的脖子上，他把雙手放在她肩膀上當作道別，隨即以他到來時般的悄然無聲消失了。男孩可以發誓沒看到他向後退，純粹是身影逐漸模糊而已。

「那是瓦利邁。」娜迪雅在他耳邊說。

「瓦利邁？」他問，對那次奇怪的相遇感到非常驚訝。

「噓！你不要大聲說那個名字！你永遠不應該在一個印第安人面前說出他真正的名字，那犯禁忌。你更不可以叫死人的名字，那是個更嚴重的禁忌，是種可怕的汙辱。」娜迪雅解釋。

「他是誰？」

「他是個巫師，法力很強的巫師，他可以透過夢境或幻象說話。只要他想，就可以進入鬼魂世界裡，他也是唯一知道怎麼去黃金國的人。」

「黃金國？征服者發明的黃金城？那是個荒謬的傳說！」亞歷山大回答。

「瓦利邁曾經跟他妻子到過那兒好多次，他總是跟她在一起行動。」女孩反駁說道。

「我沒看到她呀！」亞歷山大坦承。

「她是鬼魂，不是每個人都能看到她。」

「妳看到她了？」

「是啊！她長得很漂亮，又年輕。」

「巫師給妳什麼東西？你們兩人說了些什麼？」亞歷山大問。

「他給我一個護身符，有這東西我可以永保安全；不管人、動物或鬼魂都不能傷害我。這東西也可以用來叫他，只要吹一下，他就會來。到目前為止我一直無法喚他，而必須等他來。瓦利邁說我會需要這東西，因為存在著不少危險，長得像食人鳥的可怕鬼魂『拉哈坎納里瓦』現在被釋放出來了。牠一出現就有死亡和破壞，但是我會受到護身符保護。」

「妳是個相當奇怪的女孩……」亞歷山大嘆口氣，根本連她講的一半內容也不信。

「瓦利邁說外國人不應該去找**怪獸**，他說會死好幾個人。但是我跟你必須去找牠，因為我們被召喚了，因為我們的靈魂潔淨無瑕。」

「誰召喚我們？」

「我不知道，但是如果是瓦利邁說的，就是真的。」

「娜迪雅，妳真的相信那些事？妳相信巫師、食人鳥、黃金國、隱形妻子和怪獸？」

女孩沒回話，轉身開始向村落走去，他近距離跟著她，免得迷路。

第六章　計畫

那天晚上亞歷山大・寇德睡得驚恐萬分。他覺得像在露宿，宛如將他和雨林隔開的脆弱牆壁已融化，自己因而暴露在那個陌生世界的一切危險當中。由木板搭蓋在木樁上的旅館是錫製屋頂，窗戶沒有玻璃，幾乎無法防雨。外頭青蛙和其他動物的鳴叫聲，加進他幾個室友的打呼聲湊熱鬧。吊床翻倒兩次，把他臉朝地彈出去，後來他才回想起使用吊床的方法，身體須斜角放好才能保持平衡。天氣不熱，但是他在流汗。他全身噴滿防蚊液躺在蚊帳下方，在黑暗中好一會兒毫無睡意，他想著**怪獸**、大蘭多毒蜘蛛、毒蠍、蛇和其他可能在黑暗中覬覦的危險。他回想目睹印第安老人和娜迪雅之間奇怪的那一幕，那位巫師預言探險隊的好幾個成員將會死亡。

亞歷山大覺得不可思議，他的生命在短短幾天竟然有如此驚人的轉變，他突然身處奇幻魔域，在那裡，鬼魂就像奶奶預告的那樣在活人之間遊晃。現實已被歪曲，他已經不知道要相信什麼了。他感到非常懷念他的家園和家人，甚至他的狗笨球。他覺得非常孤單，離所有熟悉的東西非常遙遠。要是他至少可以弄清楚母親的身體狀況，就不會那麼淒涼了！但是，想從那個村落打電話到德州的醫院，和企圖跟火星聯絡沒兩樣。凱特不是好遊伴，也不會安慰人，要她來當個奶奶實在差太遠，甚至回答他問題都嫌麻煩，因爲她認爲一個人唯一能學到的東西，就是靠自己查究清楚的東西。她堅信：經驗的獲得都是在最需要它的時候產生的。

他在吊床上翻來覆去，無法入睡，突然覺得聽到竊竊私語的人聲。可能只是雨林的嘈雜聲，但是他決定要查明狀況。他光著腳丫，身穿內衣，悄悄走近共用廳堂另一端的吊床，娜迪雅就睡在父親旁邊。他把一隻手放在女孩的嘴上，在她耳邊低聲叫她的名字，試著不要吵醒其他人。她驚怕地睜開眼睛，但是一認出是亞歷山大就安了心，她像貓一樣輕盈地從吊床溜下來，向波羅霸做個命令的手勢，要牠保持安靜。小猴子馬上遵從，乖乖蜷曲在吊床上，亞歷山大拿牠和他的狗比較，他甚至從來無法讓笨球了解最簡單的命令。他們悄悄地走出去，沿著旅館的牆壁溜進露台，亞歷山大聽到的聲音是從那兒發出來的。他們躲在門的角落，身體平貼在牆上，從那兒隱約看到阿里奧斯托上尉和毛洛・卡里亞斯圍坐在一張小桌子旁，他們抽菸、喝酒，並低聲談話。在香菸和桌上燃燒的蚊香光線下，他們的臉被看得一清二楚。亞歷山大很慶幸叫了娜迪雅，因爲兩個男人以西班牙文交談。

「你知道你該做什麼了，阿里奧斯托。」卡里亞斯。

「事情不簡單。」

「如果簡單，我不會需要你，也沒必要付你錢了，老兄。」毛洛・卡里亞斯說明。

「我不喜歡那些攝影師，我們可能會捲入一場糾紛。至於女作家，讓我告訴你吧！那個老女人我覺得精明得很。」上尉說。

「人類學家、女作家和攝影師在我們的計畫裡都是不可或缺的。他們從這裡出去後，會如實講述那個對我們有利的事件，那樣會排除任何對我們不利的懷疑。這次會有個《國際地理雜誌》的團隊作證。如此一來，我們可以避免國會像以前那樣派遣委員會並著手調查真相。」卡里亞斯回答。

「我不懂爲什麼政府要保護那一小群野蠻人，他們占據好幾千平方公里的土地，那些土地應該要分配給墾荒者才對，這樣一來，進步的景象才會走入這個地獄。」上尉發表意見。

「一切有它該來的時候，阿里奧斯托。那塊土地有翡翠和鑽石，在墾荒者抵達那兒砍樹養乳牛之前，你和我會成爲富翁的，我還不想在那兒看到冒險家。」

「那麼就不會有冒險家，卡里亞斯老弟，軍隊爲了執行法令才在這裡的啊！難道不需要保護印第安人嗎？」阿里奧斯托上尉說，兩人開心地呵呵大笑。

「我一切都安排好了，我的一個親信會跟著探險隊。」

「是誰？」

「目前我寧可不讓那個人的名字流傳出去。**怪獸**是個藉口，可讓那個笨蛋勒布朗和記者們去我們要他們去的地方，然後報導消息。他們不可避免地會和印第安人接觸，深入奧里諾科高地的三角地帶去尋找**怪獸**，他們非得碰上印第安人不可。」企業家指出。

「我覺得你的計畫很複雜。我有口風很緊的人，我們可以進行工作而不讓任何人知道。」

阿里奧斯托上尉保證，把杯子拿到嘴邊。

「不，老兄！我不是跟你解釋過我們要有耐心嗎？」卡里亞斯回答。

「再跟我解釋一次你的計畫。」阿里奧斯托要求。

「你放心，計畫由我負責，不到三個月我們就會讓那個地方毫無人煙。」

就在那時亞歷山大覺得一隻腳上面有東西，他壓抑住沒叫出來：有一條蛇在他裸露的皮膚上爬行。娜迪雅把手指放到嘴唇上，指示他不要動。卡里亞斯和阿里奧斯托機警地站起來，兩人同時掏出武器。上尉打亮手電筒對著四周掃照，光線離小孩躲藏處幾公分的地方掃過。亞歷山大驚嚇得不得了，只要可以把此刻纏在腳踝的蛇甩掉，他很樂意去面對手槍，但是娜迪雅一隻手抓著他的手臂拉住他，他隨即了解不能也拿她的生命冒險。

「誰在那裡？」上尉低聲說話，爲了不引起睡在旅館裡的人注意，他沒拉高音量。

靜寂無聲。

「阿里奧斯托，我們走吧！」卡里亞斯下令。

軍人再度用手電筒掃過那地方，然後兩人退到朝向街道的樓梯，手上一直握著武器。一兩分鐘過後，小孩才覺得可以移動且不引起注意。那時蛇纏在腿肚上，牠的頭在膝蓋的高度，汗水像洪水般流遍男孩的身體。娜迪雅脫下汗衫，包住右手，很小心地抓住蛇的頭部附近。他馬上覺得爬蟲憤怒地搖晃尾巴，把他勒得更緊，但是女孩堅決地抓著牠，然後溫婉地把牠撥離她的新朋友的腿，直到把蛇掛在她自己手上。她的手臂像座風車般移動，卯足甩力，然後把蛇往露台的欄杆上方拋去，丟向黑暗中。她馬上再把汗衫穿上，極為鎮定。

「有毒嗎？」男孩顫抖地問，他幾乎無法發聲。

「有，我想那是條巨腹蛇，不過不太大條。牠的嘴小小的，沒辦法把牙床骨張太大，頂多可以咬你一根指頭，不會咬腿。」娜迪雅回答。然後她開始把卡里亞斯和阿里奧斯托的對話翻譯給他聽。

「那些壞人的計畫是什麼？我們可以做點什麼呢？」娜迪雅問。

「我不知道，唯一我想到的是告訴我奶奶，但是我不知道她會不會相信我；她說我有妄想症，到處看到敵人和危險。」男孩回答。

「目前我們只能等待和監視，亞歷士……」她提議。

孩子們回到吊床上。亞歷山大筋疲力盡，馬上睡著，清晨被一群猴子震耳欲聾的尖叫聲吵醒。強烈的飢餓感讓他極樂意吃下父親做的甜餅，但是此刻沒有任何東西可以塞進嘴巴，他必須等兩個小時，直到他的旅途夥伴準備吃早餐。他們給他黑咖啡、溫啤酒和前晚剩下的冷貘肉，但他只感到噁心，拒絕了所有食物。他從來沒看過一頭貘，但是他想像大概是像大老鼠的東西；幾天後證實那是外表像豬、肉質非常珍貴的一種上百公斤動物時，他極為訝異。他順手抓了一根香蕉，卻是苦的，舌頭還變得粗糙不堪，後來他得知那種香蕉必須先煮過才能吃。娜迪雅一早就和其他女孩去河裡泡水，回來時一側的耳朵別了一朵鮮花，另一側則是本來就飾有的綠色羽毛，波羅霸抱著她的脖子，她手上帶來半顆鳳梨。亞歷山大曾經閱讀過熱帶氣候唯一安全的水果是親自剝開的水果，但是他確信染上斑疹傷寒的風險總比營養不良來得好。他拿起她給的鳳梨狼吞虎嚥，心存感激。

嚮導塞撒・桑多斯一會兒後出現時，已像他女兒一樣全身洗淨，他來邀請探險隊其他汗流浹背的成員到河裡游泳泡水。所有人都跟他走，除了勒布朗教授，他命令卡拉卡威去找來好幾個水桶，準備在露台上洗澡，因爲讓鬼蝠魟陪伴游泳的主意並不吸引他。有些鬼蝠魟身軀有一條大地毯那麼大，牠們有力的尾巴不僅像鋸刀一樣可以切割東西，還會注入毒液。亞歷山大考慮過了，有過前晚接觸那條蛇的經驗以後，他並不想遇到和魚碰頭的風險就退縮，不管那魚的名聲有多糟。他頭朝水面跳進去。

「如果一條鬼蝠魟攻擊你，就意味著你不適合碰這種水。」那是他奶奶唯一的評語，她和其他女人到另一邊去游泳。

「鬼蝠魟生性害羞，居住在河床上。通常一察覺水裡有動靜就會逃開，但是不管怎樣，最好還是拖著腳丫前進，以免踩到牠們。」塞撒・桑多斯教他。

那次泡過水後舒服極了，讓他全身既清爽又乾淨。

第七章　黑豹

啓程前，探險隊的成員受邀到毛洛・卡里亞斯的營地。歐麥菈・多瑞斯醫師推說她必須用陸軍直升機把摩門教傳教士送回瑪瑙斯，因爲他們病情惡化了。卡里亞斯的營地是由直升機運來的好幾輛拖車組成，圍成圓圈放在森林裡的空地上，離聖母瑪麗亞雨林兩三公里。它的設備和村落裡錫質屋頂的破房子相比算是豪華。營地具備發電機、廣播天線和太陽能板。

在亞馬遜河流域好幾個戰略地點，卡里亞斯都有類似的園區，用以掌控他林林總總的生意，從墾伐森林到金礦開採無一不有，但是他的住所卻離那兒很遙遠。有人說，他在卡拉卡斯城、里約熱內盧和邁阿密都擁有媲美王子氣派的豪宅，每幢都包養一位妻子。他來來去去有私人的噴射機和小飛機代步，幾位將軍友人派遣的陸軍車輛也任他使用。在聖母瑪麗亞雨林沒有一個機場可以讓他的噴射機降落，所以他使用的是雙引擎小飛機，那和塞撒・桑多斯那架像氧化的鐵皮朽鳥的破飛機相比，真是帥呆了。凱特・寇德注意到營地有電流鐵絲環繞，還有守衛看管。

「這個人在這裡有什麼東西需要如此嚴密的戒備呢？」她對孫子發表意見。

毛洛．卡里亞斯是少數在亞馬遜河流域致富的冒險家之一。數以千計的淘金客徒步或划著獨木舟深入雨林和河流，尋找金礦或鑽石礦層，在植物叢裡以山刀闢路，遭受螞蟻、水蛭和蚊蟲叮咬。很多人死於瘧疾，一些人死於槍彈下，一些人則死於飢餓和孤寂；他們的屍體在無名的墳墓裡腐爛，或被動物吃掉。

聽說卡里亞斯是以母雞開始致富的：他把母雞放到雨林裡，然後一刀剖開雞的嗉囊，收取可憐的母雞吞進去的小金塊。但是那個傳聞應該是被誇大的，一如關於那男人往事的其他眾多傳言，因為在現實裡，黃金並非像玉米一樣被灑在亞馬遜河流域的地面上。再怎麼說，卡里亞斯從來不必像悲慘的淘金客拿健康冒險，因為他的關係良好，又有生意眼光，懂得下命令還受到尊敬；無法稱心如意得到的東西，就用武力得手。很多人在他背後低聲傳言說他是罪犯，但是沒人敢當他的面說出來；畢竟無從證明他雙手染血殺人。他外表看來一點也不像威脅者或嫌疑犯，分明是個和善、體面的人，有古銅膚色，雙手保養得很好，牙齒極為潔白，穿著材質精緻的運動服裝。他的聲音悅耳，講話時正眼看著對方，好像想在每句話裡證明他的真誠。

這位企業家在一輛布置來當客廳的拖車裡接待《國際地理雜誌》探險隊的成員，裡面設備齊全，都是村鎮裡沒有的東西。兩個年輕誘人的女人陪在他身邊，幫他斟酒點菸，但是半句話都不說。亞歷山大認為她們不會說英文，而且他拿她們和那個在紐約搶走他背包的女孩摩嘉娜比較，因為她們都一樣目中無人。他一想到摩嘉娜就臉紅，再度問自己怎麼能如此天真地那樣受騙。她們看來是營地裡僅有的女人，其他都是全副武裝的男人。主人請他們品嘗一頓可口的午餐，有乳酪、冷肉、穀類海產、水果、冰淇淋，以及其他從卡拉卡斯城帶過來的奢侈美味。男孩離開美國以來，第一次可以稱心如意地進餐。

「看來你對這一區非常熟悉，桑多斯，你在這兒住多久了？」毛洛•卡里亞斯問嚮導。

「一輩子，在其他地方我無法生存。」他回答。

「我聽說你太太在這兒得病。非常抱歉……我並不覺得奇怪，很少外國人能在這種孤立環境和氣候下存活下來。這個女孩呢？她不上學嗎？」卡里亞斯伸手要碰娜迪雅，但是波羅霸對他張牙相向。

「我不需要上學，我會讀書也會寫字。」女孩強調地說。

「那樣妳就不再需要什麼了，小美人。」卡里亞斯微笑著說。

「娜迪雅也懂得大自然，會說英文、西班牙文、葡萄牙文和好幾種印第安族的語言。」她父親補充說明。

「妳脖子上戴的是什麼？小美人。」卡里亞斯用親切的語調問道。

「我叫娜迪雅。」她說。

「讓我看看妳的項鍊，娜迪雅。」企業家微笑，展露出他完美的牙齒。

「這東西有魔力，我不可以拿下來。」

「妳想賣嗎？我跟妳買。」毛洛•卡里亞斯開她玩笑。

「不要！」她喊叫，閃到一邊去。

塞撒‧桑多斯插進來爲他女兒粗野的舉止道歉。他覺得奇怪，那個如此重要的男人竟會花時間和一個小孩子開玩笑。以前沒人會注意娜迪雅，但是最近幾個月他女兒開始引人注目，他一點也不喜歡這樣。毛洛‧卡里亞斯提到如果小女孩一直都住在亞馬遜河，她就會缺乏適應社會的訓練，那她會有什麼未來呢？她看起來相當聰明，要是受良好教育可成大器，他說。他甚至願意帶她跟著自己到城裡去，在城裡他可以供她上學，讓她變成窈窕淑女，事情本該這樣。

「我無法和我女兒分開，但無論如何我還是感謝您。」桑多斯回答。

「考慮看看，老兄，我會像她的教父一樣……」企業家補充說道。

「我還可以跟動物說話呢！」娜迪雅打斷他的話，不過她的話換來大家一陣大笑，沒笑的僅有她父親、亞歷山大和凱特‧寇德。

「如果妳可以和動物說話，或許妳可以當我的翻譯員，和我的一隻寵物溝通。各位請跟我來。」企業家以柔和的語調邀請大家。

他們跟著毛洛‧卡里亞斯到了一個由拖車排成圓形圍起的空地，中央有個臨時以木棍和養雞場鐵絲網作成的籠子。裡面有隻大型貓科動物，正以被囚禁的猛獸慣有的瘋狂姿態走動。那是隻黑豹，是那個地區出現過最美的美洲豹之一，牠的皮膚有光澤，催眠的眼睛煥發黃玉的顏色。在牠面前，波羅霸發出尖銳的叫聲，跳離娜迪雅的肩膀，以最快的速度逃走，女孩追在後面叫牠，卻徒勞無功。亞歷山大感到很訝異，因爲到那時爲止，他從未看過那隻猴子主動和主人分開。攝影師馬上將鏡頭往猛獸身上對焦，凱特・寇德也從袋子裡拿出小型自動相機，勒布朗教授則保持著安全距離。

「黑豹是南美洲最嚇人的動物，牠們面對任何東西從不退縮，相當勇敢。」卡里亞斯說。

「如果您對牠敬佩有加，爲什麼不放牠走？這可憐的貓死了都比關著舒服。」塞撒・桑多斯指出。

「放牠走？不可能的，老兄！我在里約熱內盧的家有個小型動物園，我正在等一個合適的籠子要把牠送去那邊。」

亞歷山大被那頭龐然巨貓震懾住了，有如被催眠般一步步走近。他沒聽到奶奶警告的呼喊，一直前進到雙手可以觸摸到鐵絲網，那張網把他和動物隔離開來。美洲豹停住，發出驚人的咆哮聲，然後把黃色的眼神鎖定亞歷山大；牠靜止不動，肌肉緊繃，煤玉般黝黑的皮膚砰然顫動。男孩摘下從七歲開始配戴的眼鏡，眼鏡掉落在地上。他們如此靠近，他甚至可以仔細分辨猛獸眼珠裡的每個金黃小斑點，這時雙方的眼睛正在做沉默的對話。一切都不見了：他身處在一片遼闊的黃金平原，單獨站在動物面前，被許多高聳的黑塔包圍，他在一片白色天空底下，那裡飄著六個像水母般透明的月亮。他看到那隻貓科動物張開咽門，珍珠似的大牙閃閃發亮，然後以像是來自洞穴底層的人聲發出他的名字：亞歷山大。而他則用自己的聲音回應，但是聽起來也像來自洞穴：黑豹。這隻動物和男孩重複三次那些字眼：亞歷山大、黑豹、亞歷山大，黑豹，亞歷山大、黑豹；然後平原的沙土發出磷光，天空轉黑，六個月亮開始繞著軌道像緩慢的彗星般運行。

在那同時毛洛・卡里亞斯已發布命令，一個雇工用繩子拖來一隻猴子。猴子看到美洲豹的反應和波羅霸相似，牠開始尖叫，往空中拳打腳踢，但是無法掙脫。卡里亞斯抓住牠的脖子，在沒人猜到他的意圖之前，只用一個精準的動作就將籠子打開，把嚇壞的小猴子往裡面一丟。

攝影師被嚇到，好不容易才記起來手上有照相機。勒布朗繼續被不幸的猴子和猛獸的每個動作震懾住，猴子攀爬鐵絲網找尋出路，猛獸的眼睛跟著牠，蹲著準備跳躍。亞歷山大沒想到自己在做什麼，他拔腿開跑，踩碎了還在地上的眼鏡。他撲向籠子的門，準備解救兩隻動物，把猴子救離必然的死亡，把美洲豹救離牢獄。凱特看到孫子正打開門扣，也跑了起來，但是在她搆著孫子之前，卡里亞斯的兩個雇工已經抓住男孩的手臂，用力要制伏他。一切都在同時發生，那麼快速，後來亞歷山大也記不起來事情的次序。美洲豹用爪子一抓，把猴子摺倒，可怕的牙床骨一咬，把猴子擊潰，血花飛濺四處。同一時刻塞撒・桑多斯從腰帶掏出手槍，往猛獸額前精確打了一槍。亞歷山大感到自己中槍，好像子彈是打到他的雙眼中間，要不是卡里亞斯的守衛抓住他的手臂，讓他完全懸在半空中，他早就背朝地倒下了。

「你在做什麼？蠢蛋！」企業家喊叫，也從槍套裡掏出武器，轉向塞撒・桑多斯。

他的守衛爲了對付嚮導而放開亞歷山大，男孩失去平衡，跌在地上，但是他們不敢把手放到嚮導身上，因爲他還握著冒煙的手槍。

「我放牠自由。」塞撒・桑多斯以驚人的鎮定語氣回答。

毛洛・卡里亞斯努力控制住自己，他了解自己無法在記者和勒布朗面前與對方射擊格鬥。

「稍安勿躁！」毛洛・卡里亞斯命令守衛。

「他殺了豹！他殺了豹！」勒布朗重複說著，激動得漲紅了臉。猴子的死和貓科動物的隨即斃命讓他發狂，行徑像喝醉酒一樣。

「您放心，勒布朗教授，我要幾隻動物就有幾隻。各位抱歉，我怕這一幕不太適合心腸軟的人觀賞。」卡里亞斯說。

凱特・寇德扶起孫子站穩腳，然後拉了塞撒・桑多斯的手臂引領他到出口，不讓情況有時間變得更火爆。嚮導任由女作家拉出去，亞歷山大跟在他們後面。在外頭他們遇到娜迪雅，受驚嚇的波羅霸纏在她的腰上。

亞歷山大試著向娜迪雅解釋卡里亞斯把猴子丟進籠子之前，美洲豹和他之間發生的事，但是他的腦海裡卻一切混亂。那是如此真實的經驗，男孩可以發誓，有幾分鐘的時間他人是在另一個世界裡，一個有絢麗沙土以及六個月亮在穹蒼旋轉的世界，一個他和美洲豹融合成爲一個聲音的世界。儘管他沒有足夠的語彙把曾有的感受告訴他的朋友，她卻好像不需聽細節就懂了。

「那隻美洲豹認出是你，因爲美洲豹就是你的圖騰動物。」她說：「我們每個人都有一種動物的靈魂陪著，那就像我們的靈魂。並非所有人都會找到他的動物，只有偉大的戰士和巫師才會，但是你不用尋找就發現牠了，你的名字是『神豹』。」娜迪雅說。

「神豹？」

「亞歷山大是你父母親給的名字，『神豹』是你的真實名字，但是要用這名字你必須擁有美洲豹的天性。」

「那牠的天性如何？殘酷又嗜血？」亞歷山大問，想到在卡里亞斯的籠子裡猛獸咽門撕碎猴子的景象。

「動物並不像人類那樣殘酷，牠們只在防禦或飢餓時才大開殺戒。」

「娜迪雅，妳也有圖騰動物嗎？」

「有，但是我還沒遇到。對女人而言，找到她的圖騰動物比較沒那麼重要，因爲我們是從土地吸收能量，『我們』就是『大自然』。」她說。

「妳怎麼知道這些事？」亞歷山大問，他對新朋友的話已經沒那麼懷疑了。

「瓦利邁教我的。」

「那個巫師是妳的朋友？」

「對，『神豹』，但是我沒跟任何人提過我跟瓦利邁說話，甚至也沒跟我爸爸提過。」

「爲什麼？」

「因爲瓦利邁酷愛孤獨，他唯一可以忍受的夥伴是他太太的鬼魂。他只偶爾出現在某個夏波諾，去治病或參加死者的儀式，但是從來沒主動出現在納伯族面前。」

「納伯族？」

「外地人。」

「妳是外地人啊！娜迪雅。」

「瓦利邁說我不屬於任何地方，我既不是印第安人也不是外國人，不是女人也不是鬼魂。」

「那妳是什麼？」「神豹」問。

「我是我，就這樣。」她回答。

塞撒・桑多斯向探險隊的成員解釋他們要搭引擎船艇溯河而上，深入原住民的土地，一直到奧里諾科河上游的瀑布下。在那兒他們要紮營，可能的話，需要把森林的一長條地段砍光，臨時搭設降落的小機場。他會回到聖母瑪麗亞雨林駕駛飛機，他的小飛機可用來和村落做快速的連結。他說屆時新的引擎已經抵達，將只是安裝的問題而已。有了小飛機他們可以到山區僻野，根據某些印第安人和冒險家的證詞，神話般的**怪獸**藏身的窩可能就在那兒。

「按照推測那個地方連我們都爬不上去，一隻龐大的動物怎麼在那兒爬上爬下呢？」凱特・寇德問。

「我們會探究清楚。」塞撒・桑多斯回答。

「印第安人沒有小飛機又怎能在那兒移動呢？」她堅持自己的懷疑。

「他們了解那塊土地。印第安人可以攀爬一棵長滿刺的棕櫚樹樹幹，也可以攀爬瀑布裡像鏡子一樣光滑的石牆。」嚮導說。

他們花大半的早上將物品裝上船。勒布朗教授的東西比攝影師多，包括準備用來刮鬍子的好幾箱瓶裝水，因爲他怕汞汙染過的水。塞撒・桑多斯跟他重複解釋，他們是在上游紮營，離金礦很遠，不過不管他怎麼說都沒用。勒布朗倒是聽了嚮導的建議，雇用前晚幫他搧風的印第安人卡拉卡威當私人助理，這樣在剩下的航程中，他便可以受到照料。他解釋他背痛，一點重量都無法負荷。

打從一開始歷險，亞歷山大就負責看管奶奶的東西。那是他工作的一環，這樣她才會給他起碼的薪資，只要盡到責任，回程奶奶會付給他那筆錢。每天凱特・寇德會在筆記本記下孫子的工作時數，讓他在那一頁簽字，他們就這樣記帳。在一次坦承的機會下，他曾對她講述在旅程開始之前他怎麼把房間的東西都破壞了。凱特倒並不覺得嚴重，因爲她認爲在這世界上所需要的東西並不多，不過她提供薪水給孫子，萬一他想修理那些損壞的物品。奶奶帶了三套棉質的替換衣物、伏特加、菸草、洗髮精、肥皂、防蟲液、蚊帳、毯子、紙張和一盒鉛筆，全部裝在同一個帆布袋裡。她還攜帶一台最普通的自動照相機，曾引來專業攝影師提摩西・布魯斯和約耳・岡薩雷茲的輕蔑大笑。凱特沒下任何評語，放任他們大笑。亞歷山大的衣服帶得比奶奶還要少，外加帶了一張地圖和兩本書。他腰帶上配掛著瑞士陸軍小刀、長笛和指南針。塞撒・桑多斯看到那個儀器，對他解釋在雨林裡一點也派不上用場，在雨林是無法直線前進的。

「忘掉指南針吧！孩子，最好就是你跟著我，視線永遠不要離開我。」他建議。

但是不管人在哪裡，亞歷山大都期望能夠找到方位。相反地，他的手錶一點用處也沒有，因爲亞馬遜河流域的時間不像地球其他地方的時間，無法用小時來計算，而是以日出、潮水、季節、降雨來量算。

阿里奧斯托上尉提供的五個士兵和塞撒・桑多斯雇用的印第安嚮導馬杜維都全副武裝。馬杜維和卡拉卡威採用這樣的名字是爲了和外地人溝通；只有他們的家人和親密友人才可以叫他們的本名。他們兩人很年輕就離開自己的部落，到傳教士的學校受教育，也在那兒受洗成爲天主教徒，但是依舊和印第安人保有聯繫。那個地區沒人可以比馬杜維更懂得辨識方位，他從不藉用地圖來知道所在位置。卡拉卡威被當作「城裡的人」，因爲他經常到瑪瑙斯和卡拉卡斯城，也因爲他像城裡很多人一樣有疑心的脾性。

塞撒・桑多斯攜帶了紮營必備的東西：帳篷、食物、烹煮器具，裝電池的燈和收音機、工具、做陷阱的網，大刀、小刀，以及準備和印第安人交換禮物用的幾個玻璃和塑膠做的小東西。最後一刻他的女兒出現了，通報她已準備好上船，黑色猴子纏掛在她一邊胯上，她脖子上有瓦利邁的護身符，唯一的行李就是一件綁在脖子上的棉質背心。她已經提醒過父親，她不願像前幾次那樣和醫院的修女留在聖母瑪麗亞雨林，因爲毛洛・卡里亞斯老在那兒走動，她不喜歡他看她的樣子，討厭他老想摸她的模樣，她怕那個「心臟放在袋子裡」的男人。勒布朗教授勃然大怒，之前他嚴厲反對凱特・寇德的孫子同行，但是既然不可能把他送回美國，只好忍受他；然而，現在他怎樣都不打算允許嚮導的女兒也跟著來。

「這不是幼稚園，而是一支高度冒險的科學團隊，全世界的眼光都放在盧多維克．勒布朗身上。」他憤怒地爭論。

由於沒人理他，他拒絕上船。沒有他，大家無法啓程；只有他聲望遠播的名氣對《國際地理雜誌》才有保證功能，他說。塞撒．桑多斯試著說服他，他說女兒一直都跟在他身邊，不會惹什麼麻煩的，相反地，她還可以幫上大忙，因爲她會說好幾種印第安族的方言，然而勒布朗的強硬態度依舊不變。半個小時後，熱氣上升超過四十度，濕氣在所有平面上滴水，探險隊隊員的情緒也像那樣的氣候燥熱起來。那時凱特．寇德發言：

「教授，我也背痛。我需要一個私人助理。我已雇用娜迪雅．桑多斯扛我那些筆記本，還有用香蕉葉幫我搧風。」她說。

大家哄然大笑，女孩理直氣壯上了船隻，坐在女作家身旁。猴子坐在主人膝上，從那兒對勒布朗教授吐舌頭扮鬼臉，教授也上了船，氣得臉都漲紅了。

第八章　探險隊

團隊再次溯河往上航行。這次有十三個成人和兩個小孩，搭乘兩艘稍大的引擎船，兩艘都屬於毛洛・卡里亞斯，他交給勒布朗全權支配。

亞歷山大等到機會，私下告訴奶奶那段毛洛・卡里亞斯和阿里奧斯托上尉之間的奇怪對話。凱特專注傾聽孫子轉述娜迪雅的翻譯，並沒有表現出亞歷山大之前怕她會不相信的反應；相反地，她看來相當有興趣。

「我不喜歡卡里亞斯，他要滅絕印第安人的計畫會是什麼呢？」她問。

「我不知道。」

「我們目前唯一可做的就是等待和監視。」女作家這樣認爲。

「娜迪雅也這樣說。」

「那女孩該是我的孫女，亞歷山大。」

雖然景色變了，這趟溯河行程卻和之前他們從瑪瑙斯到聖母瑪麗亞雨林的行程類似。那時男孩已經決定學娜迪雅，不再全身噴滿防蚊液和蚊子對抗，而是任由牠們攻擊，同時克制著抓癢的衝動。他也脫下登山鞋，因爲他確認鞋子老是溼答答的，而且水蛭像他沒穿鞋一樣照樣叮他。直到奶奶指著他的腳，他才第一次注意到：他的襪子沾滿血跡。他脫下襪子，看到惡心的蟲子勾吊在皮膚上，血吸得飽飽的。

「那不會痛，因爲吸血之前牠們會先射入一種麻醉液。」塞撒・桑多斯解釋。

然後他教亞歷山大用香菸灼燒水蛭把牠們甩掉，這樣可以避免牠們的牙齒勾在皮膚上，那會有引發感染的危險。這個方法對亞歷山大來說有點麻煩，因爲他不抽菸，不過奶奶菸斗的一點熱菸草具有同樣的效果。把水蛭從身上弄掉總比爲了防牠而操心度日來得簡單。

從一開始亞歷山大就有種感覺，探險隊的成人之間有種明顯的緊張關係：誰也不相信誰。他也無法甩掉被窺探的感覺，老覺得有數以千計的眼睛看著船艇上的每個動靜。他每隔一段時間就往肩後看，但是並沒有人在河上跟蹤他們。

五個士兵都是出生在那一區的卡波克羅人；塞撒・桑多斯雇用的嚮導馬杜維是原住民，可以當他們的翻譯員和部落溝通。另一個純印第安人是勒布朗的助手卡拉卡威。根據歐麥菈・多瑞斯的說法，卡拉卡威的行爲不像其他印第安人，他很可能將永遠無法回去和他的部落一起生活。

在印第安人之間，一切都是共同分享，唯一的個人財產是每個人隨身攜帶的少數武器和原始工具。每個部落都有個夏波諾，那是一種共用的圓形大房舍，屋頂是麥稭做的，房舍朝一個內部庭院敞開。部落大夥兒住在一起，從食物到小孩的教養都共同分享承擔。然而，和外國人的接觸卻正在終結這些部落：外國人不僅將身體疾病傳染給他們，還有心靈上的疾病。印第安人一旦試過大刀、小刀或任何其他金屬器械，他們的生命就會永遠改變。僅僅一把砍刀，他們就可以在種植木薯和玉米的小園子裡複製千把。任何戰士有一把刀就自以為是個神，印第安人對鋼鐵的著迷有如外地人對金礦的執著。卡拉卡威已經超越砍刀時期，現在正處於軍火武器時期：他離不開他那把過時的手槍。像他這樣為自己設想比替團體設想更多的人，是無法在部落立足的。個人主義被視為一種瘋癲的形態，就像被魔鬼附身。

卡拉卡威是個皮膚黝黑、說話簡短的人，有人問他一個不可避免的問題，他只回答一兩個字；他和外國人、卡波克羅人和印第安人都處得不好。他不太情願地服侍盧多維克・勒布朗，必須和這位人類學者說話時，他眼裡老是閃著恨意。他不和其他人一起吃飯，滴酒不沾，晚上大家住在營地時，他會離開團隊。娜迪雅和亞歷山大有一次逮到他正在翻弄歐麥菈・多瑞斯醫師的行李。

「有大蘭多毒蛛。」他用解釋的口吻說。

亞歷山大和娜迪雅則決定監視他。

他們越往前進，航行也越困難，因為河流老是變窄，湍流處急撲而下，船艇面臨翻倒的威脅。其他部分的水面卻好像停滯不動，漂浮著阻礙前進的動物死屍、腐爛樹幹和枝條。他們必須關閉引擎，以船槳划行繼續前進，一邊用竹蒿把那些廢物撥到一旁去。好幾回那些東西竟然是大型鱷魚，從上方看下去，他們還誤以爲是樹幹。塞撒・桑多斯解釋說，水位低會出現美洲豹，水位高蛇隻就會來。他們看見兩隻巨大烏龜和一條一公尺半長的鰻魚，根據塞撒・桑多斯的說法，鰻魚會釋放極強的電流進行攻擊。稠密的植物叢發出一種有機物腐爛的味道，不過，有時候傍晚時分，攀緣在樹上的盛大花朵綻放，空氣裡便充滿像香草和蜂蜜的甜味。白鷺從河岸的高處草坪上一動也不動地看著他們，到處都有色彩鮮豔的蝴蝶飛舞。

塞撒・桑多斯經常讓船停在枝蔓垂於水面的樹木前，只要伸手就可摘取果實。亞歷山大從未看過那些果實，所以不願意試吃，但是其他人卻滿心歡喜吃得津津有味。有一次偶發的機會，嚮導爲了割取一株植物而把船岔開，他說，那是一種癒合疤痕的良藥。歐麥菈・多瑞斯也同意，還建議美國男孩把那株植物的漿汁放在手上疤痕處搓揉，儘管事實上根本不需要，因爲傷口已經復元了。他手上只留下一條紅色線紋，一點也不礙事。

凱特・寇德說：有許多人在這塊區域尋找神話城市黃金國，根據傳說，那裡的街道地面鋪著金塊，小孩拿寶石玩耍。許多冒險家深入雨林，溯亞馬遜河和奧里諾科河往上，卻沒能抵達那塊魔地的心臟地帶，那裡的世界維持無邪，像地球上人類生命的初醒時期。冒險家不是死亡就是撤退，被那塊土地上的印第安人、蚊子、猛獸、熱帶疾病、氣候和障礙擊潰。

他們已經身處委內瑞拉領土，但是在那裡國界根本不意味著什麼，一切都像是史前時代的樂園，和內格羅黑河不同的是那些河流的水面毫無人煙。他們沒跟其他船隻交會，也沒看到獨木舟，沒有木樁上的房子，一個人影也沒有。相反地，動植物卻奇妙無比，讓攝影師興高采烈，他們的鏡頭所及之處，從未有過如此繁多種類的樹木、植物、花朵、昆蟲、鳥類和動物。他們看到身上紅綠雜陳的鸚鵡，高雅的火烈鳥，嘴喙又大又重、幾乎無法把嘴支撐在脆弱頭顱上的巨嘴鳥，還有數以百計的金絲雀和鵲鳥。那些鳥類大多面臨滅亡威脅，因爲走私者毫無憐憫地獵殺牠們，偷偷賣到別的國家去。表情和遊戲很像人類的各種不同的猴子彷彿從樹上向他們打招呼。還有鹿、大食蟻獸、松鼠和其他小型哺乳類動物。好幾隻顏色燦爛的鸚鵡跟隨他們好長一段路途，有人也把牠們叫做金剛鸚鵡。那些色彩繽紛的大型鳥類以不可思議的優雅姿態飛翔在船艇上方，好像對搭乘船隻的奇怪動物感到很好奇。勒布朗拿手槍對牠們開槍，但是塞撒・桑多斯及時在他手臂上猛然打了一掌，讓射擊偏歪。子彈聲嚇壞了猴子和其他鳥類，天空飛滿翅膀，但是不一會兒鸚鵡又飛回來，無動於衷。

「牠們不能吃，教授，肉質是苦的，沒有射殺牠們的理由。」塞撒・桑多斯責怪人類學者。

「我喜歡羽毛。」勒布朗說，不滿嚮導的干涉。

「那請您到瑪瑙斯去買。」塞撒・桑多斯冷漠地說。

「金剛鸚鵡可以飼養，我母親在我們博阿維斯塔的家裡有一隻。牠隨時隨地陪著她，總是在她頭上兩公尺處飛翔。我母親到市場，那隻金剛鸚鵡會跟著公車直到她下車，她買菜時，牠會在樹上等她，然後和她回家，像隻哈巴狗。」歐麥菈・多瑞斯醫師講述。

亞歷山大再次證實那支長笛的樂音會引起猴群和鳥兒不安，但波羅霸倒像是特別被笛子吸引住。他吹奏長笛時，小猴子一動也不動地聆聽，神情莊嚴又好奇；有時候會跳到他身上，拉扯樂器，要求他吹奏。亞歷山大會滿足牠，因爲經過和兩個妹妹吵了那麼多年，要求她們讓他安靜練習笛子後，他很高興終於找到知音。景色越來越有敵伺環繞的氣息，也更神秘，那個樂音陪伴著探險隊隊員，令他們覺得精神振奮。男孩毫不費力吹奏著，音符自動飄揚，好像那支精美的長笛有記性，記得前一個傑出主人約瑟夫・寇德無瑕的技藝。

那種被跟蹤的感覺已經爬到每個人的身上，大家繼續監視大自然而不敢明言，因爲沒說出來的東西猶如不存在。勒布朗教授整天手持雙筒望遠鏡檢視河岸，緊繃的情緒讓他變得更討人厭。僅有凱特・寇德和英國人提摩西・布魯斯沒有感染到集體的緊張情緒，他們兩人曾多次一起工作，爲了他們的旅遊文章跑遍半個世界，他們親臨好幾個戰場和革命運動現場，曾攀爬山岳、沉潛海底，因此很少事情會讓他們擔心得沒睡意。此外，他們還喜歡吹噓自己根本無動於衷。

「凱特，妳不覺得有人在監視我們嗎？」孫子問她。

「有啊！」

「妳不害怕呀？」

「有好幾種克服害怕的方法，亞歷山大，沒有一種奏效。」她回答。

這些話才剛說完，他們船上的一個士兵毫無叫喊就倒在他們腳下。凱特・寇德傾身看他，一開始不了解發生什麼事，直到看見一種長刺釘在他的胸口。她確認他已瞬間死亡：那根刺乾淨俐落地穿過肋骨之間，然後刺透心臟。亞歷山大和凱特提醒其他船上隊員，隊員並沒發覺剛發生的事，那是樁非常安靜的襲擊事件。過了一會兒，半打的槍砲對著濃密叢林開火。當時漫天巨響、煙霧滿布、驚鳥奔飛滿天，他們卻看到雨林毫無動靜。射發致命飛鏢的人們伏地，不動聲色、安靜無聲。塞撒・桑多斯從屍體身上一扯，拔出飛鏢，大家看到那東西大約有一個腳丫子長，猶如鋼鐵一般堅固有彈性。

嚮導下令繼續全速航行，因爲在那邊河寬很窄，船隻成爲攻擊者容易射中的箭靶。他們一路前進，直到兩個小時後嚮導認爲安全才停下來。那時他們才能好好細看飛鏢，飛鏢上面鍍了金，有奇怪的紅色和黑色油漆記號，沒人可以解讀記號。卡拉卡威和馬杜維確認以前沒看過那種飛鏢，既不屬於他們的部落，也不屬於任何其他熟悉的部落，但是他們確定那地區所有印第安人都會使用吹箭筒。歐麥菈・多瑞斯醫師解釋：如果飛鏢不是以如此驚人的精準手法射中心臟，不論如何，依然會在短短幾分鐘內讓士兵喪命，而且可能以更疼痛的方式死去，因爲鏢尖塗滿「箭毒」，那是一種致命毒素，被印第安人用來獵捕或打戰，目前尙無解藥。

「不能容許這種情形發生！那支箭有可能射中我！」勒布朗抗議。

「沒錯。」塞撒・桑多斯承認。

「這是您的過失！」教授補充。

「我的過失？」塞撒・桑多斯重複他的話，被事情不尋常的轉變弄糊塗了。

「您是嚮導！您要負責我們的安全，我們付錢就是爲了這個！」

「我們不純然是觀光旅遊，教授。」塞撒‧桑多斯回答。

「我們掉頭，馬上回去。您沒注意到如果盧多維克‧勒布朗有個三長兩短，對科學界將會是多大的損失嗎？」教授喊著。

驚嚇過度的探險隊隊員保持沉默，沒人知道該說什麼，直到凱特‧寇德發言。

「他們聘請我寫一篇關於**怪獸**的文章，我也想寫，不管有沒有毒箭，教授。如果您想回去，您可以走路或游泳回去，隨您，我們會按照計畫繼續行程。」她說。

「蠻橫的老女人，您怎麼敢……」教授開始尖叫。

「請您放尊重點，小男人。」女作家鎮定地打斷他的話，穩穩抓住他的襯衫，藍眼珠駭人的神情讓他嚇得癱瘓。

亞歷山大以爲人類學者會刮他奶奶一個耳光，所以趨前準備攔阻，但是這個顧慮是多餘的。凱特‧寇德的眼神像變魔術一般，有種鎮定勒布朗暴躁情緒的力量。

「我們拿這可憐男人的軀體怎麼辦？」女醫生指著屍體說。

「在這種氣候之下，我們無法帶走他，歐麥菈，妳知道屍體會很快腐爛，我想我們該把他丟入河裡……」塞撒‧桑多斯提議。

「他的鬼魂會生氣，然後會跟在後面追殺我們。」印第安嚮導馬杜維加入談話，狀極驚怕。

「那麼我們就學印第安人必須延遲火化時的做法；我們將他暴露在外頭，讓鳥和動物食用他的遺骸。」塞撒・桑多斯決定。

「那就沒有該有的儀式了？」馬杜維堅持。

「我們沒時間了，一個合宜的葬禮會耽擱好幾天的行程，況且這個人是天主教徒。」塞撒・桑多斯解釋。

最後他們達成協議，把屍體裹在一個帆布袋裡，放在他們在樹冠上做成的一處樹皮小平台上。凱特・寇德不是個虔誠教徒，但是記性好，還記得童年的祈禱文，她臨時舉辦一個簡短的天主教儀式。提摩西・布魯斯和約耳・岡薩雷茲為屍體和葬禮錄影並拍照，當作事件的憑證。塞撒・桑多斯在河岸的樹上刻幾個十字架，在地圖上盡可能清楚圈出地點，這樣他們晚些回來尋找屍骨時可以辨識地點，他們會在聖母瑪麗亞雨林把屍骨交還給死者家屬。

從那時候開始，旅途變得每下愈況。植物越來越茂密，太陽的光線只在航行到河流中央時才照得到他們。他們的位置擁擠、很不舒服，甚至無法在船上睡覺；儘管印第安人和野生動物意味著危險，探險隊還是必須在河岸上紮營。塞撒・桑多斯分發食糧，組織打獵和捕魚的小隊，還分派男人晚上輪班站崗的次序。他沒把勒布朗教授列入，因為很明顯的，只要一丁點聲響，他就神經過敏。凱特・寇德和歐麥菈・多瑞斯醫師要求參與守衛工作，她們認為因身為女性而被免除在外是種羞辱。於是兩個孩子也堅持站崗，部分原因是他們想暗中監視卡拉卡威。他們曾看到他將好幾把子彈放到口袋裡，在那套無線電發收器旁徘徊，塞撒・桑多斯為了告知聖母瑪麗亞雨林的接線員他們在地圖上的位置，偶爾會用那套器材很吃力地和他通訊。雨林的植物冠層像把傘，阻礙了廣播聲波的傳送。

「誰比較壞，印第安人還是**怪獸**？」亞歷山大開玩笑地問盧多維克・勒布朗。

「印第安人，年輕小夥子。他們是食人族，不僅吃敵人，也吃自己部落的死人。」教授強調地回答。

「真的？我從沒聽過那種事。」歐麥菈・多瑞斯醫師嘲諷地指出。

「請您看我寫的書，小姐。」

「醫師。」她第一千次糾正他。

「這些印第安人殺人是爲了得到女人。」勒布朗肯定地說。

「或許您會因此殺人，教授，但是印第安人並不會，因爲他們並不缺女人，正確說來應該是過剩才對。」女醫生回答。

「我親眼證實過：他們曾爲了搶走女孩而襲擊其他的夏波諾。」

「據我所知，他們無法強迫女孩違背意願跟他們在一起。如果她們想離去，便可離去。當兩個夏波諾發生戰爭，通常是因爲其中一個用了魔力傷害了另一個而需要復仇，或者有時候那是儀式性的戰爭，他們會彼此棒擊，但是沒有殺任何人的意圖。」塞撒・桑多斯插嘴。

「您錯了，桑多斯。您該看看盧多維克・勒布朗的紀錄片，您就會了解我的理論。」勒布朗很有把握地說。

「據我所知，您曾在某個夏波諾裡分發大刀、小刀，還向印第安人承諾給他們更多的禮物，只要他們依照您的指示對著鏡頭表演……」嚮導提示。

「那是誹謗！根據我的理論……」

「其他人類學者和記者來到亞馬遜河之前，對印第安人也都已有一套自己的看法。有一位拍了一部紀錄片，裡面男孩穿著女裝，化妝，還用除汗劑。」塞撒・桑多斯補充。

「啊！那個同僚的想法一向有點奇怪……」教授承認。

嚮導教亞歷山大和娜迪雅如何上膛使用手槍，女孩並不特別靈巧也沒興趣，好像在三步的距離內都無法中靶；相反地，亞歷山大卻被迷住了，手槍在手裡的重量給他一種擁有不可踰越的權力的感覺，他第一次了解為什麼這麼多人對武器迷戀不已。

「我父母親無法容忍槍砲，如果他們看到我拿這東西，我相信他們會暈倒。」他說。

「他們不會看見你。」他奶奶斷言，一邊幫他拍照。

亞歷山大彎下腰，做個發射的動作，像小時候玩耍的樣子。

「肯定會讓子彈脫靶的技巧就是匆忙瞄準、發射。」凱特・寇德說：「如果有人襲擊我們，你一定就得那樣做，亞歷山大，但是你放心，因為沒人會看著你，最有可能的情況是那時我們大家都已死亡。」

「妳不相信我可以保護妳，是嗎？」

「沒錯。但是我寧願在亞馬遜河流域被印第安人殺害身亡，也不要老死在紐約。」他奶奶回答。

「妳真是獨一無二，凱特！」男孩莞爾。

「我們大家都是獨一無二，亞歷山大。」她打斷他的談話。

航程第三天，他們隱約看到一家族的鹿群在河岸一個小空地上。那些動物已經習慣了森林的安全性，看起來並不因船隻的出現而受到干擾。塞撒・桑多斯命令停船，用來福槍射殺一頭鹿，其他的鹿則驚慌逃逸。那天晚上探險隊隊員將會有一頓美味的晚餐，儘管肉質多纖，鹿肉卻是非常珍貴的，在多日同樣的魚食之後，那將會是一場盛宴。馬杜維身上攜帶著他部落的印第安人倒進河裡的一種毒藥，當毒藥掉進水中，魚會麻痺，就有可能用長矛或綁在藤條上的箭輕易刺到魚隻。毒藥不會在魚肉和水中留下痕跡，其他的魚隻短時間內就會復元。

他們身處一處恬靜的地方，那兒河流形成一個小湖，用來停留兩三個小時吃東西恢復體力最理想不過。塞撒・桑多斯警告他們要小心，因爲水質混濁，而且幾個小時前還看到鱷魚，但是大家真的是又熱又渴。守衛用長篙撥弄河水，既然沒看見鱷魚的蹤跡，大家便決定下水，盧多維克・勒布朗教授除外，他說什麼都不肯鑽進水裡。猴子波羅霸視泡水如仇，但是娜迪雅強迫牠偶爾得弄濕身體，好幫牠除去跳蚤。小動物騎在主人頭上，每次有水滴灑到身上，就發出最純粹的驚嚇哀叫聲。探險隊成員玩了一會兒水，同時塞撒・桑多斯和手下兩個人則將鹿支解成塊，並生火燒烤鹿肉。

亞歷山大看到奶奶脫掉外褲和襯衫，穿著內衣游泳，雖然身體弄濕後幾乎如同赤裸，她卻一點也不害臊。他試著不看奶奶，但是他很快就了解，沉浸在大自然之中，離熟悉的世界又如此遙遠，對軀體的羞怯在那兒根本沒有立足之地。他的成長過程中，與母親和妹妹都相處親密，在學校也習慣異性同伴，但是最近，一切和女人有關的東西就像個既遙遠又被禁止的奧秘吸引著他。他知道原因：他的荷爾蒙非常激動，不讓他安靜思考。青少年時期真是麻煩，沒有比它更棘手的事了，他確定。人們應該要發明一種有雷射線的機器，只要進去裡面一分鐘，然後，啪！就變成成人。他內心有股旋風，有時候欣喜若狂，像全世界的國王，準備赤手空拳和獅子搏鬥；有時卻只是單純一隻蝌蚪。然而，自從他開始那趟旅行，從未想到荷爾蒙，也沒時間思忖是否值得繼續活下去，而以前那個疑問每天至少會襲擊他一次。現在他會比較奶奶的軀體——乾癟、肉瘤遍布、皮膚皸裂——相較於歐麥菈・多瑞斯醫師金黃柔和的曲線——她總是穿一件含蓄的黑色泳衣——以及娜迪雅依然有如幼童般的氣息。他看到軀體在不同年齡的變化，確信各自散發不同風味的三個女人都一樣美麗，他想到這裡臉紅了起來。兩個星期前，他從未想過會認爲自己的奶奶具有魅力。難道是荷爾蒙正在熬煮他的大腦，讓他變笨？

一個令人毛骨悚然的叫聲將亞歷山大從這麼重要的思緒裡拉回來。喊聲來自於其中一位攝影師約耳・岡薩雷茲，他在河岸的泥堆中拚命掙扎。一開始沒人知道發生什麼事，他們只看到那人的手臂在空中揮動，頭沉下去又浮出來。參加學校游泳校隊的亞歷山大是第一個游了兩三個划手就抓到他的人。他靠近攝影師時極度驚嚇，看到一條蛇纏住他的身體，蛇身有如消防隊員灌滿水的橡皮管那麼粗大。亞歷山大拉住岡薩雷茲一隻手臂，試著把他拉向穩固的地面，但是攝影師和爬蟲加起來對他而言太重了。他用兩隻手企圖把動物扯開，使盡全力用力拉，但是牠卻成圈環繞，把受害者勒得更緊。他想起幾天前的晚上，巨腹蛇纏在腿上的驚悚經驗。這次比那次更糟上一千倍。攝影師已經不再掙扎也不喊叫，他失去意識了。

「爸爸，爸爸！一條蟒蛇！」娜迪雅喊叫，加入亞歷山大的喊叫陣容。

那時凱特‧寇德、提摩西‧布魯斯和兩個士兵已經游近，他們一起和強有力的蟒蛇戰鬥，想把牠從可憐的岡薩雷茲身上扯下來。這場喧亂將湖底的泥土擾混，把水弄得像巧克力般深暗又濃稠。在一團混亂中，看不清怎麼一回事，每個人一邊拉扯，一邊喊著指令，卻沒任何結果。一切的努力看起來都沒用，直到塞撒‧桑多斯拿來一把正在支解那頭鹿的刀。嚮導不敢盲目用刀，怕會傷到岡薩雷茲或和爬蟲對抗的其他任何人；他必須等到蟒蛇的頭暫時浮出泥堆的時刻，才精準將牠的頭一刀砍下。河水染滿了血，變成鐵鏽的顏色。他們必須再花五分鐘把攝影師解開，因爲蛇的反射動作使收縮的環圈依舊緊壓著他。

他們把岡薩雷茲拖到河岸，他像死人般癱躺在那兒。勒布朗教授變得非常緊張，從安全的地方往天空一直射槍，讓一團混亂的狀況更是雪上加霜，直到凱特‧寇德把他的手槍搶走，命令他停止喊叫爲止。其他人在水中和蟒蛇奮戰時，歐麥茲‧多瑞斯醫師回頭攀上汽艇拿救護箱，現在她手拿針筒，跪在那個沒意識的男人身旁。她安靜又心平氣和地行事，好像蟒蛇的襲擊不過是她生命中極爲平常的事件。她幫岡薩雷茲注射腎上腺素，一確定他可以呼吸，便開始幫他做檢查。

「休克，他身上好幾根肋骨斷掉。」她說：「我們得期待他的肺部沒被骨頭刺傷或頸椎沒斷裂，他必須保持不動。」

「我們該怎麼做呢？」塞撒・桑多斯問。

「印第安人都使用樹皮、泥巴和藤蔓。」娜迪雅說，她還因剛剛看到的一幕而顫抖不已。

「很好，娜迪雅。」女醫生贊同地說。

嚮導發布必要的指示，有凱特和娜迪雅的幫忙，女醫生很快地將患者從髖部到頸部包紮在塗滿新鮮泥土的布條裡，上面放著長條樹皮，然後將他綑緊。泥土一乾掉，那個原始的盒子會像現代矯正架發揮一樣的功能。驚愕又疼痛的約耳・岡薩雷茲還不知道所發生的事，但是他已經恢復意識，可以清楚說出幾個字。

「我們必須馬上把約耳送到聖母瑪麗亞雨林，那兒可以用毛洛・卡里亞斯的飛機把他送到醫院去。」女醫生決定。

「這實在太不方便了！我們只有兩艘船，我們不能讓一艘走回頭路。」勒布朗教授反駁說道。

「什麼？昨天您想利用一艘船逃走，現在卻不想派遣一艘船送走我傷重的朋友？」提摩西・布魯斯問，努力保持鎮定。

「沒有適當的照護，約耳可能會死掉。」女醫生解釋。

「別誇張，我的好女人。那個人並不嚴重，不過是嚇著了，休息一下兩天後就會康復的。」勒布朗說。

「您真是體諒人啊！教授。」提摩西・布魯斯咕噥著，握起拳頭。

「夠了，各位！明天我們再做決定。很快就要天黑，現在航行已經太晚了，我們必須在這兒紮營。」塞撒・桑多斯決定。

歐麥菈・多瑞斯醫師下令在傷患旁邊生火，讓他在總是寒冷的夜晚裡保持乾燥和溫暖。爲了幫助他忍受疼痛，她給他嗎啡，而爲了要預防感染，她開始讓他服用抗生素。她在一個水瓶裡將幾湯匙的水和一點鹽巴混合一起，指示提摩西・布魯斯用小湯匙餵他的朋友喝下那劑溶液，以防他脫水，因爲很明顯他再來幾天都無法進食硬質食物。英國攝影師本來就一副喪志神態，現在更是沒保留地憂心忡忡，他遵從女醫生的命令，有如盼子早癒的殷切慈母。甚至脾氣不佳的勒布朗教授內心裡都該承認，在那樣的探險中，少不得女醫生的存在。

這時三位士兵和卡拉卡威已將蟒蛇的屍體拖到河岸。他們量一下蛇身，發覺幾乎有六公尺長。勒布朗教授堅持要人幫他拍張照片，他把蟒蛇繞著自己的身體圈住，但不讓人看到蛇少了頭。之後士兵們將爬蟲的皮剝下來，釘在樹幹上晾乾；用那個方法可以加長百分之二十的長度，觀光客會付個好價格買那張蛇皮。然而，他們根本用不著把蛇皮帶到城裡去，因爲當勒布朗教授確定他們不願意免費送他蛇皮時，就決定當場買下來。凱特・寇德嘲諷地在他孫子耳邊低語，肯定幾個星期後，人類學家就會在演講中像戰利品般展示蛇皮，告訴大家他是如何用自己的雙手獵殺那條蛇。他就是這樣在全世界的人類學系學生面前贏得英雄的美名，那些學生被他的觀念迷惑了：那個殺人凶手可以比溫和男人擁有多出兩倍的女人和三倍的兒子的鬼觀念。勒布朗有關優勢雄性占上風的理論，闡述這類雄性爲了傳遞基因可以做出任何暴行，而這深深吸引那些注定在文明裡馴服度日的無聊學生。

士兵們在湖裡找尋蟒蛇的頭，但是找不到，頭已經沉到湖底的泥堆裡，或是被水流捲走了。他們不敢過度扒土，因爲聽說那些爬蟲總是出雙入對，沒人打算再遇到一條像那樣的蛇。歐麥菈・多瑞斯醫師進一步解釋，她說印第安人和卡波克羅人都認爲蛇有治療和預言的功效。他們將蛇解剖，磨成粉末，用來治療肺結核、禿頭和骨骼方面的病症，也可以幫助解釋夢境。她肯定，那樣大尺寸的蛇頭一定非常珍貴，不見了真是可惜。

一群男人將爬蟲的肉割下來，抹上鹽巴，用棒枝串起來開始燒烤。亞歷山大到那時都拒絕品嘗巨骨舌魚、大食蟻獸、巨嘴鳥、猴子或貘，卻突然感到好奇，想知道那條水中巨蛇的肉是什麼滋味。他尤其考慮到當賽西麗雅・伯恩斯和加州的朋友們知道他在亞馬遜河雨林中吃過蟒蛇，在他們面前他會多麼威風，又會增添多少聲望。他在蛇皮前擺姿勢，手拿一塊蛇肉，要求奶奶拍照作爲證據。由於沒有一個探險隊隊員是拿手廚師，蛇肉烤得相當焦，吃起來肉質像鮪魚，味道有點像雞肉，和鹿肉比起來，沒有什麼味道，但是亞歷山大認爲不管怎樣，還是比他父親做的像橡皮的甜餅來得好。他突然記起家人，感覺像被抽了一記耳光。拿著棒串的蟒蛇肉看著天空，他陷入沉思。
「你在看什麼？」娜迪雅低語問他。
「我在看我媽媽。」男孩回答，啜泣聲從唇邊溜出。
「她好嗎？」
「她生病了，病得很嚴重。」他回答。
「你媽媽是身體生病，我媽媽是靈魂生病。」
「妳可以見到她嗎？」亞歷山大探問。
「有時候。」她說。
「這是我第一次可以用這種方式看到一個人。」亞歷山大解釋：「我有種很奇怪的感覺，好像在一個螢幕裡清清楚楚看到我媽媽，卻無法摸到她或跟她說話。」
「一切都是練習的問題，『神豹』。可以學習用心靈觀看東西，像瓦利邁那樣的巫師也可以從遠處用心靈觸摸或說話。」娜迪雅說。

第九章　霧族人

那天晚上，他們將吊床懸掛在樹與樹之間，爲了要有人守衛，並讓火焰持續燃燒，塞撒・桑多斯分配了站崗次序，每崗兩個小時。經歷了飛箭受害者的死亡和約耳・岡薩雷茲的意外事件，只剩十個大人和兩個小孩來補滿八個小時的漆黑時刻，勒布朗不包括在內。盧多維克・勒布朗自認爲是探險隊的領隊，身兼此職應該「保持神清氣爽」，他找理由說：若缺乏一夜好眠，他便無法清醒地採取決策。其他人也高興，因爲事實上沒人願意和一個看到松鼠就緊張兮兮的人一起站崗。第一崗通常最簡單，因爲大家依然保持警戒，也還不很冷，這崗分派給歐麥菈・多瑞斯、一個卡波克羅人和提摩西・布魯斯，攝影師因爲同事發生的事，還心有餘悸。布魯斯和岡薩雷茲一起工作了好幾年，情同手足、彼此尊重。第二崗輪到另一個士兵、亞歷山大和凱特・寇德；第三崗是馬杜維、塞撒・桑多斯和他女兒娜迪雅。清晨的崗則交付給兩個士兵和卡拉卡威。

大家都很難入睡，因爲除了不幸的岡薩雷茲的呻吟聲，還加上一股像是滲透整個森林的味道，奇怪又持久。他們都已風聞惡臭，惡臭已被認定爲**怪獸**的特質。塞撒・桑多斯解釋說他們可能是紮營在一家族的白頭鼬附近，那是一種臉蛋甜美的雪鼬，但是味道卻像臭鼬。那樣的解釋並沒讓大家安心。

「我已經頭暈，還感到惡心。」亞歷山大說，臉色蒼白。

「如果這味道沒殺死你，就會讓你更強壯。」凱特說，她是唯一面對惡臭無動於衷的人。

「臭死了！」

「應該說那是種不一樣的味道。感官是很主觀的，亞歷山大。你覺得惡心的東西，對其他人而言卻可能有吸引力。或許**怪獸**發出這種味道就像求愛的歌曲，用來叫喚愛偶。」他奶奶微笑說著。

「嗯！聞起來像死老鼠加大象的尿、臭酸的食物，還有……」

「也就是說，聞起來像你的襪子。」奶奶打斷他的話。

探險隊隊員持續感受到來自叢林深處幾百隻眼睛的窺看。由於火堆的顫動火光和一對煤油燈照著他們，大家感覺像被看得一清二楚。晚上前半段過去了，一直到亞歷山大、凱特和一位士兵的崗哨都沒什麼令人驚恐的大事。男孩第一個小時看著夜晚和河水的倒影，看顧其他人的睡夢，想著短短幾天的巨大變化。現在他可以很長一段時間安靜不出聲，自己想著事情當作消遣，不像以前需要電玩遊戲、腳踏車或電視。他發現，他可以沉潛，轉移到攀岩所需要達到的安靜無聲的內心世界。他父親給他的登山第一課就是：如果他處於緊繃、焦急或匆忙狀態，一半的力氣就會分散掉。心靜才能征服山岳。他可以將這樣的教誨運用在攀岩，但是一直到那時候，在他生活的其他方面卻很少用得上。他發覺有很多事情可以思索，但是最常出現的影像總是他母親，如果她過世……他的思路總是在那兒停頓。他決定不要去想那種狀況，因爲那好像在呼喚悲戚。相反地，他專注於傳遞給她正面的能量，那是他幫助她的方式。

突然有一個聲音打斷他的思緒，他完全清楚地聽到巨人的腳步聲壓踩著附近的灌木叢。他感到胸部一陣抽搐，好像溺水般。從他在毛洛・卡里亞斯的營地弄丟眼鏡以來，第一次懷念起眼鏡，因爲他的視力在夜間變得更差。他用雙手握緊手槍來控制顫抖，就像在電影裡看到的那樣，他就這樣等待，不知該做些什麼。當他感受到植物在近處搖動，像有一部隊匍匐的敵人，他發出一聲震撼的長嘯，聽起來像是失事的汽笛聲，把所有人都吵醒了。奶奶立即來到他身邊，緊握著她的來福槍。兩人迎面遇到一隻起初並無法辨識的動物的大頭顱。那是隻野生豬，一頭巨大野豬。他們由於驚訝而麻痺靜止不動，但那樣卻因此救了他們，因爲那隻動物就像亞歷山大，在漆黑中也看不清楚。幸好微風往反方向吹，這樣野豬就聞不到他們的味道。塞撒・桑多斯是第一個小心地從吊床溜下來查看狀況的人，儘管能見度非常不好。

「大家不要動……」爲了不驚動野豬，他幾乎是低聲下令。

牠的肉非常可口，可以用來歡慶好幾天，但是在黑暗中無法射擊到牠，也沒人敢手握短刀撲向這麼危險的動物。那頭豬在吊床之間安然地穿梭，嗅著他們爲了防止老鼠和螞蟻偷食而用細繩吊起來的食糧，最後牠將鼻子伸到勒布朗的帳篷裡，教授差點就因驚嚇而血管阻塞。唯一的對策是等待，等這位在營地裡遊走卻不受歡迎的訪客感到無趣而走開，牠經過亞歷山大身旁時，彼此距離非常近，男孩甚至可以伸手摸到牠布滿刺毛的獸皮。等緊張情緒消失後，他們也可以開玩笑時，男孩覺得自己方才那樣喊叫真是歇斯底里，但是塞撒・桑多斯向他保證他那樣做完全正確。嚮導重複說明警戒狀況的指令：蹲下來，先喊叫，再開槍。他還沒說完，又聽到一聲槍聲：那是盧多維克・勒布朗在危險過後十分鐘對空中開槍。教授根本像凱特・寇德說的，是個動不動就扣扳機的人。

第三崗的夜晚比較冷冽又漆黑，是塞撒・桑多斯、娜迪雅和一個士兵站崗。嚮導遲疑要不要叫醒抱著波羅霸熟睡中的女兒，但是他猜如果不叫醒她，女兒絕對不會原諒他。女孩喝下兩口摻了不少糖的黑咖啡來趕走睡意，她穿上兩件汗衫、自己的背心和她爸爸的外套，盡可能保暖身體。亞歷山大只睡了兩個小時，感到非常疲憊，但是他在火堆發出的微弱光線下，隱約看到娜迪雅迅速準備站崗，也起身準備和她作伴。

「我很安全，別擔心，我有護身符保護我。」她低聲說話，要他放心。

「回到你的吊床去。」塞撒・桑多斯命令他：「我們大家都需要睡眠，是這樣才分配站崗的。」

亞歷山大不情願地遵命，決定保持清醒，但是不消幾分鐘睡意就將他擊敗。他無法估算睡了多久，但是應該有兩個小時以上，因爲他被周遭噪音吵醒時，娜迪雅的崗已經結束有一會兒了。天剛開始發亮，晨霧是乳白色，寒冷嚴烈，但是大家都已下床。空中飄浮著很濃的味道，濃得可以用刀砍下。

「怎麼了?」他問,從吊床滾下來,還因睡夢而頭昏腦脹。

「不管任何理由,大家都不准離開營地!在火堆裡再多加點柴薪!」塞撒・桑多斯下令,他已在臉上綁上一條毛巾,一隻手拿來福槍,另一隻拿手電筒,巡視著破曉時分湧入森林的那團顫動的灰色霧堆。

凱特、娜迪雅和亞歷山大趕緊在火堆裡添加更多木柴,亮度因此稍微增強。卡拉卡威已經大聲發出警報:一個和他一起巡視的卡波克羅人不見了。塞撒・桑多斯在空中開了兩次槍叫那個士兵,但是沒有回音,他決定跟提摩西・布魯斯和兩個士兵到附近走一趟,讓其他人持手槍留在火堆旁。大家都必須遵循嚮導的示範:用毛巾將嘴巴圍住,以維持呼吸。

有幾分鐘的時間像是永恆般,一句話都沒人說。通常那個時刻猴群會在樹冠上開始甦醒,牠們聽起來像狗吠的喊叫聲會宣告一天的到來,然而,那個清晨卻籠罩一片令人毛骨悚然的寂靜。動物甚至鳥兒都逃逸了。子彈聲突然響起,塞撒・桑多斯的聲音跟著喊出,然後是其他人的驚叫聲。一分鐘後,提摩西・布魯斯回來,上氣不接下氣:找到卡波克羅人了。

那個人身體朝下,趴在蕨類植物中。然而臉孔卻是正面朝上,好像有一隻強有力的手把他的頭往背後轉了九十度,弄斷頸部的骨頭。他的雙眼張開,極度恐懼的表情讓他的臉變了形。他們將他翻過身來,看到軀幹和肚子被砍了幾道很深的切口。身上有好幾百隻奇怪的昆蟲、扁虱和小金龜子。歐麥菈・多瑞斯醫師確認一件很明顯的事實：他死了。提摩西・布魯斯跑去拿他的相機爲發生的事留下證據，同時塞撒・桑多斯抓了幾隻昆蟲放到一個小塑膠袋裡，要帶到聖母瑪麗亞雨林給巴爾德梅洛神父，神父懂得昆蟲學，也收藏那個地區的物種。在那個地方，惡臭更濃烈，他們需要秉持強勁的意志力才沒逃開。

塞撒・桑多斯指示一位士兵回去看顧單獨留在營地的岡薩雷茲，他要卡拉卡威和另一個士兵查看附近的地方。印第安嚮導馬杜維仔細查看這具嚴重變樣的屍體；他的臉色發青，好像看到鬼魂般。娜迪雅抱住她父親，把臉藏在他胸前，避免看到那凶殘的場景。

「是那隻**怪獸**！」馬杜維喊叫。

「和**怪獸**一點關係都沒有，老兄，這是印第安人做的。」勒布朗教授駁斥，看到那一幕臉都變白了，顫抖的手上拿著一條灑滿古龍水的手巾，另一手拿著手槍。

那時勒布朗向後退，被絆倒跌坐在土堆裡。他發出咒罵，想站起身來，但是他做的每個動作卻讓他一次次滑倒，在一團黑黝柔軟有凝塊的東西裡打滾。從極大的惡臭味中，他們知道那不是泥漿，而是一大坨坑的糞便：傑出的人類學家根本從頭到腳都被大便蓋住了。塞撒・桑多斯和提摩西・布魯斯遞給他一根樹枝拉他，幫他突破重圍，然後陪他到河邊，不過爲了不碰觸到他，大家都保持距離。勒布朗沒辦法，只得將身體浸泡好一陣子，還因羞辱、寒冷、畏懼和憤怒而哆嗦不已。他的私人助理卡拉卡威堅決地拒絕幫他上肥皂或幫他洗衣服，而儘管情況悲慘，大家情緒異常緊繃，還是得強忍住才不至於爆笑出來。大家的腦子裡都有同樣的想法：製造那排泄物的動物應該有大象那麼大。

「我幾乎確定拉出這糞便的動物什麼都吃；植物、水果和一點生肉。」女醫生一邊說，一邊用放大鏡觀察糞便採樣，她早已在鼻子和嘴巴上綁上一條毛巾。

同時凱特・寇德趴著檢查地面和植物，她孫子也模仿著做。

「妳看，奶奶，有斷裂的樹枝，灌木叢有些地方被踩過，好像是巨大的腳丫。我找到一些又黑又硬的毛……」男孩指出。

「可能是那頭野豬的。」凱特說。

「還有很多昆蟲，跟屍體上的一樣，我以前從來沒看過。」

天剛亮，塞撒・桑多斯和卡拉卡威著手將裹在吊床裡不幸士兵的屍體，盡可能吊在一棵樹的最高處。教授準備做出決定，他緊張得右眼痙攣，膝蓋顫抖。他說大家處於身亡的重大險境，而他，盧多維克・勒布朗，身爲團隊的負責人，必須下達命令。第一個士兵被謀殺證實了他的理論，印第安人是天生的殺人凶手，陰險又背信。第二個士兵在這麼奇怪狀況下死亡，也可能是印第安人下手的，但是他坦承也不能排除是**怪獸**所爲的可能性。最好是架設他設計的陷阱，說不定運氣不錯，他們尋找的動物再度殺人之前先掉入陷阱中，然後他們可以馬上回到聖母瑪麗亞雨林，在那兒搭上直升機。其他人下結論說，這個小男人在糞便坑裡翻滾後，終於多少學到東西。

「阿里奧斯托上尉不敢拒絕協助盧多維克．勒布朗的。」教授說。隨著他們越深入陌生的領土，**怪獸**可能在此生活的痕跡越顯著，人類學家用第三人稱稱呼自己的傾向也越強烈。團隊的好幾個成員同意他的說法。然而，凱特．寇德卻表明繼續前進的決心，並要求提摩西．布魯斯和她一起留下來，因為要是沒有照片作證的話，找到那頭動物也沒用。教授建議大家分散，想要回村的人就搭其中一艘船回去。士兵們和印第安嚮導馬杜維都想要盡速離去，他們已是萬分恐懼。相反地，歐麥菈．多瑞斯醫師說，她一路到那裡就是想替印第安人接種疫苗，或許不久的將來也不再有另一個機會可以這樣做了，她不想遇到第一個困難就掉頭往回走。

「妳是個非常勇敢的女性，歐麥菈。」塞撒．桑多斯欽佩地說：「我留下來。我是嚮導，不能把他們丟在這裡。」他補充說。

亞歷山大和娜迪雅交換個共謀的眼神：他們已發現塞撒．桑多斯的眼光是怎麼跟隨著女醫生，而且他也不會失去可以接近她的機會。他那樣說之前，他們倆早已猜到：如果她留下來，塞撒也會那樣做。

「沒有您，我們其他人怎麼回去呢？」勒布朗想知道，情緒相當不安。

「卡拉卡威可以帶領你們。」塞撒．桑多斯說。

「我要留下。」卡拉卡威拒絕，和平常一樣措辭簡短。

「我也是，我不想丟下奶奶一個人。」亞歷山大說。

「我不需要你，我不想和乳臭未乾的小孩在一起，亞歷山大。」他奶奶嘟囔著，但是所有人都看得出來，孫子做決定時，她那對猛禽般的雙眼散發出驕傲的光彩。

「我去帶救兵來。」勒布朗說。

「教授，您不是負責這支探險隊嗎？」凱特．寇德冷冷地問。

「我去那裡比在這裡用途大些……」人類學家吞吞吐吐地說。

「隨您愛怎麼做，但是如果您走了，我會負責把這件事刊登在《國際地理雜誌》上，讓所有人知道勒布朗教授是多麼勇敢。」她威脅他。

最後大家同意由一個士兵和馬杜維將岡薩雷茲帶回到聖母瑪麗亞雨林。那段旅程會更短，因爲他們順流而下。其他人都留在原地等待救援到來，包括不敢挑釁凱特．寇德的盧多維克．勒布朗。過了大半個上午，一切就緒，探險隊隊員向他們道別，載著傷患的船艇開始返程。

那天剩餘的時間和隔天大半的時間，大家遵循勒布朗教授的指示，架設獵捕**怪獸**的陷阱。那實在是個簡單的幼稚裝置：地上挖一個大坑洞，蓋上一個用樹葉枝條掩飾的網。可以想像，一踩到陷阱，身體就會掉進洞裡，拉扯網子。洞井的底部有一個電池警報器，會馬上發出聲響提醒探險隊。這個計畫是：在動物掙脫羅網離開坑洞之前，走近對牠打上幾槍那種能讓犀牛睡著的強力麻醉藥。

最艱鉅的莫過於挖個那麼深的洞，好容下像**怪獸**那麼高大的動物。大家輪流拿鐵鍬挖洞，娜迪雅和勒布朗除外，因爲女孩反對傷害動物，教授則是因爲背痛。教授過去在千萬哩外遠的家中，舒適地坐在書桌前設計陷阱所想像的地質，和眼前的有很大的差異。這種地質有層細長的腐質土硬殼，更下面有一團糾結不清的樹根，然後有像肥皂般滑溜的黏土，隨著他們的挖掘，洞井也跟著流滿泛紅的水，那兒有各種類的卑小動物在游泳。最後他們被重重阻礙打敗而打消念頭。亞歷山大建議使用幾個網，借用一組繩子把網掛在樹上，一個誘餌放在下方；獵物一靠近獵取誘餌，警鈴就會響，網馬上會從上面掉在牠的身上。除了勒布朗，大家都認為理論上可以行得通，但是他們太累了，無法做嘗試，決定把計畫延到隔天早上執行。

「我希望你的方法沒用，『神豹』。」娜迪雅說。

「那頭**怪獸**是危險動物。」男孩反駁說道。

「如果抓到牠，他們要拿牠怎樣？殺掉牠？把牠分成屍塊來研究？把牠關在籠子裡度過餘生？」

「娜迪雅，妳有什麼解決方法？」

「和牠說話，問牠想要什麼。」

「好棒的想法喔！我們還可以邀請牠喝杯茶……」他開玩笑地說。

「所有的動物都會溝通。」娜迪雅確信。

「我的妹妹妮可也那樣說，但是她九歲。」

「我看她几歲比你十五歲知道的更多。」娜迪雅回答。

他們身處一個很漂亮的地方。河岸茂密和糾葛不清的植物越往內地就更稀散了，那兒的森林實在是壯大雄偉。樹木的軀幹又高又直，是壯麗綠色大教堂的支柱。蘭花和其他花朵懸吊在樹枝上，亮麗的蕨類鋪滿地面。動物群相非常多樣，從清晨到深夜可以聽到巨嘴鳥和鸚鵡的歌唱聲；晚上開始有青蛙和吼猴的喧鬧聲，從來沒有安靜可言。然而，那個伊甸園卻隱藏著不少危險：遙遠的距離，絕對的孤寂，如果不熟悉那塊土地，根本不可能知道自己所在的位置。根據勒布朗的說法——塞撒・桑多斯也同意這說法——，在那個地區移動的唯一方法是借用印第安人的協助。他們應該去吸引印第安人過來。歐麥菈・多瑞斯醫師是最有興趣那樣做的人，因爲根據她的解釋，她必須達成替他們接種的任務，還要建立一個健康控制系統。

「我不認爲印第安人會主動把手臂伸給妳打針，歐麥菈，他們一輩子沒看過針。」塞撒・桑多斯微笑說著。他們倆之間有種好感，那時已經很熟悉地如此稱呼彼此。

「我們會跟他們說那是白種人一種很有威力的魔法。」她說，一邊向他擠眉弄眼。

「的確是千真萬確。」塞撒・桑多斯同意地說。

根據嚮導的說法，在附近有好幾個部落肯定曾和外面的世界有所接觸，儘管很短暫。從他的小飛機上曾隱約看過幾個夏波諾，但是由於在那邊無法降落，他只能在地圖上圈畫出來。他看過的群居茅舍應該算是小的，那意味著每個部落是由很少數的家庭組成。勒布朗教授說自己是這方面的專家，根據他的認定，每個夏波諾的最低人數是五十人左右——再少就不可能防禦敵人的攻擊——，但很少超過兩百五十人。塞撒・桑多斯也猜測有不曾被看過的偏遠部落存在，像多瑞斯醫師所期待的一樣，而唯一抵達那兒的方法是從空中降落。他們應該往上飛抵高原雨林，飛到瀑布後的魔幻地區，在發明飛機和直升機之前，從沒有外地人可以到達那邊。

因爲想吸引印第安人前來，嚮導在兩棵樹之間繫住一條繩子，在上面吊上幾個禮物：念珠項鍊、各種顏色的長布條、鏡子和小巧玲瓏的塑膠製品。他把各種刀具和鋼質器皿保存下來，等晚點他們開始真正的協商以及交換禮物時再拿出來用。

那天下午，塞撒・桑多斯企圖用無線電傳輸器和在聖母瑪麗亞雨林的阿里奧斯托上尉以及毛洛・卡里亞斯聯絡，但是機器不能使用。勒布朗教授面對新的障礙，怒氣沖沖地在營地裡走動，其他人則輪流試圖寄送或接收訊號，但都徒勞無功。娜迪雅把亞歷山大帶到一邊，告訴他前晚在卡拉卡威站崗期間士兵被謀殺之前，她看到那個印第安人操弄無線電傳輸器。她說她結束崗哨後就上床，但是並沒有馬上入睡，從她的吊床可以看到卡拉卡威在機器附近。

「娜迪雅，妳清楚看到是他？」

「不，因爲天色很暗，但是那個崗次唯一醒著的就是他和兩個士兵，而我幾乎可以肯定不是其中任何一個士兵。」她回答：「我想卡拉卡威就是毛洛・卡里亞斯提到的人，或許計畫的一部分是要我們在必要的時候無法求救。」

「我們該提醒你爸爸。」亞歷山大決定。

塞撒・桑多斯聽到消息沒有表示興趣，只是提醒他們在控訴一個人之前，應該要有相當的把握，畢竟一套像那樣那麼老舊的無線電廣播器材有好幾種失靈的原因，況且，卡拉卡威有什麼理由要破壞機器呢？處於無法聯繫的狀態對他也沒好處。他讓他們情緒安定下來，說再過三或四天救援就會到了。

「我們並沒走丟，不過是暫處孤立的邊緣罷了。」他做結論。

「爸爸，那麼**怪獸**呢？」娜迪雅問，心神不定。

「我們不知道牠是否存在，女兒。相反地，我們確定印第安人是存在的。遲早他們會靠近，我們期待他們是以和平態度走近。不管怎樣，我們有完善的軍備。」

「死去的士兵有步槍，但是根本沒用。」亞歷山大反駁。

「他分了心。從現在開始，我們必須更加小心，可惜的是我們只有六個成人可以站崗。」

「我可以算是成人。」亞歷山大確定地說。

「好吧！但是娜迪雅不是，她只可以在我的崗次陪我。」塞撒・桑多斯斷言。

那天娜迪雅在營地附近發現一棵「胭脂樹」，扯下好幾顆果實，看起來像多毛的杏仁，她剝開果實，從裡面取出幾顆紅色的小種籽。她把種籽放在指間緊壓，用一點唾液混合後，搓成一個像肥皂硬度的紅色團塊，和印第安人拿來和其他植物染料一起彩繪身體的團塊一樣。娜迪雅和亞歷山大在臉上畫上條紋、圈圈和點狀，然後在手臂綁上羽毛和種籽。一看到他們，提摩西・布魯斯和凱特・寇德堅持幫他們拍照，歐麥菈・多瑞斯執意幫女孩梳綁鬈髮，用小蘭花裝飾她的頭髮。相反地，塞撒・桑多斯並沒有讚美他們：彷彿他女兒像原住民少女的裝扮模樣，讓他充滿悲傷情懷。

當光線減弱，他們估算太陽即將在地平線某個地方快速消失，讓夜晚進駐；太陽鮮少出現在樹木冠層下，它的光線穿射過大自然的綠色葉邊，變得朦朧模糊，僅只偶爾有樹木倒下的地方，才可以清楚看到天空的藍眼睛。那個時候，植物的陰影開始像個圈圈籠罩他們，不到一個小時的時間，森林變成又漆黑又沉重。娜迪雅要求亞歷山大吹奏長笛娛樂大家，有一會兒，細膩又清澈的樂音入侵雨林。小猴子波羅霸跟著旋律，隨著音符的節拍搖晃著頭。塞撒・桑多斯和歐麥菈・多瑞斯醫師蹲在火堆旁，正在烤幾條魚當晚餐。凱特・寇德、提摩西・布魯斯和一個士兵則忙著綁牢帳篷，保護糧食，以防猴子和螞蟻偷吃。卡拉卡威和另一個士兵全副武裝，警戒監視。勒布朗教授把他腦子裡所想到的想法說出來，錄到口袋錄音機裡，他老是隨手攜帶那個錄音機，以便隨時想到人類不可遺漏的重大想法時使用，他那樣做的頻率很高，高到讓惱火的小孩老是等著可以偷他電池的機會。長笛音樂會過後大約十五分鐘，波羅霸的注意力突然改變焦點；猴子開始蹦跳，心神不寧地拉扯牠主人的衣服。一開始娜迪雅不想理會牠，但是那隻動物一直到她站起身來才放過她。娜迪雅往叢林仔細查看後，作個手勢要亞歷山大過來，帶領他遠離火堆的光圈，但沒有引起其他人的注意。

「噓！」她說，把一根手指放到唇邊。

還剩點白天的亮光，但是幾乎分辨不出顏色，世界以灰黑色調出現。亞歷山大自從離開聖母瑪麗亞雨林以來，就一直感到被監視，但是就在那個下午，被窺視的感覺卻消失了。一種好幾天以來都沒有的祥和與安全感來襲，而前天晚上伴隨著士兵謀殺案瀰漫的刺鼻氣味也消散了。兩個小孩和波羅霸深入植物叢裡幾公尺，他們在那裡守候，好奇心比不安的情緒更強烈。他們沒有說出來，但是猜想如果附近有印第安人想傷害他們的話，早就下手了，因爲探險隊的成員被營地的營火照得光亮，暴露在他們上了毒的箭和飛鏢下。

他們安靜地等候，覺得沉陷到一團棉花般的霧裡，好像夜晚一來，現實裡正常的體積大小空間就不見了。那時，亞歷山大漸漸看到一個個圍繞著他們的裸體人，身上畫著線條和色塊，手臂綁著羽毛和皮製圈環，無聲，輕盈，靜止不動。即便是在身邊，卻很難看到他們；他們完美地模仿大自然，像模糊的鬼魂一樣，根本看不見他們。可以辨識他們時，亞歷山大估算至少有二十人，都是男人，手上拿著原始的武器。

「啊伊呀！」娜迪雅很平靜地低語。

沒人回應，但是樹葉間一個幾乎感受不到的動靜，顯示印第安人正走近。亞歷山大在昏暗中又沒眼鏡可戴，不確定看到的東西是什麼，但是他的心卻是瘋狂地翻騰，感到血液鞭打著太陽穴。籠罩他的是那種像是活在睡夢中的幻覺，他在毛洛・卡里亞斯的庭院見到黑豹時，也有過同樣的感覺。那種相似的緊繃感，彷彿事件發生在一個玻璃泡泡裡，隨時可能變成碎片。危險就在空中，就像他面對美洲豹時的危險般，但是男孩並不害怕，他並不認爲會受到那些飄浮在樹木間的透明人威脅，他從沒想過要拿出小刀或喊叫求救。相反地，他腦內掠過一道閃電，是好幾年前在一部電影裡看過的一幕：一個小男孩和外星人的相遇，他那時經歷的情況很類似。

他驚訝地想著，他不願跟世上任何東西交換那個經驗。

「啊伊呀！」娜迪雅重複叫著。

「啊伊呀！」他也呢喃叫著。

沒有回應。

孩子們沒有鬆開手，像雕像般安靜地等候，波羅霸也保持靜止不動等待著，像是知道牠正參與一段珍貴的時刻。漫無止境的幾分鐘過去了，夜晚快速降臨，將他們完全裹住。最後孩子們發覺只剩下他們；印第安人已經悄悄消失了，像從虛無中出現時一樣輕盈。

「他們是誰？」他們回到營地時，亞歷山大發問。

「應該是『霧族人』，隱形人，亞馬遜河流域最遙遠、神秘的居民。大家知道他們存在，但是沒人真的和他們說過話。」

「他們想要我們什麼呢？」亞歷山大問。

「看看我們長什麼樣子，或許……」她推敲。

「我也想知道他們長什麼樣子。」他說。

「我們不要告訴任何人我們看到他們，『神豹』。」

「奇怪，他們並沒有攻擊我們，也沒有受妳爸爸掛起來的禮物吸引而靠近。」男孩發表看法。

「你想是他們殺死船上的士兵嗎？」娜迪雅問。

「我不知道，但是如果是同樣的人做的，爲什麼今天他們不襲擊我們？」

那個晚上，亞歷山大跟在奶奶旁邊站崗，一點都不害怕，因爲沒聞到**怪獸**的氣味，也不用擔心印第安人。在經歷和他們奇妙的相遇後，他確信印第安人如果想襲擊他們，幾把手槍實在沒什麼用途。怎麼瞄準那些幾乎是隱身的人呢？那些印地安人像陰影般溶解在黑夜裡，他們是無言的鬼魂，可以在探險隊隊員渾然不知的情況下，一瞬間撲到對方身上，加以謀害。然而，在內心裡，他確信那絕對不是霧族人的意圖。

第十章　俘虜

隔天的日子過得既緩慢又令人心煩，下了這麼多雨，他們還來不及把衣服弄乾，另一場令人變成落湯雞的雨又來了。當晚兩位士兵站崗時失蹤不見，大家很快就發現船艇也不在了。那些自從同伴死了以後就活在恐懼中的人，早沿著河流逃走了。而當他們不被允許搭上第一艘船艇回去聖母瑪麗亞雨林時，差點引起暴動；他們說，沒人付錢讓他們冒生命危險。塞撒・桑多斯對他們回話說，就是那樣才付他們錢的：難道，他們不是軍人嗎？他們可能要爲逃跑的決定付出極高的代價，但是他們寧願面對軍事法庭，也不要死在印第安人或**怪獸**的手裡。對剩下的探險隊成員而言，那艘船艇代表著返回文明的唯一機會；少了那艘船和無線電收發器，他們是完完全全被孤立了。

「印第安人知道我們在這裡。我們不能留下來！」勒布朗教授喊叫。

「教授，您想去哪兒呢？如果我們移動，直升機來了會找不到我們。從空中只會看到一團綠，他們永遠找不到我們的。」塞撒・桑多斯解釋。

「我們不能循著河床試著以自己的方式回到聖母瑪麗亞雨林嗎?」凱特・寇德提議。

「不可能走路回去,有太多的障礙和岔路了。」嚮導回答。

「寇德,這都是您的錯!我們當時就該像我當初提議的,大家一起返回聖母瑪麗亞雨林。」教授爭論。

「很好,是我的錯。您想怎樣?」女作家說。

「我要告您!我要毀掉您的事業!」

「教授,或許是我該毀掉您的事業吧!」她面不改色地回答。

塞撒・桑多斯打斷他們,提議大家應該結合力量並評估情勢,別再爭吵。印第安人疑神疑鬼,也不對禮物表示興趣,他們僅限於觀察外地人,但是沒有展開攻擊行動。

「您覺得他們對那位可憐士兵所做的還不夠嗎?」勒布朗控苦地問道。

「我不認為是印第安人做的,那不是他們打鬥的方式。如果我們運氣好,這有可能是一個愛好和平的部落。」嚮導回答。

「但是如果我們運氣不好,他們會把我們吃掉。」人類學家嘟噥著。

「那就完美了,教授,這樣您就可以證實您提出印第安人本是凶殘的理論了。」凱特說。

「好了,別鬧了!是該採取決定了。我們是留下,還是離開……」攝影師提摩西・布魯斯打斷他們。

「第一艘船艇走後已經過了將近三天。既然是順流而下,馬杜維又知道路,他們人應該在聖母瑪麗亞雨林了。明天或頂多再過兩天，阿里奧斯托上尉的直升機應該就會抵達。他們會在白天飛行，所以我們要讓火堆持續燃燒，讓他們看得到煙霧。情況有點艱難，我說過，但是並不嚴重，有很多人知道我們在哪裡，會來找我們。」塞撒・桑多斯確信地說。

娜迪雅很平靜，抱著她的小猴子，好像不了解事態嚴重。相反地，亞歷山大下個結論，他從未遇過這麼大的危險，甚至當他懸吊在「船長岩」也沒那樣危險，那是一塊只有最專業的人才敢攀爬的險峭岩石，要不是當時和父親腰上的一條繩子綁在一起，他早已死了。

塞撒・桑多斯向探險隊隊員提醒要小心注意雨林中好幾種昆蟲和動物，從大蘭多毒蜘蛛到毒蛇，但是他忘了提螞蟻。亞歷山大拒絕穿登山鞋，不僅因爲鞋子總是溼答答、有臭味，也因爲他穿起來太緊；他想是因爲水氣的關係而縮小了，儘管開始幾天都沒脫下塞撒・桑多斯給他的拖鞋，他的腳卻到處是硬皮和老繭。

「這不是給嫩腳丫走動的地方。」他把腳上滲有血絲的裂痕給奶奶看，這是她唯一的評語。

孫子被一隻火蟻咬到時，她冷漠的態度卻轉變成不安。男孩不可避免地號叫：他覺得有人拿香菸燒他的腳踝。那隻螞蟻在他腳上留下一個白印，幾分鐘後白印變成紅色，腫脹得像櫻桃般大。火焰般的疼痛從腿竄上來，他一步也無法走動。歐麥菈・多瑞斯醫師提醒他毒素會持續發作好幾個小時，只能靠著熱水紗布忍受毒素減輕疼痛。

「我希望你不是過敏體質，因爲那樣的話，結果會更嚴重。」女醫生觀察地說。

亞歷山大不會過敏，但是不管怎樣，火蟻那一口還是破壞了他那天的大半時間。下午，他才稍微可以站起腳來走幾步路。娜迪雅告訴他，當其他人忙著做該做的事，她看到卡拉卡威在疫苗箱旁徘徊。那個印第安人發現她，非常粗魯地抓住她的手，在她的皮膚上留下指甲痕，還警告她如果說出去一句話，將得付出極高的代價。她確定那個人會實踐他的威脅，但是亞歷山大認爲他們不可以瞞著不說，得提醒女醫生。娜迪雅像她父親一樣爲女醫生著迷，開始幻想她會變成她的繼母，她也想告訴女醫生，在聖母瑪麗亞雨林聽到毛洛・卡里亞斯和阿里奧斯托上尉之間的對話，她依然相信卡拉卡威是那個被指派來執行卡里亞斯陰險計畫的人。

「我們現在還不要提那件事。」亞歷山大要求她。

他們等到卡拉卡威遠去河邊釣魚的適當時機，將情況告訴歐麥菈・多瑞斯。她非常專注地聽他們說話，那是他們認識她以來，她第一次表現出不安的情緒。儘管在那次冒險最戲劇化的時刻，這個迷人的女人也沒失去冷靜，她的神經像日本武士般非常和緩。這次她也沒心煩意亂，但是她想知道細節。當她知道卡拉卡威打開過箱子，但沒破壞瓶子的封條，她如釋重負地喘了一口氣。

「那些疫苗是印第安人唯一的存活希望，我們必須像寶藏般看管疫苗。」她說。

「我和亞歷士監視過卡拉卡威，我們認爲是他破壞了無線電收發器材，但是我爸爸說如果我們沒有證據，就不能告發他。」娜迪雅說。

「我們不要拿這些疑點讓你爸爸煩心，娜迪雅，他已經有相當多的麻煩事了。你們兩個加上我，我們可以遏止卡拉卡威爲非作歹。你們要好好盯住他，孩子們。」歐麥菈・多瑞斯提出要求，他們也應允了。

那天沒什麼新進展。塞撒・桑多斯繼續努力想讓無線電發報器運作，但是沒結果。提摩西・布魯斯在前半段旅程有一個用來聽瑪瑙斯消息的收音機，但是聲波已無法到達這麼遠的地方。大家覺得很無聊，因爲一找到幾隻鳥和兩條魚充當那天的食物以後，就沒事做了；打更多的獵物或捕更多魚也沒用，因爲肉上會爬滿螞蟻，或不消幾個小時就腐爛了。亞歷山大終於可以理解印第安人的想法，他們從不囤積任何東西。大家輪流保持營火冒煙，萬一有人來找他們時可當作指標，雖然根據塞撒・桑多斯的說法，要有人來還早得很。提摩西・布魯斯拿出一捆磨損的紙牌，他們玩起撲克牌、二十一點和金蘭姆，一直玩到光線開始減弱。他們沒再聞到**怪獸**刺鼻的味道。

娜迪雅、凱特・寇德和女醫生到河邊梳洗並如廁；大家商定不可以一個人獨自在營地外冒險。三位女性要做比較私密的活動時，會一起行動；至於其他事情，大家成雙成對輪流行動。塞撒・桑多斯總是盡量和歐麥菈・多瑞斯走在一起，這讓提摩西・布魯斯相當不高興，因爲這位英國人也深深被女醫生迷住。旅途中儘管凱特・寇德提醒他要留底片拍攝**怪獸**和印第安人，他還是一味幫醫生拍照，直到她拒絕繼續擺姿勢爲止。女作家和卡拉卡威是僅有的兩個看起來不爲這位年輕女子著迷的人，凱特嘰嘰咕咕說自己已經老到不會去注意漂亮的臉蛋時，這種說辭在亞歷山大聽起來像是表達忌妒，而不像是她奶奶這麼聰明的人該有的行爲。勒布朗教授無法和塞撒・桑多斯的卓越以及提摩西・布魯斯的年輕抗衡，他只好試著用他的聲望來打動她，也不會錯失對她高聲念出他著作裡幾個段落的機會，那些段落詳細描述他曾面對印第安人所經歷的驚悚危險事蹟。她很難想像膽怯的勒布朗像他所描述的，只穿著遮羞布，赤手空拳和印第安人及猛獸搏鬥、用箭打獵，沒任何奧援而能在所有各種自然界的災禍當中存活下來。無論如何，團隊裡的男人因爭取歐麥菈・多瑞斯的注意而產生敵意，製造出某種緊繃關係，這種氣氛隨著痛苦等候直升機的時光流逝而更加高漲。

亞歷山大看看他的腳踝：仍然疼痛，還有點腫脹，但是螞蟻咬的紅色硬櫻桃已經變小了，熱水紗布的效果果然很好。爲了轉移注意力，他拿起長笛，開始吹奏母親最喜歡的協奏曲，那是過世超過一個世紀的歐洲作曲家所寫的甜美、浪漫的曲子，但聽起來卻和周圍的雨林非常協調。他爺爺約瑟夫・寇德是對的：音樂是共通的語言，僅僅前面幾個音符，波羅霸便跳到他身邊，以樂評家的嚴謹態度在他腳邊坐下，一會兒後，娜迪雅隨同女醫生和凱特・寇德回來了。女孩等到其他人都忙著晚上的駐營時，對亞歷山大作手勢要他偷偷地跟隨她。

「他們又在這裡了，『神豹』。」她在他耳邊低語。

「印第安人……？」

「對，霧族人，我想他們是因爲音樂而來。你別發出聲音，跟我來。」

他們深入叢林幾公尺，就像之前一樣安靜地等候。不管亞歷山大怎樣擦亮眼睛細看，還是無法在樹林裡辨識出任何人：印第安人在他的周遭分散開來。突然他覺得有幾隻手緊緊地抓住他的手臂，回過頭時他看見娜迪雅和他都被包圍住。印第安人不像上回保持某種距離，現在亞歷山大可以聞到他們身上黏膩的甜味。他再度注意到他們身材矮小削瘦，而此時可以確認他們力氣也非常大，態度有點殘暴，勒布朗確定他們凶暴又殘忍是有道理的嗎？

「啊伊呀！」他試探地打招呼。

有一隻手摀住他的嘴，在來得及知道怎麼一回事之前，他覺得腳踝和腋下被懸空架起。他開始扭動踢腿，但是那些手並沒放開他。他覺得有人打他的頭，不知道是拳頭或是石塊，但是他明白最好是乖乖被帶走，不然他們會把他打昏或殺死。他想到娜迪雅，不曉得她是否也被強行拖走。印第安人把他帶走，像夜晚的鬼魂般走入黑暗，他好像遠遠聽到奶奶叫喊他的聲音。

亞歷山大・寇德覺得腳踝火蟻咬他的地方有燥熱的刺痛感，因為現在四個把他騰空帶走的印第安人中，有人用一隻手壓住那裡。俘虜他的那些人急促前進，每走一步，男孩的身體就莽撞地晃動一下；他肩上疼痛得不得了，好像他們把他弄脫臼一般。他們已將他的汗衫脫掉，綁在他的頭上，讓他看不見也喊不出聲。亞歷山大幾乎無法呼吸，頭顱被打中的地方砰然跳動，不過知曉自己並沒失去意識，他反而振作起來，那意味著戰士們並沒用力打他，也沒意圖殺他，至少他們現在沒這個意圖……他覺得他們走了一長段路，最後終於停下來，讓他像一袋馬鈴薯般跌下來。儘管腳踝燒熱得可怕，但他的肌肉和骨頭幾乎即時得到寬慰。他為了不惹火侵略者，不敢扯下套在頭上的汗衫，但是等了一會兒什麼事都沒發生，他選擇把衣服扯下來，沒人阻止他那麼做。當眼睛適應了清柔的月光，他看到自己身處森林中，被丟棄在覆蓋土地的腐爛質被床墊上。雖然在這麼微薄的光線下，又沒有眼鏡，他無法看到印第安人，但是卻感覺到他們就在身邊窄小的圓圈內。他想到瑞士陸軍小刀，偷偷地將手移到腰部找刀，但是卻無法結束那個動作：一個緊實的拳頭抓住他的手腕。那時他聽到娜迪雅的聲音，頭髮上感覺到波羅霸纖瘦的雙掌。他大聲哀嚎，因爲猴子把指頭放到他擊傷造成的腫包上。

「安靜，『神豹』，不然他們會傷害我們。」女孩說。

「發生什麼事？」

「他們受到驚嚇，以爲你要喊叫，所以必須把你強行帶走，他們只想要我們跟他們走。」

「走到哪兒？爲什麼？」男孩快速又含糊地問，試著要坐起來，他覺得頭顱像鼓一樣鼕鼕作響。

娜迪雅扶他坐起來，給他喝裝在南瓜裡的水。他的眼睛已經適應了，看到印第安人很近地觀看他，還高聲評論，一點也不怕被聽到或被追上。亞歷山大猜想探險隊其他人一定在找他們，儘管沒人敢在深夜裡冒險走太遠。他想奶奶將不得不感到著急：她該怎樣向兒子約翰解釋她在雨林裡把孫子弄丟了呢？娜迪雅在印第安人之間很自信地走動，看樣子他們是以比較溫柔的方式對待小女孩。他坐起來時，覺得有種溫熱的東西從右邊太陽穴滑下來滴在肩上。他用手指抹過，把手指移到唇邊。

「他們打破我的頭了。」他驚嚇地低語。

「假裝你不痛，『神豹』，要像真正的戰士那樣。」娜迪雅提醒他。

男孩決定該表現出勇敢的樣子：他站起來試著不讓人看出膝蓋在顫動，盡量把身體挺得筆直，像在泰山電影裡看到的那樣捶打胸膛，同時發出金剛永不止息的呼嘯。印第安人驚訝地往後退了幾步，揮動他們的武器。他重複捶打胸膛及哼叫，有把握已在敵人隊伍裡製造出不安，但是那些戰士並沒有驚嚇地開跑，反而開始大笑起來。娜迪雅也帶著微笑，波羅霸跳躍著露出牙齒，歇斯底里地大笑。狂笑聲又更響了，幾個印第安人跌坐下來，有的甩背朝地面躺下，抬起腿來，樂在其中，有些還學男孩像泰山一樣咆哮。大笑聲維持好一會兒，甚至亞歷山大也覺得自己根本荒謬透頂，也被感染而大笑起來。大家終於安靜下來，擦著眼淚互相友好擊掌。

其中一個印第安人開始一長串的演說，他在昏暗中看起來更小更老，識別他與別人不同的是一頂圓形羽毛皇冠，那是他裸露身體上的唯一裝飾。娜迪雅聽得懂意思，因爲她懂得好幾種印第安語言，儘管霧族人有自己的語言，很多字彙卻是相似的，她有把握可以和他們溝通。從羽毛皇冠的男人帶點謾罵的演說中，她聽懂他提到「拉哈坎納里瓦」，也就是瓦利邁曾提過的食人鳥的鬼魂，還提到他們所謂的外地人「納伯族」，和一個厲害的巫師。他沒說出名字，因爲那樣做會顯得很沒禮貌，儘管如此，她推測那是指瓦利邁。女孩使用知道的字彙加上動作，指著掛在脖子上巫師送她的雕花骨頭；舉止像酋長的男人，仔細觀看那個護身符好幾分鐘，露出讚賞和尊敬的神情，然後繼續他的演說，但是這次是對著戰士們說，他們便一個個走近撫摸護身符。

隨後印第安人圍成圓圈坐下，繼續談話，一邊分配一團煮熟的東西，那團東西像是沒放酵母的麵包。亞歷山大發覺他好幾個小時沒吃東西，非常飢餓；他接受屬於他的晚餐，沒注意到油汙，也沒問那是什麼做的，他對食物的挑剔已經走進歷史。隨即戰士們傳著一只動物皮囊，裡面有刺鼻味道、喝起來像醋的黏稠漿汁，一邊單調地唱著一首歌，挑釁在夜晚裡引來噩夢的鬼魂。他們沒拿那難以下肚的飲料給娜迪雅喝，但是他們卻親切地和亞歷山大分享，只是那味道並不吸引他，和其他人共用同一個容器的想法更別說了。他記得塞撒‧桑多斯曾說有個部落吸了一位記者的菸而全部感染的故事。他最不希望的是把他的病原體傳給印第安人，因為他們的免疫系統無法抵抗，但是娜迪雅提醒他不接受飲料會被認為是一種汙辱。她告知他那是「麻薩朵」，一種咀嚼過的木薯粉和唾液做成的發酵飲料，只有男人可以喝。亞歷山大以為光聽到那解釋就會作嘔嘔吐，然而他不敢拒喝那飲料。

頭顱被擊傷，又喝了麻薩朵，不費吹灰之力男孩就轉移到曾在毛洛‧卡里亞斯庭院裡看到的那個星球上，那兒有狀似黃金的沙土，六個月亮掛在發出磷光的天空裡。他感到非常茫然又中了毒，根本一步都走不動，但是幸好他不需要那麼做，因為那些戰士也感受到藥酒的影響，很快就躺在地上打鼾了。亞歷山大猜想：在有點光線以前他們不會繼續前進，他自我安慰，抱著模糊的希望，期待奶奶在天亮時會趕上來找到他。他在地上縮成一團，沒想起噩夢裡的鬼魂、火蟻、大蘭多毒蜘蛛或毒蛇就進入夢鄉了。**怪獸**的惡臭侵入空中時，他也沒嚇到。

怪獸出現時，唯一清醒沒醉的是娜迪雅和波羅霸。這隻猴子完全靜止不動，好像變成了石塊，女孩則在臭味使她失去意識之前，隱約看到月光下一個龐然大物。稍後她會跟朋友描繪巴爾德梅洛神父曾說過的同樣情景：那是個人形動物，直立，高約三公尺，有力的手臂尾端有像短彎刀的彎型爪，頭顱很小，和龐大的身體不成比例。娜迪雅認爲牠的移動速度非常緩慢，但是只要**怪獸**願意，牠可以挖出所有人的內臟。牠發出的惡臭——或許也是牠讓受害者恐懼的原因——像毒品一樣，完全讓人癱瘓。她在昏倒之前，想呼叫或逃走，但是連一條肌肉都動彈不得；一時閃過的意識裡，似乎看到那個士兵像牲口般慘遭開膛的身體，她可以想像那個人的戰慄、無力感，以及他駭人的亡命方式。

亞歷山大在失措中醒來，試著回想所發生的事，身體因前晚奇怪的藥酒以及還飄浮在空中的惡臭而顫抖。他看到娜迪雅把波羅霸抱在膝上，盤腿坐著，眼神迷失在虛無中。男孩爬到她那兒，強忍著肚子的翻絞不吐出來。

「我看到牠了，『神豹』。」娜迪雅用幽遠的聲音說，像處於催眠狀態。

「妳看到什麼了？」

「**怪獸**！牠來過這兒。好大，像巨人……」

亞歷山大跑到一株蕨類後面，將胃裡的東西吐個精光，儘管空氣裡的臭氣又讓他感到噁心，但卻覺得舒服些了。他回來後，戰士們已經準備好開始動身。清晨的光線下，他首度清楚看到霧族人。他們令人害怕的外表，和勒布朗所描述的一模一樣：裸體，身體塗著紅黑綠色，戴著羽毛手鐲，頭髮剪成圓形，頭顱的上半部剃光，像削髮的神職人員。他們的弓箭綁在背上，還帶著一個蓋著一片皮囊的小南瓜，根據娜迪雅的說法，裡面裝著塗在箭和飛鏢上的致命箭毒。其中好幾人帶著粗重的棒棍，每個人頭上都亮出疤痕，疤痕等同於引以爲傲的戰爭勳章：勇敢和力量是用挨過的棒擊痕跡來度量的。

亞歷山大必須搖晃娜迪雅，讓她清醒，因爲前晚看到**怪獸**受到驚嚇，她依舊呆若木雞。女孩終於能向大家解釋所看到的情景，戰士們專心聽她說，但是並不驚訝，就像之前他們沒對那股味道表示評論一樣。

這一群人立即開始前進，在酋長後面列隊快速行走，娜迪雅決定叫他摩卡里達，因爲她不能問他真正的名字。從摩卡里達的皮膚、牙齒和變形腳的狀況看來，他比亞歷山大在昏暗中看到時所猜測的要老得多，但是他的靈敏度和耐力卻和其他戰士們一樣好。年輕男子當中有一人較其他人更突出，比較高大魁梧，而且和其他人不同的是，除了眼睛和額頭周圍的一種紅色面具之外，他全身塗滿黑色。男子有如酋長的代理職務者，總是隨行在側，他以達哈馬稱呼自己；娜迪雅和亞歷山大之後才知道那是他的榮譽頭銜，因爲他是部落裡最優秀的狩獵者。

儘管景色看起來沒變化，也沒有參考據點，印第安人卻清楚知道該往哪邊走。他們從沒回頭看外地小孩是否跟著他們：他們知道小孩也只能跟著，否則就會走失。有時候，亞歷山大和娜迪雅覺得好像落單，因爲霧族人消失在植物叢堆裡，但是那種感覺不會維持很久；印第安人會隨時重新出現，就像他們會隨時消散掉一樣，彷彿在練習變成隱形人的魔術。亞歷山大推斷那種消失的能力並不只在於埋伏色彩的運用，那尤其是一種腦內的態度。他們怎麼做到的呢？他估算隱形的訣竅在生活上會多麼有用，他決定要學起來。接下來幾天他會了解那並非變把戲，而是一種多練習專注力就可以達成的能力，就像吹長笛一樣。

好幾個小時下來，快速的步伐並沒改變；他們只偶爾在溪邊停下來喝水。亞歷山大感到飢餓，但是他很感激至少腳踝上螞蟻叮咬的地方已經不痛了。塞撒・桑多斯曾經告訴過他，印第安人只在能夠吃東西的時候進食——並不總是每天吃——而且他們的器官習慣儲存能量；相反地，他家裡的冰箱總是塞滿食物，至少在他母親還健康的時候是這樣，如果他得跳過一餐不吃，便覺得疲倦不堪。對於自己的習慣完全改變這件事，他也只能莞爾。諸多改變當中，還包括好幾天沒刷牙也沒換衣服。他決定不理睬胃裡的虛空，而想以冷漠扼殺飢餓。有兩三次機會，他瞧了羅盤一眼，發現他們正朝東北方向走。會有人來救他們嗎？怎樣才能在路上留下記號呢？從直升機上會看得到他們嗎？他感到並不樂觀，事實上他覺得情況根本沒有希望可言。他很訝異娜迪雅竟然不顯疲態，他這位朋友看起來是完全投入這趟歷險了。

約四、五個小時後——在那地方根本不可能測量時間——他們到了一條清澈又深邃的河流。繼續沿著河岸走了兩三浬，突然，亞歷山大驚訝地看到眼前出現了一座高聳的山巒，和一簾如戰場呼號聲落下的巨大瀑布，兩者形成下方泡沫和破碎水氣合成的一片遼闊雲霧。

「那是天上掉下來的河流。」達哈馬說。

第十一章　隱形村落

開始爬山之前，戴著黃色羽毛的酋長摩卡里達准許團體先歇息一會兒。他的臉像木頭，皮膚裂成的紋路像樹皮，人安詳又仁慈。

「我沒辦法上去。」娜迪雅看到平滑潮濕的黑色石牆時這麼說。

那是亞歷山大第一次看到她在障礙前被打敗，自己同情她起來，因為儘管多年來曾和父親攀爬過山岳和巨岩，他也被嚇著了。約翰・寇德是美國最老練勇敢的攀岩家之一，曾與知名的探險隊一起探訪人煙幾乎難達的地方，甚至有兩三次被徵召到澳大利亞和智利的最高峰，救援發生意外的人。他知道自己沒有父親的技能和勇氣，經驗就更不用說了；他也不曾看過像現在眼前所見這麼陡峭的岩石。沒有繩子、沒有協助，卻要從瀑布陡坡攀爬上去，根本不可能。

娜迪雅走近摩卡里達，試著用手勢和共用的字眼向他解釋她無法爬上去。酋長看起來很生氣，他大聲喊叫、揮動武器、不斷舞動。其他的印第安人模仿他，包圍住娜迪雅加以恐嚇。亞歷山大站到他的朋友身邊，企圖以動作讓戰士們安靜下來，但是他唯一做到的卻是讓達哈馬抓住娜迪雅的頭髮，並開始用力扯她，把她拖往瀑布，惹得波羅霸在一旁揮拳尖叫。男孩靈機一動──或者應該說是絕望之下的反應──，從腰帶取下長笛，開始吹奏。印第安人立即停了下來，像是被催眠般；達哈馬放開娜迪雅，所有人則圍住亞歷山大。

他們的情緒稍微緩和下來以後，亞歷山大開始說服娜迪雅，藉由一條繩子他可以幫她爬上去。他對她重複父親說過好幾次的話：「征服山岳之前，必須學習使用畏懼。」

「我怕高，『神豹』，我有懼高症。每次登上父親的小飛機，我就生病……」娜迪雅哽咽著說。

「我爸爸說害怕是好事，那是身體的警備系統，通報我們有危險；但是有時候危險是無法避免的，那麼就必須去掌控畏懼。」

「我不行啦！」

「娜迪雅，聽我說。」亞歷山大說，抓住她的手臂，強迫她看著他的眼睛：「深呼吸，靜下心來。我會教妳怎樣運用畏懼感。相信妳自己，也相信我。我會協助妳爬上去，我們一起爬，我向妳保證。」

娜迪雅唯一的回應是把頭靠在亞歷山大的肩上哭了起來。男孩不知道該怎麼辦，他從來沒跟任何女孩靠得這麼近。幻想中，他曾經擁抱過長久以來的愛人賽西麗雅•伯恩斯好幾千次，但是事實上要是她真的碰觸他，他一定跑掉。賽西麗雅•伯恩斯是那麼遙遠，好像不存在似的：他無法記起她的臉孔。他的雙臂自然而然將娜迪雅圈住，他覺得心臟的蹦跳像水牛群在胸腔裡奔跑，但是清醒的意志終於讓他發覺他的狀況很荒謬。他在雨林中，正被身體隨意塗鴉的怪異戰士們包圍住，懷抱裡還有個飽受驚嚇的可憐女孩，而他卻在想什麼？想愛情！他終於回過神來，爲了能篤定正面看她，他把娜迪雅拉開。

「別哭了，妳告訴這些人我們需要一條繩子。」他命令她，指著印第安人：「還有，記住有護身符保護妳。」

「瓦利邁說那可以保護我免於人、動物和鬼魂的騷擾，但是他沒提到跌落深處和摔斷頸背的危險。」娜迪雅解釋。

「像我奶奶說的，人總得以某種方式死掉。」她的朋友試著微笑安慰她，還補充說：「妳不是告訴過我要用心靈觀看事情嗎？這是個那樣做的好機會。」

娜迪雅設法向印第安人傳達男孩的請求。當他們終於懂了，好幾個人開始行動，很快就用藤蔓編織成一條繩子。看到亞歷山大將繩子一端綁住女孩的腰部，將剩下的部分環繞在自己的胸部捆捲起來，他們露出非常好奇的模樣。他們無法想像爲什麼這兩個外地人會有這麼荒唐的行爲：如果一個滑下來，就會把另一個拉下來呀！

這一群人走近大瀑布，那個瀑布從超過五十公尺的高度不受拘束地傾瀉而下，在下面碎散成一片浩大的水霧，一道壯麗的彩虹立在水霧上，數百隻的黑鳥從四處穿越瀑布。印第安人揮舞著武器大聲喊叫，向天上掉下來的河流問安：他們離自己的國度已經很近了。一上了高處的陸地上，印第安人便會覺得免於任何危險。其中三人離開一會兒往森林去，回來時拿來幾坨球狀物，兩個小孩細細查看，原來是很黏的白色濃稠樹脂。他們學著其他人，用那坨東西塗抹手掌和腳掌。和地面一接觸，腐殖土就黏在樹脂上，形成一種不規則狀的鞋底。一開始幾步很難走，但是才一鑽進瀑布的濛濛細雨裡，他們就了解那東西很好用：感覺像穿戴著黏性橡膠做成的鞋子和手套。

他們繞著在下方形成的湖邊走，很快就到了大瀑布，全身也濕透了，那是一扇堅固的水簾，離山壁有幾公尺遠。水的咆哮聲大到不可能交談，也不能用手勢溝通，因爲水蒸氣把空氣變成白色泡沫，能見度幾乎是零，他們覺得像是在一片雲霧中摸索著前進。在娜迪雅的命令下，波羅霸像片毛茸茸、熱呼呼的大貼布黏在亞歷山大的身上，她則因爲綁著繩子而同時跟在後面前進，不那樣的話，她早就向後退了。戰士們對那個地方相當熟悉，不斷估算著在哪兒安置每個腳步，他們前進速度雖慢，卻毫不猶豫。孩子們盡可能近距離跟著，因爲只要分離兩三步，就完全看不見他們。亞歷山大想像那個部落的名字——霧族人——應該是來自水流衝下時所形成的濃厚霧氣。

那個大瀑布和奧里諾科河上游的其他大瀑布總是將外地人擊退，不過印第安人卻將瀑布變成他們的同盟戰友。那兒有些他們肯定用過好幾百年的天然小槽洞，或是祖先刻鑿出來的凹槽，他們明確知道腳該踩在哪個地方。山岩上的那些刻痕在大瀑布後面形成一道梯，一直通到頂端；要是不知道梯子的存在或它準確的位置，根本不可能從那些平坦、濕潤又滑溜的牆壁攀登而上，況且背後還存在震耳欲聾的大瀑布。在泡沫的巨大聲響中絆腳或跌落，必然是死路一條。

被巨響隔離之前，亞歷山大先教娜迪雅別往下看，她必須專心重複他的動作，緊緊抓住他緊抓的地方，就像他模仿走在前面的達哈馬那樣。他也向她解釋第一段會比較困難，因爲水捽落地上濺開會產生霧氣，但是隨著他們往上爬，一定比較不滑溜，也可以看得更清楚。那些話並沒對娜迪雅產生鼓勵作用，因爲她最嚴重的問題不在於能見度，而是懼高症。她試著不理會瀑布的高度和震耳欲聾的怒號聲，而是想著手上腳上的樹脂有助於附著在沖濕的岩石上。和亞歷山大繫在一起的繩子給了她一點安全感，雖然很容易猜想只要其中一人踩錯步伐，就會把兩人一起拋向空中。她試著遵循亞歷山大的指示：專注下一個動作，把心力投注在腳或手該放的精準位置，一次只放一隻手或一隻腳，不能焦急，也不能失去節奏。娜迪雅幾乎無法保持平穩，她小心地移動，找尋更上面的溝槽或突出處，接著用一隻腳摸索，直到找到另一個溝槽，如此她才能把身體往上推進幾公分。山岩的裂隙夠深，用來支撐身體沒問題，最大的危險在於身體離開岩石，移動時身體務必緊靠著岩石。波羅霸像火花般掠過她的腦海：如果她都這麼害怕了，那麼掛在亞歷山大身上可憐的猴子又有什麼感受呢？

隨著他們往上爬升，能見度增加了，但是瀑布和山岩的距離卻縮短了。孩子們覺得水越來越接近脊背。就在亞歷山大和娜迪雅自問如何繼續往上爬到瀑布最上端時，岩石上的凹槽岔轉偏往右方。男孩用手指摸索著，摸到一塊平坦地面；那時他覺得印地安人抓住他的手腕，將他往上拉。他使出所有力氣往上推，降落在山壁上一個洞穴裡，戰士們已經聚集在那兒了。他拉扯繩子將娜迪雅拉上來，她臉朝下往他身上撲跌過去，因拚命使勁和恐懼而呆愣失神。可憐的波羅霸沒動，像隻帽貝黏在亞歷山大的背上，嚇得身體都僵掉了。洞口前面一串密集的水簾垂下，那群黑鳥穿過水簾，準備捍衛鳥巢、抵抗入侵者。見識到最早期的印第安人不可思議的勇氣，亞歷山大感到敬佩萬分，或許那是在史前時代，他們在大瀑布後面冒險，找到幾個凹槽，又挖鑿了其他的，然後發現山洞，爲他們的後代子孫闢了路。

洞穴又長又窄，並不容許站立，他們必須像貓般爬行或匍匐。白花花又像乳白色的太陽光線穿過瀑布滲透進來，但是只照得到入口，再往裡面一點是一片漆黑。亞歷山大將娜迪雅和波羅霸摟在胸前扶緊，看見達哈馬來到他身邊，作手勢往下指著飛瀉的水瀑。他無法聽見戰士說的話，但是他明白有人滑落下去，或落在後頭。達哈馬向他指了指繩子，他終於理解達哈馬想利用繩子下去找失蹤者。這個印第安人比他重，雖然非常靈活，卻沒有高山救援的經驗。亞歷山大也不是專家，但是至少曾陪父親出過兩三次的危險任務，他懂得使用繩索，也閱讀過許多相關知識。攀岩是他的熱愛，能相提並論的只有他對長笛的迷戀。他向那些印第安人打手勢，表示他會下去到藤蔓構得著的地方。他把娜迪雅的繩子解開，指示達哈馬和其他人從懸崖放他下去。

亞歷山大覺得下山比上山還要慘，他被一條脆弱的繩子懸吊在深淵中，一片水海在他身邊哭號。他的視線不良，甚至不知道滑落的人是誰，也不知道去哪裡找人。這樣的操作根本就是沒用的冒失行爲，因爲任何人要是在上山時踩錯了腳步，早就在山下摔得粉身碎骨了。他父親在那種情況下會怎樣做呢?約翰・寇德首先會想到受害者,然後才是自己。約翰・寇德在沒試過所有可能的方法之前是不會屈服的。他們放他下去時,他努力要看得更遠並且盡力呼吸,但是幾乎無法睜開眼睛,也覺得肺部裝滿了水氣。他在半空中搖晃,同時懇求藤蔓織成的繩子別鬆落。

突然他的一隻腳碰到軟軟的東西,一會兒後他的手指頭摸索到一個看起來像懸掛在虛空裡的人形。亞歷山大心裡感到一陣悲傷,他知道那是酋長摩卡里達。他從黃色羽毛帽子認出是酋長,儘管倒栽的老人像動物般勾住山壁裡冒出來的一條粗樹根,奇蹟般地停止跌落,那頂帽子卻依然緊緊戴在頭上。亞歷山大沒有地方可支撐,他怕如果撐在樹根上,樹根會斷掉,摩卡里達會往深淵掉下去。他估算只有一次機會可以抓住老人,而且最好精確抓住,否則酋長已經全身溼透的軀體會在他手指間像條魚般滑走。

亞歷山大卯足力氣,幾乎盲目地盪出去,用雙腿和手臂將懸躺的人體纏住。山洞裡的戰士們感覺到繩子的拉力和重量,開始小心地拉曳,動作非常緩慢,以防過度磨擦將藤蔓磨斷,也避免晃動的力量把亞歷山大和摩卡里達衝打到岩石上。年輕人不知道這樣的操作耽擱了多少時間,或許是幾分鐘,但是他卻覺得有好幾個小時。最後他覺得被好幾隻手抓住,將他拉升到洞穴。那些印第安人必須和他掙鬥,才讓他鬆開摩卡里達:因為他用食人魚的決心將老人緊緊抱著。

酋長把羽毛擺正,露出淡然的微笑。幾條血絲從他的鼻子和嘴巴流出來,但是其他部位看起來完好無缺。印第安人對這次的救援嘆爲觀止，驚奇地把繩子在每人手中傳來傳去，但是沒有一個人想到將酋長獲救歸功於那位外地少年，反而是向想出這個方法的達哈馬道賀。亞歷山大筋疲力竭，疼痛不堪，感到需要有人向他致謝，但是甚至娜迪雅都不理睬他。她和波羅霸蜷縮在一個角落，根本沒注意到她朋友的英雄事蹟，因爲她還在努力從上山驚魂中平復過來。

剩下的旅程比較簡單，因爲隧道開口位置離瀑布有一段距離，不需那麼冒險就爬得上去。印第安人利用繩子將雙腿無力的摩卡里達拉上去，之後也把情緒低落的娜迪雅拉上去，最後大家都到了山頂。

「我不是跟妳說護身符也可以用來對抗高度的危險嗎？」亞歷山大開玩笑地說。

「真的耶！」娜迪雅信服地承認。

「世界之眼」在他們面前出現了，霧族人這樣稱呼自己的國度。那是一個擁有巍峨山巒和壯麗瀑布的天堂，一個住滿動物、鳥兒和蝴蝶的無止境森林，氣候溫和，沒有下面陸地如雲群般那麼多折磨人的蚊子。有一些奇怪的東西矗立在遠處，像是黑色花崗岩和紅色泥土構成的高聳筒狀物。摩卡里達癱躺在地上無法移動，崇敬地指著那些筒狀物說：

「那是『特普伊桌山』①，眾神的殿堂。」他的聲音細如游絲。

---

①特普伊桌山（tepui），為極其陡峭的高聳平台，常見於委內瑞拉東南部「大草原」（La Gran Sabana），散見於圭亞那、巴西和哥倫比亞邊境。這種特異地貌通常各自獨立零散分布，有利於各種動植物的單一演化。

亞歷山大馬上認出來那個地方：那些令人印象深刻的高原，和他在毛洛・卡里亞斯的庭院面對著黑豹時，所看到的巨大高塔一模一樣。

「那是地球上最古老、最神秘的山。」他說。

「你怎麼知道？你以前看過？」娜迪雅發問。

「我在夢裡看過。」亞歷山大回答。

印第安酋長並沒有顯露出疼痛的樣子，那是他那種位階的戰士該有的表現，但是他剩下的力氣已經不多，好些時候他閉著眼睛，看起來像昏了過去。亞歷山大不曉得酋長是否骨頭斷裂，還是有數不清的內部挫傷，但是很明顯地，他無法站起身來。亞歷山大利用娜迪雅當翻譯，讓印第安人臨時用兩根長棍、幾條交織的藤蔓和一片樹皮蓋在上面做成擔架。戰士們面對著領導部落好幾十年的虛弱老人，感到非常錯愕，他們二話不說便遵循了亞歷山大的指示。其中兩人擡起擔架的兩端，就這樣由達哈馬帶路，繼續沿著河岸前進了半小時，直到摩卡里達指示他們停下來稍事休息。

從瀑布的陡坡攀岩上山已經花了好幾個小時，那時所有的人都筋疲力盡、飢腸轆轆。達哈馬和另外兩個男人深入森林裡，很快就回來了，帶來弓箭獵到的幾隻鳥、一隻犰狳和一隻猴子。那隻猴子還活著，但是被箭毒給麻痺了；猴子被石塊擊中頭部斃命，波羅霸嚇壞了，跑到娜迪雅的汗衫下躲起來。他們磨擦兩塊石頭起火——那是亞歷山大當童子軍時試過卻一直無法做到的事——用棒棍將獵物串起來燒烤。獵人不可以先品嘗自己獵物的肉，那不但沒教養，也會帶來厄運，而必須等到另一位獵人呈上自己的獵物拿給他吃。除了犰狳，所有的獵物都是達哈馬獵到的，所以晚餐耽擱了好些時間，因爲他們得遵守交換食物的嚴苛禮節。屬於亞歷山大的那部分終於拿到手，他狼吞虎嚥，沒注意還黏在肉上的羽毛和鬃毛，而且覺得可口美味。

離太陽下山還有兩三個小時，在高原上，樹冠層沒那麼茂密，白天的光線比山谷裡持續得更久。這一群人和達哈馬、摩卡里達做過很長的商議後，又重新開始前進。

霧族人的村落「達比拉瓦—德里」突然出現在森林中間，宛如擁有它的住民可隨意現形或隱形的同一種能力。村落由一群巨大栗樹保護著，那是雨林裡最高大的樹木，有些栗樹樹幹的圓周長超過十公尺。那些樹木的冠層像巨大的傘一樣遮護著村落。達比拉瓦—德里和典型的夏波諾不一樣，那印證了亞歷山大的疑問，他懷疑霧族人不像其他印第安人，他們一定和亞馬遜河流域的其他部落鮮少接觸。夏波諾是一個中央有庭院的圓形茅屋，整個部落住在裡面，但是這個村莊並非如此，而是由許多小房舍組成，房舍以泥土、石塊、棒棍和麥稭搭蓋，上面覆蓋著樹枝和灌木，這樣一來便和大自然完好地融合一起。有可能在幾公尺的距離內，卻不知道那裡有人類建築的存在。亞歷山大了解到：如果一個人在村子裡已經很難辨識出村子的存在，那麼從空中就更不可能看見村子了，在同樣情形下，卻毫無疑問可以看見夏波諾的圓形大屋頂和光禿禿沒有植物的庭院，那就是爲什麼霧族人可以保持完全孤立的原因。亞歷山大期待獲得陸軍直升機或塞撒・桑多斯的小飛機救援的希望，已經徹底落空。

那個村落像印第安人一樣不真實，其他東西和看不見的茅舍一樣，也都看來模糊或呈透明的。那裡的事物和人一樣都失去了精準的輪廓，而存在夢幻的層次裡。女人和小孩像鬼魂般從空中冒出來迎接戰士，他們的身材矮小，膚色比山谷的印第安人淺一點，眼睛是琥珀色；他們絕妙地輕盈移動，一邊飄浮著，幾乎沒有物質性可言。全部的穿著就是身體上的塗紋，以及手臂上或串在耳朵上的幾根羽毛或花朵。年紀小的孩子被兩個外地人的外貌嚇哭了，婦女則是保持距離，也很膽怯，儘管她們的男人拿著武器在場。

「脫下衣服，『神豹』。」娜迪雅指示他，同時自己脫下短褲、汗衫，甚至內衣褲。

亞歷山大模仿她，甚至沒去想自己在做什麼。當眾脫衣服的念頭在兩三個星期前會讓他毛骨悚然，但是在那個地方卻很自然。當所有其他人都一絲不掛，穿著衣服就很不像話。他看到朋友的身體也不覺得奇怪，儘管以前如果隨便哪個妹妹沒穿衣服站在他面前，一定會令他面紅耳赤。婦女和小孩馬上不再畏懼，慢慢地靠過來了。他們從來沒看過外表這麼特殊的人，尤其是美國男孩身上有些部分非常白皙。亞歷山大覺得他們以特有的好奇心，仔細察看通常被泳衣遮住的部位，再和被太陽曬成古銅色的其他部位比較顏色的差異。他們用手指頭搓揉他，看看那是不是顏料，然後哈哈大笑起來。

戰士們將摩卡里達的擔架放在地上，村落的居民馬上圍過來。他們以一種悅耳的音調低聲交談，模仿著森林、降雨和河邊石塊上水流的聲音，就像瓦利邁說話的腔調。亞歷山大訝異發現，只要不使勁用力聽，而是「用心聆聽」，自己竟然可以聽得相當懂。根據有驚人語言能力的娜迪雅的說法，意圖可以被了解時，字彙並沒那麼重要。

摩卡里達的妻子伊優米走近，她比他要老得多。其他人恭敬地幫她開路，她跪在丈夫身旁，一滴眼淚也沒掉，在他耳邊低聲說些安慰的話語，同時其他女人嚴肅又安靜地在他們身邊圍成圈，就近守護著這對夫妻，但是沒干擾他們。

夜晚很快地降臨，空氣也變冷了。通常在夏波諾共用的大屋頂下會點燃好幾處火堆，用來烹飪或供熱，圍成的圓弧形狀猶如一條項鍊，但是在達比拉瓦—德里，火就像所有的東西一樣隱藏起來。為了不要引起可能的敵人或惡毒鬼魂的注意，只有夜晚才在每個茅舍裡的一個石壇上點燃小小的火堆。煙霧從屋頂的槽孔逃出去，消散在空中。一開始亞歷山大覺得房子是隨意分布在樹林裡，但是他很快就明白房子其實仍圍成一個模糊的圈形，像夏波諾一樣，而且還有樹枝做成的通道或屋頂互相串結，把村落連成一體。居民可以藉由那張隱密的通道網來來去去，要是有人來襲可受到保護，也可以防止日曬雨淋。

印第安人以家庭為單位聚居，但是青少年男孩和單身男子則和家人分開，另外住在一間共用的房間，那兒有掛在棒棍上的吊床，地上有草蓆。他們將亞歷山大安置在那裡過夜，娜迪雅則被帶到摩卡里達的住所去。這位印第安酋長一進入青春期就和他一輩子的伴侶伊優米結婚，但是另外還有兩個年輕妻子以及一大群兒子和孫子。他算不清自己的子嗣有多少，因為事實上誰是父親也沒什麼重要：小孩都是一起被扶養長大，村落的成員會保護照顧他們。

娜迪雅弄清楚霧族人有好幾個妻子或丈夫是很正常的事；沒人是孤單一人的。如果一個男人過世，他的小孩和妻子們馬上會被另一個有能力提供食糧、保護他們的男人收養。那就是達哈馬的情形，他應該是個優秀的獵人，因爲他必須負起責任照顧好幾個女人和一打小孩。同時，若是丈夫是劣等獵人，身爲孩子母親的妻子，也可以爭取其他好幾個丈夫，讓他們幫她餵養小孩。父母親通常在女孩出生時就替她許下婚約，但是沒有任何一個女孩被強迫結婚，或違反自己意願留在一個男人身邊。對女人和小孩不敬是禁忌，誰要是違反禁忌就會失去家庭，被判處一人獨眠，因爲單身茅舍也不會接受他。霧族人唯一的懲罰就是孤立：沒有比被排除於團體外更令他們害怕的事了。除此之外，獎賞和懲罰的觀念在他們之間並不存在；小孩從模仿大人中學習，因爲如果不那樣做，就是死路一條。他們必須學習狩獵、釣魚、播種和收割，尊敬大自然和其他人，協助幫忙，並維持他們在村落的社會地位，每個人以自己的步調按照自己的能力學習。

有時候一個世代裡女孩出生的數量不夠，那麼男人就會長途跋涉外出去找尋妻子的人選。村落裡的女孩在拜訪其他區域的少許機會裡，則可以找到丈夫。霧族人也會收養其他部落在戰役後被遺棄的家庭，與他們雜居，因爲一個非常小的團體是不可能在雨林裡存活的。他們偶爾也必須向另一個夏波諾宣戰，這樣戰士們才會變得強壯，並藉此交換伴侶。當年輕人辭別前往另一個部落居住是件非常悲傷的事，因爲他們就此很少再看到家人。霧族人處心積慮保密他們村落的位置，藉此防止被攻擊，也防止外地人的習慣被引入。幾千年來他們以同樣的方式生活，並不希望有所改變。

茅舍內部的東西很少：吊床、南瓜、石斧、牙齒或掌爪做的刀器，和好幾種自在進出屬於大家共有的馴養動物。在單身男子的臥室裡藏放著弓、箭、吹箭筒和飛鏢。沒有不實用的東西，也沒有藝術品，只有符合存活所需最基本的物件，因爲大自然會提供其他東西。顯示與外面世界有所接觸的那種金屬物品，亞歷山大・寇德一件都沒看到，他記起霧族人並沒去碰觸塞撒・桑多斯掛起來吸引他們的禮物。這個部落在這方面也和同一區域其他部落不一樣，別的部落一個個因貪婪外地人的鋼鐵和其他財物而屈服讓步。

溫度下降了，亞歷山大穿上衣服，但還是一樣不停顫抖。晚上他看到住處同伴爲了互相取暖，成雙睡在吊床上，或是擠著一起睡在地上，但是他來自一個不容許男人肢體接觸的文化；男人僅在暴力衝突或最猛烈的運動中才會互相碰觸。他一個人在角落躺下，覺得自己比一隻跳蚤還不如。雨林中一個小村落的那小撮人群，在恆星的浩瀚空間裡是看不見的。他的生命時間在無垠裡比一秒鐘的一部分都要少。還是，或許那小撮人群根本不存在，或許人類、星球和天地萬物都是夢，是幻想。想起沒幾天前他還自認爲是宇宙的中心，亞歷山大謙卑地莞爾一笑。他飢寒交迫，猜想那會是個漫長的夜晚，但是不到五分鐘他就睡得像被下了麻藥一樣。

他醒來時蜷縮在地上一張草蓆上，被兩個魁梧的戰士壓住，他們不但打呼、還在他耳邊噴氣，像他的狗笨球常有的行爲。他吃力地掙脫出印第安人的手臂，謹慎地起身，但是他並沒有走很遠，因爲有條兩公尺長的肥蛇橫躺在門檻上。雖然那爬蟲不是死了就是睡著了，沒有顯露出生命跡象，但他卻不敢再走一步，呆愣在那兒。很快地印第安人揮別睡夢，以最平靜的態度開始他們的活動，從蛇的上方跨過，沒特別注意牠。那是條馴養的大蟒蛇，牠的任務是滅除老鼠、蝙蝠、蠍子，以及趕走毒蛇。霧族人有很多寵物：和小孩一起成長的猴子、和小孩一樣吸吮女人乳汁的小狗、巨嘴鳥、鸚鵡、鬣蜥，甚至有一隻衰老的黃色美洲豹，一條腿跛瘸，不會傷人。大蟒蛇吃得好，通常非常嗜睡，有時候會被小孩借去玩。亞歷山大想到如果他妹妹妮可置身在那群已被馴服的奇珍異獸當中，一定快樂得不得了。

那天有一大半時間都在準備歡慶會，他們要慶祝戰士們歸來和兩個「白色靈魂」來訪，他們這樣叫娜迪雅和亞歷山大。所有的人都參與準備工作，只有一個男人例外，他遠離其他人，在村落的一端盡頭保持坐姿。那個印第安人正在執行淨身儀式——「烏諾卡伊穆」，當一個人殺了另一個人，那個儀式是強制性的。亞歷山大得知執行「烏諾卡伊穆」要好幾天完全禁食，安靜不說話，靜止不動，那樣，從屍體鼻子逃出來、貼在殺人犯胸骨的死者靈魂，才會慢慢漸漸脫離。如果殺人凶手吃進任何食物，受害者的鬼魂會長胖，重量最後會把凶手壓扁。那個執行「烏諾卡伊穆」的戰士定坐不動，面前有個竹子做的長形吹箭筒，上面裝飾著奇怪的象徵圖案，與河上旅程中穿刺探險隊裡一位士兵心臟部位的有毒飛鏢圖案一模一樣。

有些男人由達哈馬帶領，出發去狩獵釣魚，幾個女人去森林裡刻意遮掩的小菜園找玉米和香蕉，其他女人則專心磨木薯。最小的孩童把螞蟻和其他昆蟲放在一起供炊煮用；大一點的孩子採收核桃和水果，其他的孩子以不可思議的靈敏動作爬到一棵樹上採木板上的蜂蜜，那是雨林中唯一的糖分來源。男孩們自從可以站立，就學攀爬，他們有本事在一棵樹最高的樹枝上跑動而不會失去平衡。光看到他們像猿猴般高高地懸掛在上面，娜迪雅就頭暈。

他們給亞歷山大一個籃子，教他綁掛在頭上，要他跟著其他同年齡的年輕人走。他們往森林裡走了好一會兒，用竹篙和藤枝支撐穿越過河流，來到幾株高瘦的棕櫚樹前面，這些棕櫚樹的樹幹布滿銳利的刺。超過十五公尺高的樹冠下，有一種像小桃子的成串黃色水果閃閃發亮。年輕人把一些棍棒綁緊，做成兩個緊實的十字架子，他們用一個十字架支撐在樹幹間，把另一個放在上面一點。其中一人攀上第一個十字架，把另一個往上推，再爬上第二個，伸手去把下面那個拉高架在上方，就這樣他以空中飛人的靈巧慢慢爬到最頂端。亞歷山大聽過那種壯舉，但是沒看到之前他無法理解怎麼爬上去卻不會被刺傷。那個印第安人從上面把水果丟下來，其他人把水果撿到籃子裡。稍後村落的女人把水果磨碎，和香蕉攪和一塊兒，做成一種湯，這對霧族人而言是很珍貴的東西。

儘管所有人都忙著準備工作，氣氛卻是輕鬆歡樂。沒人趕時間，還有多餘時間可以在河裡快樂玩上幾小時的水。亞歷山大・寇德和其他年輕人打水玩樂時，他想從來沒覺得世界這麼美，以後再也不會像現在這麼自由了。泡過長澡後，達比拉瓦—德里的女孩們準備了不同顏色的植物顏料，用錯綜複雜的圖案幫部落所有成員彩繪裝飾，甚至嬰兒也不例外。同時，年紀較長的男人混合研磨好幾種樹的葉子和樹皮，提煉出「悠菠」，那是儀式裡神奇的粉末。

第十二章 成年儀式

歡慶會下午開始，持續了整個夜晚。從頭到腳都上了顏色的印第安人歡唱、跳舞、吃到過飽等。由於受邀者拒絕他人提供食物或飲料的好意是沒禮貌的行爲，所以亞歷山大和娜迪雅學其他人，把肚子撐到胃幾乎痙攣，彷彿那樣才是非常有禮貌的表現。小孩們奔跑著，長髮上綁著大隻蝴蝶和發出磷光的甲蟲。婦女用螢火蟲、蘭花和羽毛裝飾耳朵，並以筷子穿過嘴唇，分成兩隊開始歡慶會，她們面對面唱著歌，進行友誼性的競賽。然後這些婦女邀請男人跳舞，她們舞蹈的靈感來自於動物在雨季交配時的動作。最後男人們自個兒鋒芒畢露，首先繞著圈圈模仿猴子、美洲豹和鱷魚，馬上又揮動武器，做出裝飾性的跳躍動作，展現出勇武和敏捷。娜迪雅和亞歷山大昏頭轉向，表演、鼕鼕的鼓聲、讚美歌、喊叫聲和他們周圍的雨林吵雜聲，讓他們暈眩不已。

摩卡里達被放在村落中央，他在那兒接受所有人隆重的問候。儘管他喝了幾小口的麻薩朵，還是吃不下東西。一個以巫醫術聞名的老人出現在他面前，這個老人身上披著一片乾泥土糊成的硬外殼，上面塗了一種樹脂，他們在樹脂上幫他黏上白羽毛，讓他看起來像隻剛出生的怪鳥。巫醫好長一段時間跳著吼著，想嚇走已進入酋長體內的妖怪。然後他在酋長胸膛上和肚子上好幾個地方吸吮，摹擬吸出不好的液體，再把液體吐得遠遠的。此外，他還將亞馬遜河流域用來療傷的植物「巴林薔薇」搗成醬泥，擦抹垂死的老人；然而，摩卡里達的傷是看不見的，那個方法沒有任何效果。亞歷山大猜想酋長跌落時造成內部某個器官破裂，或許是肝，因爲隨著幾個小時過去，老人越來越虛弱，同時還有一條血絲從嘴角流下來。

天亮時，摩卡里達把娜迪雅和亞歷山大叫到身邊，以所剩的極少氣力向兩人解釋，他們是村落建立以來唯一踏過達比拉瓦—德里的外地人。

「霧族人的靈魂和我們祖先的亡靈住在這裡。納伯族說謊，他們不懂何謂公理，他們會玷汙我們的靈魂。」他說。

他補充說，兩個小孩受邀到這裡是因爲偉大巫師的指示，巫師曾提醒族人，娜迪雅是派來幫忙他們的。他不知道亞歷山大在未來的事件裡將扮演什麼角色，但是因爲身爲女孩的同伴，他們也歡迎他來到達比拉瓦—德里。亞歷山大和娜迪雅了解酋長指的是瓦利邁以及他對「拉哈坎納里瓦」所做的預言。

「『拉哈坎納里瓦』通常以什麼模樣出現呢？」亞歷山大問道。

「很多種模樣，那是一隻吸血鳥。牠不是人類，舉止像精神病患，從來沒人知道牠下一步會做什麼，牠老是渴望喝血，會生氣，還會折磨人。」摩卡里達解釋。

「你們曾看過一些大鳥嗎？」亞歷山大問道。

「我們曾經看過『製造噪音和風的鳥』，不過牠們沒看到我們。雖然長得很像，但是我們知道那不是『拉哈坎納里瓦』，而是納伯族的鳥。牠們只在白天飛翔，從來不在晚上飛翔，所以我們點火時會小心，不讓鳥兒看到煙霧。因此我們才躲躲藏藏地生活，也因此我們是隱身的民族。」摩卡里達回答。

「納伯族遲早會來的，這是不可避免，那時霧族人將會怎麼做呢？」

「我在『世界之眼』的時間已經要結束了，我之後的酋長必須做決定。」摩卡里達虛弱地回答。

摩卡里達天亮時過世，一陣悲泣聲震撼了達比拉瓦—德里好幾個小時：沒人能記起摩卡里達統治前的時代，他領導部落好幾十年了。他那頂象徵權力的黃色羽毛皇冠被放在一根杆子上，直到繼承者被任命，同時霧族人把他們身上的裝飾物拿掉，塗上泥土、煤炭和灰燼，以象徵哀悼。四周籠罩著極大的不安，因爲他們認爲死亡很少是自然因素，通常起因於一個敵人惡意施行魔法來傷害人。安撫死者靈魂的方式是找到敵人，並將之消除，否則鬼魂會留在世間打擾活人。如果敵人是另一個部落的人，那可能導致戰役，但是如果來自同一個部落，可以象徵性地藉著合宜的儀式「殺了」他。戰士們因爲整個晚上喝著麻薩朵，想到要打敗導致摩卡里達死亡的敵人而顯得非常亢奮。找出那個敵人並將他打敗實在攸關榮譽。沒人渴望取代酋長的地位，因爲他們之間並不存在階級，沒有人比其他人更重要，酋長只不過有較多的義務罷了。摩卡里達受到尊敬並不是因爲他的統治地位，而是因爲他年紀很大，那意味著他有更多的經驗和知識。那些男人，醉茫茫又亢奮，隨時可能會以暴力相向。

「我想是叫瓦利邁的時候了。」娜迪雅對亞歷山大低語。

她退到村落的一端，從脖子拿下護身符，開始對它吹氣。雕花骨頭發出貓頭鷹的尖銳叫聲，在那個地方聽起來很奇怪。娜迪雅想像用護身符就可看見瓦利邁像魔術般出現，但是不管她怎麼用力吹，巫師還是沒現身。

接下來幾個小時，村落的緊繃氣氛一直高漲。一位戰士對達哈馬襲擊，達哈馬在對方頭上以一陣棒喝回報，讓他跌躺在地上流血；好幾個男人插手把激動的兩人分開才讓他們安靜下來。最後大家決定藉由悠菠粉解決衝突，那是一種綠色粉末，和麻薩朵一樣，只有男人才可以吸食。他們分成兩人一組，每一組分到一條空心長桿，尾端有雕飾，透過桿子彼此將粉末直接吹進對方的鼻子裡。悠菠粉以類似棒打的強力進入腦部，人會往後跌，痛得哀聲大叫，接著開始嘔吐、跳躍、咕噥、看見幻象，同時一種綠色黏液會從鼻孔和嘴巴裡流出來。那不是很悅目的場面，但是他們用這個方法把自己傳送到靈魂的世界裡。有些男人變成魔鬼，有些化身爲好幾種動物的靈魂，另一些則預告未來，但是摩卡里達的鬼魂並沒有爲了指派繼承人而在任何人的幻象裡顯靈。

亞歷山大和娜迪雅懷疑那場混雜會以暴力收尾，他們寧願保持距離和沉默，希望沒人記得他們。不過他們運氣不好，因爲突然其中一位戰士看到的幻象裡，導致摩卡里達死亡的敵人竟是外地來的男孩。不一會兒，其他人便聚集起來要懲罰殺害酋長的嫌疑犯，他們高舉棍棒在亞歷山大後面追跑。這不是把長笛當作安撫情緒工具的時候，男孩像羚羊般開跑。他的唯一優勢是絕望的心情給了他翅膀飛跑，還有他的追趕者並非處於最佳狀況。那些中毒的印第安人絆倒，互相推擠，在混亂中彼此棒打，女人和小孩則跑到他們旁邊助興。亞歷山大在森林裡拚命跑著，以爲死亡時刻已經到來，母親的身影如閃電般掠過他的腦海。

美國男孩在速度上和靈敏度上都不可能和那些原住民戰士相提並論，但是他們嗑了藥，在路上一個個倒下去。他終於可以躲在一棵樹下，氣喘吁吁，筋疲力竭。他以爲安全了，卻覺得被人圍住，在可以重新開跑之前，部落的女人卻往他身上撲過來。她們大笑，好像抓到他只是開個惡作劇的玩笑，但是她們把他牢牢抓住，而且儘管他拳打腳踢，大家還是一起把他拖回達比拉瓦—德里，綁在一棵樹上。對他搔癢的女孩不只一個，其他的女孩們還把水果丁塊往他嘴裡塞，但是即便有那樣的關懷，綑繩還是緊緊打著結。那時悠菠粉的效果開始減退，男人們漸漸拋開他們的幻象，疲憊地回到現實來。經過好幾個小時，他們才恢復清醒和體力。

亞歷山大因爲在地上被拖行而疼痛難挨，被那些女人嘲弄而感到受辱，他記起勒布朗教授那些驚悚的故事。如果教授的理論正確，他們會把他吃掉。那麼娜迪雅會怎樣呢？他覺得對她有責任。他想著，在電影和小說裡那會是直升機及時抵達拯救他的時刻，他毫無希望地望著天空，因爲在現實生活裡直升機從來不會及時抵達。就在那時，娜迪雅走近那棵樹，卻沒受到任何人的阻止，因爲沒有戰士想像得到一個小女孩竟然膽敢挑釁他們。亞歷山大和娜迪雅在第一個晚上寒冷降臨時就已經穿上衣服，由於霧族人已經習慣看他們穿著衣服，所以他們也不覺得有脫下來的必要。亞歷山大的皮帶上掛著笛子、羅盤和小刀，娜迪雅就用那把刀解開他。在電影裡割斷一條繩子也是一個動作就夠了，但是她卻必須在樹椿上那條綑綁他的皮繩上鋸上好一會兒，亞歷山大沒耐心地狂出汗。部落的小孩和幾個女人靠近看她在做什麼，訝異她的斗膽，但是她這麼有信心，還在好奇觀看者的鼻子前揮舞小刀，結果沒人插手，十分鐘後亞歷山大就重獲自由了。這兩個好朋友開始掩飾地向後退，爲了不引起戰士們的注意，他們不敢開跑，那就是隱身術對他們有極大用處的時刻。

兩位外地小孩並不能走到很遠的地方，因爲瓦利邁進入村落了。巫師老人出現時帶著他收藏掛在枴杖上的幾只小皮囊、短矛和聽起來像鈴鐺的石英圓柱筒。那筒子裡有一些小石子，是從一道雷電降落的地方撿來的，那是巫醫和巫師的象徵，也代表太陽神的力量。他由一位年輕的女子陪同而來，女子的頭髮像黑色披風垂掛及腰，眉毛剃掉了，戴著念珠項鍊，幾根磨亮的筷子穿過臉頰和鼻子。儘管她一個字都沒說，卻是非常美麗，看起來很快樂，總是面帶微笑。亞歷山大明白她是巫師的天使妻子，他很高興現在可以看到她了，那意味著有某種東西已經在他的智力或他的直覺裡開啓了。就像娜迪雅曾教過他的：必須「用心靈觀看東西」。娜迪雅告訴他，許多年前瓦利邁還年輕的時候，爲了讓那女子脫離奴隸身分，被迫以他上了毒的刀殺死她。那不是種罪行，而是他給她的恩德，但是不管怎樣，她的靈魂還是依附在他的胸膛上。瓦利邁逃到雨林裡最深密的地方，將少女的靈魂一起帶到永遠沒人找得到的地方。他在那兒執行強制性的淨化儀式：齋戒、持靜不動。然而，旅途中他和女人相戀，「烏諾卡伊穆」的儀式一結束，她的鬼魂卻不肯辭別，而寧願留在這世間和她心愛的男人在一起。那是發生在幾乎一個世紀以前了，從那時開始，她總是陪著瓦利邁，等著他也變成鬼魂、可以和她一起飛行的時刻到來。

瓦利邁的出現緩和了達比拉瓦—德里的緊繃氣氛，不久前準備殺害亞歷山大的那些戰士現在卻親切地對待他。那個部落對偉大的巫師又敬又怕，因爲他擁有闡釋符號的超自然能力。所有人都作夢也有幻象，但是只有像瓦利邁那種被選中的人，才有資格到上等靈魂的世界去，他們在那兒學習幻象的意義，有能力引導其他人，也能改變天然災害的走向。

老人宣布那個男孩擁有神聖動物黑豹的靈魂，從很遠的地方前來幫助霧族人。他解釋那是個非常奇怪的時代，這裡的世界和那裡的世界分界模糊不清的時代，「拉哈坎納里瓦」可能將所有人吞下肚的時代。他提醒族人納伯族的存在，大部分的印第安人只是透過山下陸地其他部落的弟兄們告訴他們關於白人的事。達比拉瓦—德里的戰士們已經監視《國際地理雜誌》探險隊好幾天了，但是沒人理解那些奇怪的外地人的行徑和習性。在一個世紀的生命裡看過許多世事的瓦利邁將他所知告訴他們。

「納伯族像死人一樣，他們的靈魂從胸膛逃走了。」他說：「納伯族什麼都不會，他們無法用長矛插到魚，也不會用飛鏢打中猴子，更不會爬樹。他們不像我們穿著空氣和光線，而是使用發臭的衣服。他們不在河裡泡水，不懂得莊重或禮貌的法則，他們不共同分享房子、食物、孩子和女人。他們的骨頭很軟，只要小小一個棒擊就可以把他們的頭顱劈開。他們殺害動物卻不吃動物，把動物丟棄任牠們腐爛。他們經過的地方會留下垃圾和毒物的痕跡，甚至把這些東西遺留在水裡。納伯族甚至瘋狂到企圖帶走地上的石頭、河裡的砂石和森林的樹木，有些人甚至想要土地。我們告訴他們雨林無法像一隻死貘扛在背上，但是他們不聽。他們向我們談論他們的神明，卻不願意聽聽有關我們神明的故事，納伯族像鱷魚一樣貪得無厭。那些可怕的事情我親眼見過，親耳聽過，親手觸摸過。」

「我們永遠不允許那些魔鬼到『世界之眼』這兒來，他們若從瀑布上來，我們會用飛鏢和飛箭射殺他們，就像從我們爺爺的爺爺的年代以來，曾對待之前那樣嘗試的所有外地人那樣。」達哈馬宣告。

「但是無論怎樣他們都會來的。納伯族擁有『製造噪音和風的鳥』，可以在山岳上空飛行。他們會來是因爲他們要石頭、樹木和土地。」亞歷山大插嘴。

「沒錯。」瓦利邁承認。

「納伯族也可以用疾病來殺人，許多部落是這樣死去，但是霧族人可以獲救。」娜迪雅說。

「這個蜜膚色的女孩知道她在說什麼，我們應該聽她的，『拉哈坎納里瓦』經常以致死疾病的模樣出現。」瓦利邁保證。

「她比『拉哈坎納里瓦』還厲害嗎？」達哈馬不信任地問道。

「我不厲害，但是有另一個非常厲害的女人，她有可以避免傳染病的疫苗。」女孩說。

接下來一個小時，娜迪雅和亞歷山大試著說服印第安人並非所有的納伯族都是不祥的魔鬼，有些是朋友，像歐麥菈・多瑞斯醫師。這時語言上的限制偏偏又加上文化的差異，要如何跟他們解釋疫苗是什麼呢？連他們自己都不完全懂，因此兩人決定就說那是一種很厲害的魔術。

「唯一的拯救方法是，讓那個女人來幫所有的霧族人民注射疫苗。」娜迪雅提出理由。那樣的話，儘管納伯族或嗜血的「拉哈坎納里瓦」來了，也不會害大家得病受苦。

「他們可能以其他方式威脅我們，那麼我們就會上戰場。」達哈馬斷言。

「對納伯族開戰不是個好主意……」娜迪雅大膽表示。

「下一個酋長必須做決定。」達哈馬下個結論。

瓦利邁負責指導以最古老的傳統舉行摩卡里達的殯葬儀式。雖然有從空中被看到的危險，印第安人還是起了個大火堆火葬軀體，連續幾個小時，酋長的遺體燒盡了，同時村落的住民也哀悼他的離去。瓦利邁準備了一種神奇的藥水——強效的「死藤水」，來幫助部落的男人看到他們自己的內心深處。外地小孩受到邀請，因爲他們必須負起比自己生命更重要的英勇任務，爲了這項任務，他們不僅需要眾神的幫助，也必須了解自己的力量。他們不敢拒絕，儘管那藥水的味道很惡心，他們還得勉爲其難地吞下藥水，並讓它保留在胃裡。好一會兒之後他們才感受到藥效，突然，地面在他們腳下分裂消失，天空布滿幾何圖形和燦爛色彩，他們的身體開始旋轉融化，恐懼感侵入到他們最後的一根纖維。就在他們以爲死神已經到來的那一刻，卻覺得穿越無數個充滿光線的空間，以飛快的速度被推著走，突然，圖騰眾神的王國好多扇門打開了，指令他們進入。

亞歷山大覺得他的四肢拉長了，一股火燙的熱氣入侵到體內。他看看自己的手，卻看到那是末端有銳利爪子的兩條腿。張開嘴要喊叫，一聲恐怖的呼號聲從他的肚子裡冒出來。他看到自己變成一頭又黑又有光澤的大型貓科動物：那頭在毛洛・卡里亞斯的庭院看過、絕妙的美洲雄豹。那頭動物不在他身體裡面，他也不在那頭動物的身體裡面，而是兩者融爲一體；同時是男孩也是猛獸。亞歷山大走幾步路伸展身子，試試自己的肌肉，他了解自己擁有美洲豹的輕盈、速度和力氣。他在森林裡像貓一樣大步跳躍奔跑，受到一種超自然的能量操控著。他一蹬就攀上一棵樹的樹枝，從那兒用金色的眼睛凝視景色，一邊緩慢地在空中搖動黑色尾巴。他發覺自己有威力、令人畏懼、單一、無敵，是南美洲雨林之王，沒有其他動物像牠那麼凶猛了。

娜迪雅升騰到天上，片刻後她不再畏懼一向令她煩心的高度，她強有力的雌鷹翅膀幾乎不動；冷空氣支撐著她，只要最輕微的動作便足以改變航行的方向或速度。她在高空飛翔，安心無慮，優游自在，淡淡地望著遠在下方的土地。從上面她看到雨林和那群特普伊桌山的平坦頂峰，好幾座特普伊桌山都被雲層遮蓋住，有如戴著泡沫皇冠般；她也看到燃燒摩卡里達酋長遺骸火堆的微弱煙柱。老鷹在風中盤旋，像地面的美洲豹那般無敵：沒有任何東西可以抓到牠。

女孩變成的鳥，高傲地在「世界之眼」上方飛繞了幾圈，從上方仔細觀看印第安人的生活。她頭上的羽毛像數百根的天線豎立起來，捕捉太陽的熱能、清風的寬闊，和高度帶給她的驚人震撼。她知道自己是眾鷹之母，是那些印第安人的保護者，也就是霧族人民的母親。她在達比拉瓦—德里的村落上方飛行，絕妙翅膀的影子像披風般，遮蓋了隱藏在森林裡的小住屋幾乎看不見的屋頂。最後，大鳥飛向最高那座特普伊桌山的頂峰，牠的窩巢就在那兒，暴露於四面八方的強風下，巢裡有三顆玻璃蛋閃閃發亮。

隔天早上，兩個小孩從圖騰動物世界回來時，各自講述自己的經驗。

「那三顆蛋是什麼意思？」亞歷山大問道。

「我不知道，但是那些蛋很重要。蛋不是我的，『神豹』，但是我必須拿到蛋才能拯救霧族人。」

「我不懂，那些蛋和印第安人有什麼關係？」

「我想很有關係……」娜迪雅回答，和他一樣茫然。

當殯葬火堆的炭火降溫時，摩卡里達的妻子伊優米將燒成灰的骨頭分隔出來，用石頭把骨頭磨成細粉，再和水及香蕉混合做成湯。裝著那種灰色液體的南瓜傳遞在人們的手中，每個人都喝了一口，包括小孩們。然後他們把南瓜埋起來，酋長的名字也被遺忘，這樣永遠沒人可以再度叫出那個名字。對這個人的記憶還有遺留在骨灰裡的勇氣和智慧粒子，就這樣傳給了他的後代子孫和朋友；用那種方式，他的一部分將永遠存留在活者之間。他們也給娜迪雅和亞歷山大喝骨灰湯，如同一種受洗模式：現在他們屬於這個部落了。把湯拿到嘴邊時，男孩記起曾讀過某種疾病是肇因於「吃下祖先的腦」。他閉上眼睛，恭敬地喝下。

喪禮儀式一結束，瓦利邁命令部落選出新的酋長。根據傳統，只有男人可以追求那個位置，但是瓦利邁解釋這次必須以高度的謹慎態度做選擇，因爲他們活在非常奇怪的時代，需要一個有能力了解其他世界的奧秘、可與眾神溝通並能制止「拉哈坎納里瓦」的酋長。他說那是穹蒼有六個月亮的時代，眾神被迫遺棄自己的殿堂的時代。一提到眾神，那些印第安人把手放到頭上，開始前前後後不停搖晃，單調念著娜迪雅和亞歷山大的耳朵聽起來像是經文的歌。

「所有在達比拉瓦—德里的人，包括小孩，都必須參與選出新酋長。」瓦利邁指示部落。

一整天部落都在商討提名候選人。黃昏時刻，娜迪雅和亞歷山大睡著了，他們筋疲力盡，飢腸轆轆，無聊至極。美國男孩試著解釋以選票選舉的方式，就像民主社會那樣，但是徒勞無功，因爲印第安人不懂得數算，投票的觀念就像疫苗的觀念一樣讓他們無法理解，他們是透過「幻象」來遴選的。

兩個小孩深更半夜被瓦利邁叫醒，被告知最強的幻象是伊優米，因此摩卡里達的遺孀現在是達比拉瓦—德里的酋長。從他們可以記憶以來，那是第一次由女人擔任那個職位。

老人伊優米戴上先夫使用這麼多年的黃色羽毛冠帽，她下的第一道命令是準備食物。這道命令馬上受到服從，因爲霧族人兩天下來除了一口骨灰湯什麼都沒吃。達哈馬和其他獵人拿起武器出發到雨林去，幾個小時後他們帶回來一隻大食蟻獸和一頭鹿，他們將獵物分屍，放在炭火上燒烤。此時婦女已經做了木薯麵包和香蕉煲。當所有的胃都餵飽了，伊優米邀請她的族人圍成圓圈坐下，並頒布她的第二道旨令。

「我要任命其他首領——一位戰爭和狩獵的首領：達哈馬；一位安撫『拉哈坎納里瓦』的首領：叫做『天鷹』的蜜膚色女孩；一位和納伯族以及他們『製造噪音和風的鳥』交涉的首領：叫『神豹』的外地人；一位探訪眾神的首領：瓦利邁。首領的首領：伊優米。」

睿智的女人以那種方式將權力分配下去，為了要面對即將到來的可怕時代，她也把霧族人組織好。就這樣娜迪雅和亞歷山大被賦予一個責任，而他們自己卻不覺得有能力勝任。

伊優米就在那兒下了第三道命令。她說女孩「天鷹」為了對付「拉哈坎納里瓦」必須保持她「白色的靈魂」，那是唯一避免被食人鳥吞下去的方法，但是外地少年「神豹」必須變成男人，接受他的戰士武器。所有的男性，在握住武器或考慮結婚之前，都必須要以孩童之身死亡，以男人之身再生。他們沒有時間可以舉行傳統的儀式，那要耗上持續三天的時間，而且通常包括部落裡所有已經到了青春期的男孩都得參加。針對「神豹」的例子，他們必須臨時想個簡短一點的儀式，伊優米說，因為少年將要在前往眾神之山的旅途中陪伴「天鷹」。霧族人正處於危險之中，只有那兩個外地人可以帶來拯救辦法，他們必須快速啟程。

輪到瓦利邁和達哈馬負責亞歷山大的成年禮儀事宜，那個儀式只有成年男子參與。後來男孩告訴娜迪雅，如果他早知道儀式的內容是那樣，或許那次的經驗就不會那麼恐怖。在伊優米的領導下，女人們用一塊銳利的石頭幫他剃度頭頂，那是種令人相當疼痛的手法，因爲他有個裂縫尚未結疤，是被俘虜時留下的傷口。剃頭石塊刮過當時，他的傷口又開了，但是她們用一點泥土幫他抹上，一下子就不再流血了。之後女人們用蠟和煤炭做成一坨東西，把他從頭到腳塗成黑色。隨後他必須向他的朋友娜迪雅和伊優米道別，因爲女性並不可以在儀式中出現，她們和小孩一起到森林裡度過那一天。到了晚上她們才會回到村子來，屆時戰士也已經帶走他，去進行成年禮的最後一項測試活動。

達哈馬和他手下的人從河裡的泥漿中挖出神聖的樂器，那些樂器只在男性的儀式裡使用。那是幾根長一公尺半的粗大管子，吹奏起來會發出一種沙啞沉重的聲音，如公牛的咆哮。女人和未成年的男孩都不可以看到這些樂器，否則會遭受魔法處罰，導致生病或死亡。那些樂器代表男性在部落裡的權力、父親和兒子的傳承。少了那些喇叭，所有的權力會落到女人手中，而她們已擁有生小孩和印第安人所謂的「做人」的神奇能力。

儀式在早上開始，得持續整天整夜。他們讓亞歷山大吃下幾顆苦桑椹，讓他以胎兒的姿態蜷縮在地上；然後，男人們身上塗抹色彩，拿魔鬼的行頭喬裝打扮，由瓦利邁帶領，在他的四周圍成擁擠的圓圈，他們抽著葉菸，用力以腳不斷踩踏地面。在苦桑椹、驚嚇和煙霧當中，亞歷山大很快便感覺病得相當嚴重。

好長一段時間戰士們圍著他跳舞，吟誦著讚美詩，他們吹奏沉重的神聖喇叭，喇叭的末端碰觸到地面。那聲音在男孩糊塗的腦內轟轟作響。幾個小時裡，他聽到重複著太陽神故事的吟唱，祂在比平時照亮天空的太陽更遠的地方，那是一種看不到的火，是宇宙的起源；他聽到他們唱著，從月亮滴落下來血滴聲，那滴血化成第一個人類的生命；唱著關於牛奶河的歌曲，那條河流孕育具有生命的所有種子，但是也包括腐爛和死亡；那條河通往一個王國，王國裡像瓦利邁這樣的巫師會和鬼魂以及其他超自然的物體相會，以便接受智慧及治療的能力。他們說所有存在的東西都是地母所夢見的，每顆星星都夢見自己的住民，所有宇宙發生的事都是幻想，純粹是在其他夢想中的夢想。亞歷山大・寇德昏頭昏腦中覺得那些字眼意指他自己曾預料到的那些觀念，當時他就不再思考了，聽由「用心靈思考」的奇怪經驗所支配。

經過好幾個小時，男孩漸漸失去對時間、空間和自己的真實性的意識，沉陷在深度疲憊又驚恐的狀態。某個時候，他覺得他們拉他起來，強迫他前進，就在那當時，他注意到夜晚已經降臨了。他們列隊往河邊走去，吹奏著樂器，揮動著武器，在那兒他們把他沉入水中好幾次，一直到他以爲自己被淹死了。他們用有磨砂功能的葉子把他身上的黑色塗料搓掉，然後在他灼熱的皮膚灑上胡椒。在一陣震耳欲聾的叫喊聲中，他們拿著長竿在他雙腿、手臂、胸部和肚子等處擊打，但是沒有傷害他的意思；有時用矛威脅他，有時用尖端碰他，但是沒傷害到他。他們試著以所有可能的方法嚇唬他，也達到了目的，因爲美國男孩不了解正在發生的事，他害怕某個時刻他的攻擊者會失手真的殺了他。因此，他試圖防禦達比拉瓦－德里的戰士們的拳打和矛擊，但是本能指示他不要企圖逃走，因爲那無濟於事，在那個有敵意的陌生領地上是沒有地方可逃的。這是個正確的決定，因爲他要是那樣做，會被看成膽小鬼，是一個戰士最不可原諒的缺陷。

亞歷山大差點失去控制，就要變得歇斯底里，突然想到他的圖騰動物。他並不需要特別費勁就進入了黑豹的身體，這個轉變發生得既快速又容易：從他喉嚨發出的吼叫聲就是之前體驗過的那個吼聲，他已經見識過爪子的抓力，跳過敵人的頭上不過是一個自然的動作。印第安人以震耳欲聾的喧鬧慶祝美洲豹的到來，隨即以莊嚴的隊伍引領他來到神聖的樹木前，達哈馬在那兒等著做最後的測驗。

雨林裡天亮了。火蟻被抓到一根用麥稭編成的管子裡，類似用來抽取木薯中的氫氰酸的軟管，達哈馬用兩根竿子撐住管子，避免接觸到昆蟲。亞歷山大經歷過那個令人毛骨悚然的長夜後已經筋疲力竭，他過了好一會兒才明白等候他的是什麼。那時他深深吸了一口氣，把肺部裝滿冷空氣，召喚他父親攀岩的勇氣、母親從來不服輸的耐力和他圖騰動物的力量來幫助他，隨即把左手伸進管子裡，一直到手肘處。

那群火蟻在他的皮膚上遊走幾秒鐘後才咬他。一口咬下時，他覺得好像硫酸燒到骨頭裡去了。駭人的疼痛讓他發愣片刻，但是藉著強烈的意志力，他沒把手抽出軟管外。他記起娜迪雅試著教他和蚊子共處時所說的話：不要防禦，不要理牠們。不理火蟻是不可能的事，處於完全絕望的那幾分鐘，他差點要開跑跳進河裡，但是之後他發現竟然有可能控制逃亡的衝動、攔截胸腔內的號叫、敞懷迎接痛楚而不抵抗，同時又能允許痛楚完全穿透他，深入到他的本質和意識的最後一根纖維。那時灼熱的疼痛像一把劍穿過他，從背部刺出來，奇蹟似地，他竟然可以忍受得了。亞歷山大從來無法解釋那次酷刑當中充滿力量的感覺，他覺得異常強壯無敵，就像喝過瓦利邁神奇的藥水時，曾處於黑豹的形體那樣，那是他從測驗中存活下來的補償。他知道自己的童年已經真的留在後頭，從那個晚上起，他可以自力更生了。

「歡迎來到成人世界。」達哈馬說道，一邊把軟管從亞歷山大的手臂上抽走。

戰士們引領半昏迷狀態的少年返回村落。

第十三章　聖山

「神豹」亞歷山大‧寇德全身冒汗，發著高燒，疼痛難挨，他穿越一條綠色長廊，跨過鋁製門檻，看到母親。麗莎‧寇德在一間光線如月光一樣白的房間裡，她身蓋床單坐在一張單人沙發上，倚在枕頭堆裡。她光禿的頭上戴著一頂藍色毛帽，耳上戴著耳機，人非常蒼白憔悴，眼睛周圍有黑眼圈。她身上有條細導管連接到鎖骨下面的一條靜脈，塑膠袋裡的黃色藥液從導管滴落下來，每滴藥液都像火蟻般直接滴到他母親的心臟。

數千浬的距離外，在德州一間醫院裡，麗莎‧寇德正接受化療。她盡量不去想有如毒品的藥液，那像一種毒物進入她的靜脈，和她疾病裡更惡劣的毒物打鬥。爲了分散注意力，她專注於正在聆聽的長笛協奏曲的每個音符，那首她聽過兒子練習好幾次的相同曲子。同一個時間，神智不清的亞歷山大在雨林裡夢見她，麗莎‧寇德也清清楚楚看到兒子。她看見他站在她房間的門檻旁，比她記得的更高大、強壯，更成熟、俊美。麗莎曾經以思維叫喚他那麼多次，看見他到來一點也不覺得奇怪。她沒去思索他是怎麼來，爲什麼來，僅只單純沉浸在有他在身邊的幸福裡。亞歷山大……亞歷山大……她喃喃呼喚著。她伸出雙手，亞歷山大向前走，直到碰觸到母親，他跪在沙發旁，把頭放在她的膝前。麗莎・寇德重複著兒子的名字，撫摸他的後頸的同時，她從耳機長笛的清澈音符中，聽到他央求她奮戰、別屈服於死亡的聲音，一次又一次對她說：「媽媽，我愛妳。」

亞歷山大・寇德和母親的會面可能是片刻，也可能是好幾個小時，兩人都不知道確實的時間長短。當他們終於道別，兩人返回物質世界，都變得更強壯。一會兒後約翰・寇德走進太太的病房裡，很訝異看到她面帶微笑，臉頰紅潤。

「麗莎，妳還好嗎？」他關切問道。

「我很開心，約翰，因爲亞歷山大來看過我。」她回答。

「麗莎，妳在說些什麼……？亞歷山大和我母親在亞馬遜河流域，妳不記得了嗎？」她先生低聲說道，面對藥物可能對妻子造成的影響感到驚嚇。

「我記得，但是那不能抹滅不久前他人在這兒的事實。」

「不可能……」她先生反駁說道。

「他長高了，看起來更高更壯，但是他的左手臂腫脹得厲害……」她一邊對他說，一邊閉上眼睛休息。

在南美洲大陸的中心，在「世界之眼」，亞歷山大・寇德發著高燒醒來，他花了幾分鐘的時間才認出身旁傾身給他水喝、金銅色皮膚的女孩。

「你已經是個男人了，『神豹』。」娜迪雅微笑說道，看到他夾雜在活生生的人群中歸來，她感到非常欣慰。

瓦利邁準備了一團藥草敷在亞歷山大的手臂上，就這樣短短幾個小時後，燒熱和腫脹就減退了。巫師向他解釋，在雨林裡有多種殺人不留痕跡的毒物，也同樣存在數以千計的自然療法。男孩向他描述母親的疾病，並問他是否知道有什麼植物能減輕病情。

「有種神聖的植物，但必須和健康水混在一起。」巫師回答。

「我可能拿到那種水和植物嗎？」

「也許可以，也許不可以，這必須要經歷許多磨難。」

「所有該做的我都願意做！」亞歷山大喊著。

隔天，少年身上每個螞蟻咬痕都像紅色瓜子般凸腫，但是他可以走動，也有食慾。他把經驗告訴娜迪雅後，她對他說村落裡的女孩不會經歷成年禮的儀式，因爲她們不需要；女生知道何時已經把童年拋在後頭，因爲身體會以流血的方式告知她們。

那天是達哈馬和同伴狩獵運氣不好的日子，部落只有玉蜀黍和幾條魚可以充飢。亞歷山大決定要是之前他敢吃烤蟒蛇，現在應該可以嘗試吃那種魚，即便上面到處是鱗片和魚刺都沒關係。他很驚訝發現自己竟然非常喜歡那味道。我怎會白白放棄這道美味的菜餚超過十五年！他咬第二口時叫著。娜迪雅叫他多吃一點兒，因爲隔天他們要和瓦利邁出發前往鬼魂的世界，那兒或許沒有可吃的糧食。

「瓦利邁說我們要去聖山，眾神居住的殿堂。」娜迪雅說。

「我們在那兒要做什麼呢？」

「我們要找我的幻象裡出現的那三顆玻璃蛋，瓦利邁認爲那些蛋將會拯救霧族人。」

旅程在清晨展開，穹蒼才剛出現第一道光。瓦利邁走在前面，由他美麗的天使妻子陪著，她一會兒牽著巫師的手，一會兒像隻蝴蝶飛在他頭上，總是安靜、笑容可掬。亞歷山大・寇德驕傲地炫耀著弓和箭，那是成年禮結束後達哈馬交給他的新武器。娜迪雅帶著一顆裝有香蕉湯的南瓜，和伊優米要讓他們在路上吃的幾塊木薯餅。巫師並不需要食糧，因爲按他自己的說法，他那個年紀東西吃得很少。他不像人類：他靠著喝幾口水，用沒牙齒的牙齦長時間吸吮幾顆核桃維生，他幾乎不睡覺，當少年們累倒了，他卻多的是繼續走路的力氣。

他們開始走在高原裡樹林茂密的平地上，往其中最高的一座特普伊桌山方向邁進，那是座閃亮的黑色高塔，宛如一尊黑曜石的雕塑作品。亞歷山大查看羅盤，發現他們一直往東邊走。並不存在一條看得見的路，但是瓦利邁卻以驚人的自信深入植物叢，在樹林、山谷、山丘、河流和瀑布間找到方向，好像手上有張地圖般。

隨著他們的前進，大自然的景觀也改變了。瓦利邁指著景色說那是眾水之母的王國，也真的有不可思議的豐富大瀑布和降水。淘金客還沒抵達那兒尋找黃金和寶石，但是一切不過是時間問題。採礦者是四、五個人一組行動，但是他們太窮了，無法擁有空中運輸工具，而是在充滿障礙的陸地上步行，或是以獨木舟在河流間航行。然而，有些像毛洛・卡里亞斯那樣的人，既知道那個地帶有無數的財富，又擁有現代的工具資源；他們使用水柱壓力開採礦產，水柱足以粉碎森林，並且把景觀地貌變成泥塘，唯一可以中斷他們這樣做的是新制生態保護法令，另外則是原住民。生態保護法令持續被違犯；但是要違抗原住民就沒那麼簡單了，因為全世界注視焦點放在亞馬遜河流域那些印第安人身上，他們是石器時代僅剩的存活者。已經不能像幾年以前那樣用彈火殲滅他們，而不引起國際反彈。

亞歷山大再估算一次歐麥菈・多瑞斯醫師的疫苗，衡量奶奶替《國際地理雜誌》執筆報導的重要性，那份報導將會提醒其他國家注意印第安人的處境。娜迪雅曾在夢中看到的那三顆玻璃蛋意味著什麼呢？為什麼他們必須和巫師進行那趟旅程呢？他覺得試著和探險隊集合、拿到疫苗，還有讓奶奶趕快發表那篇文章，這些都會更有用。他已經被任命為「和納伯族以及他們『製造噪音和風的鳥』交涉的首領」，但是他沒盡到職責，反而越來越遠離文明。他們現在做的事沒有任何邏輯可言，他嘆氣想著。那些神奇又孤立的特普伊桌山像另個星球的建築物一樣矗立在他面前。

三位旅人夜以繼日快速行走，只停下來在河流裡把腳泡涼、喝水。亞歷山大試著獵捕一隻停歇在僅只幾公尺遠的樹枝上的巨嘴鳥，但是他的箭沒射中目標。然後他瞄準一隻近得可以看到牠黃色牙齒的猴子，也沒能抓到牠。猴子還回他一個鬼臉，他覺得那根本是嘲弄的動作。他想嶄新的戰士武器對他實在沒什麼用途；如果他的同伴靠他吃飯，一定餓死無疑。瓦利邁指著幾顆核桃，結果還真是可口，又指著樹上男孩採不到的果實。

印第安人的腳趾頭分得相當開，既有力又靈活，他們可以不可思議地敏捷爬上平滑的棍子。那些腳儘管像鱷魚皮一樣有硬皮，卻也非常敏銳；他們甚至用腳來編織籃子或繩子。村裡的小孩一學會站立，便開始練習攀爬；可是亞歷山大卻相反，儘管他擁有豐富的攀岩經驗，仍然無法爬到樹上摘水果。瓦利邁、娜迪雅和波羅霸笑他白費苦工，笑得掉下淚來，而且當他從滿高的高度掉下來跌坐在地上時，根本沒人表示一丁點的同情，讓他的屁股和尊嚴都受到嚴重打擊。他覺得自己既笨重又遲鈍，像頭河馬類的動物。

黃昏時刻，行走好幾個小時之後，瓦利邁指示可以休息了。巫師跳入河裡，水淹到膝蓋，他保持不動也不說話，直到魚群忘了他的存在，開始在他身邊游繞。一條獵物游進他的武器可達的範圍時，他用短矛刺穿獵物，交給娜迪雅一條美麗的銀色魚，魚仍然拍甩著尾巴。

「他怎能這麼容易就做到？」亞歷山大想知道，對他之前的失敗感到丟臉。

「他請求魚的允許，對魚解釋他因需求而必須殺牠；然後他感謝魚提供生命，讓我們活下去。」女孩澄清。

亞歷山大心想要是在旅途一開始的時候，他會笑這種念頭，但是現在他卻專注地聽他朋友說的話。

「那條魚懂，因為以前牠也吃下其他的魚；現在輪到牠被吃了，事情就是這樣。」她補充說道。

巫師起了個小火堆燒烤晚餐，那頓晚餐重新給了孩子們體力，但是老人只喝了水。此刻沒時間像他們在村落看過的那樣用樹皮做吊床，爲了禦寒，孩子們蜷縮在一棵樹的粗大樹根之間睡覺；他們很累，但又必須早起繼續旅程。每當一個人動了，另一個就會調整位置盡量靠緊，他們一整晚就這樣彼此傳熱。同時，老人瓦利邁卻蹲著不動，那幾個小時都凝視著穹蒼，妻子則像透明的仙女在他身邊守夜，她光溜溜的身上只有烏黑的頭髮。少年們醒來時，印第安人的姿勢和他們前晚看到的一模一樣，完全不受寒冷和疲憊的影響。亞歷山大問他活多久了，從哪兒來的能量和過人的健康？老人解釋說他曾看過許多小孩出生，他們後來都變成爺爺，也看到那些爺爺過世，還有他們的孫子出世。至於幾歲？他聳聳肩表示：不重要，也不知道。他說他是眾神的傳信使者，經常到長生不老的住民的國度去，那兒不存在殺人的疾病。亞歷山大記起黃金國的傳說，那個地方不僅富有驚人的寶藏，還有永保青春的水泉。

「我母親病得很重……」亞歷山大喃喃說著，因回憶而激動不已。曾經在精神上的體驗，到過德州醫院跟她在一起的經驗是那麼真實，他無法忘掉細節，從病房的藥味，到他額頭靠住麗莎・寇德在床單下細瘦的雙腿。

「我們每個人都會死。」巫師說。

「對，但是她還年輕。」

「有些人年輕時離開，有些人老年才走。我活太久了，我希望我的骨頭在其他人的記憶裡安息。」

隔天中午，他們抵達「世界之眼」最高的那座特普伊桌山底端，巨山的頂峰消失在濃密的白雲帽冠裡。瓦利邁解釋說高峰處從來沒清朗過，也沒人未曾受眾神之邀而到訪過那地方，甚至厲害的「拉哈坎納里瓦」也不例外。他補充說明，自從數千年以前，開始有生命以來，也就是當人類由太陽神的熱氣、月亮的血液和地母的土壤製造出來時，霧族人就知道山上有眾神殿堂的存在。每個世代都有一個人被指派造訪那座特普伊桌山，肩負傳信責任，那個人向來是個經歷諸多艱苦的淨化過程的巫師。而今那個角色已輪到他，他曾到過那裡許多次，曾與眾神住在一起，也了解祂們的習慣。他對眾神說，他很擔心，因爲他還沒開始訓練他的繼承者。如果他死了，誰會是傳信使者呢？每次的靈魂之旅他都在找尋，但是沒有任何一個幻象出現幫他這個忙。並非任何一個人都有資格受訓練，而必須是個生來就有巫師靈魂的人，同時又擁有醫治、建言和解釋夢境能力的人；而這個人年輕時就會顯現他的才能；他必須接受嚴格訓練，以便克服誘惑並控制身體：一個好巫師是沒有慾望和需求的。那是短時間內兩個小孩從巫師冗長的演說裡所聽懂的訊息，他說話繞著圈子，重複著，像在朗誦一首漫無止境的詩歌。然而，他們很清楚，除了他，沒有人被授權跨過眾神國度的門檻，儘管有兩三次的特殊機緣，其他印第安人也進去過。有時間存在以來，那會是那個地方第一次接受外地訪客。

「眾神的領地長什麼樣子呢？」亞歷山大問道。

「比最大的夏波諾還要大，像太陽一樣耀眼，呈現黃色光澤。」

「黃金國！那就是征服者尋找的傳說中的黃金城嗎？」男孩渴望地問。

「可能是，也可能不是。」瓦利邁回答，少了參考物，他無法了解什麼是城市、無法辨識黃金，甚至無法想像征服者的模樣。

「那些神祇長什麼樣子呢？祂們像我們叫的**怪獸**那種動物嗎？」

「可能是，也可能不是。」

「您爲什麼帶我們來這裡呢？」

「因爲幻象。霧族人可能被一隻老鷹和一頭美洲豹拯救，所以你們才被邀請來眾神的秘密殿堂。」

「我們會値得信賴的，也永遠不會透露入口在哪裡……」亞歷山大保證。

「你們也不能。如果你們活著出去，就會忘了這回事。」印第安人簡單地回答。

如果我活著出去……，亞歷山大從來沒想過年紀輕輕就死掉的可能。在他心裡，他認爲死亡應該像是發生在他人身上的不幸事件。儘管最近幾星期來面對無數的危險，他也沒懷疑過再度和家人團聚的可能。他甚至還準備了說辭要描述他的歷險，雖然他不怎麼懷抱被相信的希望。他朋友當中哪個可能想像到他混在石器時代的人群裡，甚至可能找到黃金國呢？

在那座特普伊桌山的山腳下，他發現生命充滿驚奇。以前他不相信命運，覺得那是種宿命的觀念，他認爲每個人都可以隨心所欲地自由過日子，也決定要讓自己的人生過得相當好，要成功，要幸福；現在他覺得所有以前的事都荒謬透了。他已經無法只相信理智，他已走進夢境、直覺和魔法的不確定領土上。命運是存在的，有時候必須投身冒險，然後臨時想出任何方法脫險，就像奶奶在他四歲時把他推到水裡，而他只好學會游泳那樣。現在，唯一的方法是一頭栽進包圍著他的神秘世界裡。亞歷山大再一次意識到有危險，他一個人在地球最偏遠的地區裡，眾所皆知的法令在那裡毫無用處。他必須承認：奶奶從加州的安定生活裡把他拉出來，又把他丟進那個奇怪的世界，對他而言實在是無上的恩德。不僅僅達哈馬和那群火蟻啓蒙他，就連他那不可理喻的奶奶也讓他轉變爲成人了。

瓦利邁把他兩個旅途同伴留在一條溪流旁邊休息，指示他們等他，然後自個兒走了。在高原的那個區塊裡，植物沒那麼濃密，正午的太陽像鉛一樣沉重落在他們頭上。娜迪雅和亞歷山大跳進水裡，嚇走在溪底歇息的電鰻和烏龜，波羅霸則在岸上捕蒼蠅、抓跳蚤。男孩與那女孩相處感到絕對的自在，他和她玩得很開心，很信任她，因爲在那個環境裡女孩比他聰慧得多。他會這麼敬佩跟妹妹同年齡的人，自己也覺得奇怪。有時候他會掉進誘惑，想拿她和賽西麗雅・伯恩斯做比較，但是卻無從比較起：她們截然不同。

賽西麗雅・伯恩斯在雨林裡會迷失方向，像娜迪雅・桑多斯在城市裡一樣。賽西麗雅發育得早，十五歲就已經是個小女人了；他並不是唯一愛戀她的人，學校所有的男人都有同樣的迷思。相反地，娜迪雅還像燈芯草一樣又細又長，沒有女性特徵，全身都是骨頭，皮膚曬得黝黑，是帶有森林味道、如雌雄同體般的動物。儘管外表還是幼童，她卻令人尊敬：她既沉著又尊貴。

或許因爲沒有姊妹或同齡的同性朋友，她的行爲像大人；她嚴肅、沉默、專注，沒有其他女孩令他受不了或討厭的態度。他憎恨一堆女孩子低聲八卦，然後笑成一團，他覺得很沒安全感，總認爲她們在取笑他。「亞歷山大‧寇德，我們並沒有老是談著你，還有其他更有趣的事呢！」有一次賽西麗雅‧伯恩斯在全班面前這樣對他說，他想娜迪雅永遠不會用那種方式羞辱他。

老巫師幾個小時後回來，如往常一樣神清氣爽又安詳自在，拿著兩根棍子，上面抹著像印第安人用來爬瀑布斜坡的樹脂。他宣布已經找到進入眾神之山的入口，因爲他們不能使用弓箭，他把弓箭藏好後，邀他們跟著他走。

那座特普伊桌山山腳下的植物群是由無數的蕨類構成，像麻絮亂成一團長著。他們必須小心翼翼地緩慢前進，將葉子扯開，舉步維艱地開路。他們在那巨大的植物叢下往內部走，天空便不見了，三人沉浸在一個植物宇宙中，時間停止不動，現實也失去大家熟知的形態。他們進入一個迷陣，那裡有跳動的樹葉、麝香味的露珠、發光的昆蟲和滴著藍色濃稠蜜汁的肥大花朵。空氣變得有如猛獸的呵氣般凝重，傳來不間斷的嗡嗡聲，石頭像火炭般發燙，泥土則帶有血色。亞歷山大用一隻手抓住瓦利邁的一邊肩膀，另一隻手拉著娜迪雅，他知道如果他們分開幾公分，蕨類會將他們吞沒，彼此再也不會碰頭。波羅霸緊緊抓住主人的身子，安靜又專注。他們必須把眼前由蚊子和露珠水滴織成的細網扯開，那些細網像花邊般延展在葉子之間。他們幾乎無法看到自己的腳，就這樣，也放棄自忖陷到他們腳踝處那種有顏色、黏膩又溫熱的東西是什麼。

男孩想不出巫師怎麼認出路來，或許是他鬼魂妻子引導他；有時候他深信他們是在同個地方轉圈子，一步也沒前進。沒有參考據點，只有貪食的植物將他們包環在它們發亮的手臂裡。他想查看輪盤，但是盤針卻瘋狂地抖動，繞著圈圈走的感覺更強烈了。突然，瓦利邁停下來，扯開一株和其他蕨類沒兩樣的蕨草，他們人就佇在山崗斜坡的一個開口面前，開口看起來像狐狸的洞穴。

巫師如貓般爬行進入，他們跟著他。那是一條約三四公尺長的窄小通道，通往一個寬敞的洞穴，洞穴僅有一束外面來的光線照著，他們在洞裡可以站起來。瓦利邁開始耐心地摩擦他帶來的石塊取火，亞歷山大在一旁想：以後沒帶火柴絕不出門。終於石塊的火花點燃了一根麥草，瓦利邁用來點亮其中一根火把的樹脂。

在搖晃的光線中，他們看到數以千計的蝙蝠形成一片密集黑雲飛了起來。他們身處一個石洞內，牆壁湧出來的水包圍著他們，水流將地面覆蓋成深色的湖。好幾條天然的隧道通往不同的方向，有些比其他的要寬，形成一個蜿蜒曲折的地下迷宮。印第安人毫不猶豫便往其中一條通道走去，孩子們緊跟在後。

亞歷山大想起雅麗亞德妮的線球故事，根據希臘神話，是那條線讓提修斯在殺死凶猛的半人半牛怪物後，從迷宮深處歸來。他沒有一團線球可做道路的標記，他自問：萬一瓦利邁失誤，他們該怎麼離開那兒？由於輪盤的盤針毫無方向地抖動，他推斷他們處在一個磁場內。他想用小刀在牆壁上留下刻痕，但是石塊像花崗岩一樣硬，需要好幾個小時才雕鑿得出一個凹槽。他們從一條隧道走向另一條，一直在那座特普伊桌山的內部攀升，那根臨時火把是唯一可以抵抗周圍絕對黑暗的防禦物。陸地內部並非像他想像的籠罩著墳墓般的安靜，而是聽得到蝙蝠拍翅聲、老鼠吱叫聲、小動物跑跳聲、水滴聲，和一種不響亮卻有節奏的拍打聲，那是心臟的跳動聲，他們猶如身處一個活生生的有機體內，一頭歇息的大型動物體內。沒人說話，不過有時候波羅霸會發出驚嚇的喊叫聲，迷宮就會還給他們幾倍的回音。男孩自問什麼種類的動物會住在那麼深的地方呢？也許蛇或毒蠍子，但是他決定不去想任何一種可能，他要保持頭腦清醒，像娜迪雅看起來那樣，她走在瓦利邁後面，沉默而有自信。

漸漸地，他們隱約看到長通道的盡頭。看見一道微弱的綠色亮光，他們探過身子，人便處在一個美得幾乎無法形容的洞穴裡。從某個地方照進來的光線足夠照亮寬闊的空間，那個空間大得像教堂一樣，聳立著岩石和礦物組合的神奇物體，猶如雕像般。他們拋在後頭的迷宮是暗沉的石頭做的，但是這會兒他們在一個圓形的廳堂裡，光線充足，在大教堂的圓頂下，人被玻璃和寶石環繞著。亞歷山大對礦石懂得不多，但是他可以辨識蛋白石、黃玉、瑪瑙、石英、雪花石膏、玉和電氣石。他看到像鑽石般的玻璃，有些像是內部會發亮的乳白色，有些帶有綠色、紫色和紅色的紋路，好像鑲著翡翠、紫水晶和紅寶石。透明的鐘乳石像冰做成的匕首，從屋頂垂掛下來，滴著含碳的水。那兒聞起來有濕氣，令人驚訝的是還有花朵的氣味。那是種發餿、強烈又刺鼻的混合氣味，有點令人作噁，像是種香水和墳墓的組合。空氣冷冷的，發出撕裂聲，通常冬天下雪後就是這個樣子。

突然，他們看到有個東西在洞穴另一端蠕動，一下子後從一塊藍色玻璃岩石飛出來一隻像怪鳥的東西，像有翅膀的爬蟲。那隻動物伸展翅膀，開始飛行，於是亞歷山大清楚看到牠：很像他看過的傳說中龍的圖案，不過眼前這隻只有大鵜鶘的大小，非常漂亮。歐洲傳說中可怕的龍無庸置疑是令人厭惡的，而且總是密藏著寶藏或被俘擄的少女。然而在他眼前的這條龍，卻像他曾在舊金山中國城節慶裡看到的龍：百分之百的快樂、有活力。不管怎樣，他還是打開瑞士陸軍小刀準備防衛，但是瓦利邁作出要他安靜的手勢。

巫師的鬼魂妻子像隻蜻蜓般輕盈，飛著穿越洞穴，停落在那隻動物的翅膀之間，騎在上面。波羅霸害怕地尖叫，還露出牙齒，但是在龍的面前驚愣的娜迪雅讓牠住嘴。她終於恢復得差不多，開始用鳥類和爬蟲類的語言叫著，希望能引起牠注意，但是神奇的動物自遠處用牠有顏色的眼珠仔細觀察這些訪客，不理會娜迪雅的叫喊。然後牠背脊上乘載著瓦利邁的妻子飛了起來，優雅又輕盈，在洞穴圓頂處高傲地轉了一圈，好似只是想要展現美麗的線條和發亮的鱗片。最後牠又飛回去棲息在藍色玻璃岩石上，縮起翅膀，以貓般不動聲色的態度等候著。

女人的鬼魂回到丈夫身邊，在那兒懸在空中飄著。亞歷山大想之後他怎麼描述現在眼前所看到的一切？他願意犧牲一切東西換來奶奶的照相機，用來留下證據，證明那個地方和那些動物真的存在，而他並沒有在自己如洶濤的錯覺裡遇難失事。

他們有點不捨地離開迷人的洞穴和長翅膀的龍，不知道是否會再看到這一切。亞歷山大還試著要爲所發生的事找到合理的解釋，相反地，娜迪雅什麼都沒問，就接受那個神奇事蹟。男孩臆測，那些離地球其他地方那麼遙遠的特普伊桌山是舊石器時代的最後飛地，完好無傷地保留著千萬年以前的動植物。他們可能身處某種像海龜島那樣的島嶼，那兒最古老的物種已逃過變種和滅種的命運。那條龍應該只是一種不爲人知的鳥，在很多地方的民俗故事和神話裡都會出現那些動物。中國就有龍，在那兒牠們是吉祥幸運的象徵，也好比在英國，牠們被用來測試騎士的勇氣，如聖喬治。他下結論，牠們有可能是和地球最早的人類共同生存的動物，在民間的迷信裡牠們被當作是鼻子噴火的大型爬蟲。洞穴裡的龍並沒有冒出火焰，反倒是散發出像妓女身上刺鼻的香水味。然而，他無法想到什麼可以解釋瓦利邁的妻子，那位在他們奇怪的旅途當中陪伴他們的人樣仙女。好吧，或許之後會找到一個解釋……

他們跟著瓦利邁走了幾條新隧道，同時火把的光線也越來越薄弱了。他們通過其他的洞穴，但是沒有一個像第一個那麼壯觀，他們看到其他奇怪的動物：長了兩對紅色翅膀、會學狗叫的鳥，和幾隻差點攻擊他們的盲眼白貓，但是經過娜迪雅用貓科動物的語言安撫過後，牠們就往後退了。經過一個淹水的洞穴時，他們必須讓波羅霸騎在主人頭上，涉過深及脖子的積水，他們看到幾條有翅膀的金魚在他們腿間游泳，金魚突然開始飛翔，消失在隧道的漆黑之中。

在另一個洞穴裡，散發出一種濃濃的紫色霧氣，像某些黃昏的濃霧，一些花朵無法解釋地長在全片岩石上。瓦利邁的矛輕觸其中一朵花，花瓣中間馬上跑出來幾根多肉的觸鬚，伸展著尋找獵物。在一個通道的拐彎處，於火把搖晃的黃澄光線下，他們看到牆壁上的一個窩巢，巢裡的東西像個已在樹脂裡硬化的小孩，就像那些在琥珀塊裡被捕獲的昆蟲一樣。亞歷山大想像那個幼兒是從人類早期就一直待在他密閉的墳墓裡，而且還會在同樣的地方持續千萬年不受損傷。他怎麼到那個地方的？怎麼死的？

三人終於到了那個無邊際迷宮的最後一條通道。他們探身進入一個敞開的空間，一道白光使他們好一會兒睜不開眼睛。那時他們看到自己身處某種陽台上，那是一座空心山的內部凸露出來的一處岩石突出物，像是火山口。三人穿梭而來的迷宮已延展到特普伊桌山的深處，將外界和封鎖在山岳內部的奇異世界連接起來，他們明白透過隧道三個人已經攀升了好幾公尺。山崗垂直的山坡往上開展，山坡覆蓋著植物，消失在雲中。看不到天空，只有一個像棉花厚厚白白的屋頂，太陽光從那兒滲透進來，產生一種奇怪的視覺現象：六個透明的月亮飄浮在牛奶白的穹蒼裡，那是亞歷山大在幻象裡看過的六個月亮。空中飛著從沒見過的鳥，有些像水母般半透明又輕盈，有些則是像黑色禿鷹那麼沉重，有些像剛剛在洞穴裡看過的龍。

下面好幾公尺遠的地方有個圓型的大山谷，從他們所在的高度看下去，像個被蒸氣包圍住的藍綠色花園。瀑布、水柱和溪流從斜坡滑落下來，注入山谷的一些湖泊，湖泊勻稱完美得不像是天然的。在山谷中央，黃金國高傲矗立著，像皇冠般閃閃發亮。娜迪雅和亞歷山大忍住沒喊出聲，被黃金城不可思議的光芒照得睜不開眼睛，那是眾神的殿堂。

瓦利邁給孩子們時間從驚訝中回神過來，然後對他們指了指雕鑿在山上的露天台階，台階從他們所在的突出物如蛇蜿蜒而下直到山谷。隨著他們往下走，發現植物就像之前隱約看過的動物一樣特別；斜坡上的植物、花朵和灌木叢都是獨一無二的。往下走時，熱氣和濕氣有增無減，植物越顯稠密繁盛，樹木也越高大茂盛，花兒更香，水果更多汁味美。這兒感覺雖然美但並不安寧，且有種含糊的威脅感，像是金星的神秘景觀。大自然跳動著、喘息著，在他們眼前擴大、窺伺。他們看見像黃玉般透明的黃色蒼蠅，長角的綠色甲蟲，顏色鮮豔得遠處看起來像花朵的大蝸牛，有條紋的珍奇蜥蜴，有尖銳彎曲犬齒的囓齒目動物，沒毛的松鼠像裸體的侏儒在樹枝間跳來跳去。

抵達山谷走近黃金國時，旅人了解那不是個城市，也不是黃金打造的。那是一連串的天然幾何構成物，像他們剛剛在洞穴裡看到的玻璃。金黃色澤來自於雲母，那是一種沒價值的礦石，還有二硫化鐵，也就是所謂的「愚人金」。亞歷山大露出微笑想著，要是征服者和那麼多的冒險家克服了路途中不可思議的種種障礙，終於來到黃金國，他們出去時一定比進來時更窮。

第十四章　怪獸

幾分鐘後，亞歷山大和娜迪雅看到了**怪獸**。牠在半個街區的距離外，朝城裡走去。牠的外表看起來像個巨大的猿人，高度超過三公尺，撐著兩條腿站著，發達的手臂垂掛在地上，一個臉蛋略顯憂鬱的小頭顱，相對於身體體積而言顯得太小；牠身上覆蓋著像鐵絲般粗硬的毛，每隻手上有三指像彎刀的長尖爪子；牠移動的速度慢得不可思議，好像根本沒動。娜迪雅馬上認出那是**怪獸**，因爲之前看過牠。他們驚嚇訝異得目瞪口呆，定住不動，細看著那隻動物。牠讓孩子們想起一種看過的動物，但是他們無法在記憶中想到究竟是哪一種。

「看起來像隻樹懶。」娜迪雅終於低聲說出。

那時亞歷山大記起來曾在舊金山的動物園裡看過一種像猴子或熊的動物，住在樹木之間，移動的速度和**怪獸**一樣緩慢，樹懶或懶惰鬼的名字就是從那兒來的。那是種無防禦能力的動物，因爲牠缺乏可以攻擊、逃脫或自我防衛的速度，但是會吃牠的其他動物很少：牠的皮厚肉酸，甚至對最飢餓的肉食動物來說都不是誘人的菜餚。

「那體味呢？我看過的**怪獸**有種強烈的體味。」娜迪雅說，沒提高音量。

「這隻並沒有惡臭，至少從這兒我們無法聞到……」亞歷山大評論：「牠應該有像臭鼬的腺體，隨牠的意願而排出味道，用以防衛或讓獵物奔跑不動。」

孩子們的竊竊私語傳到**怪獸**耳邊，牠緩慢轉過頭來，看到底是什麼聲音。亞歷山大和娜迪雅往後退，但是瓦利邁卻緩慢地前進，好像在模仿那動物驚人的死沉，他的鬼魂妻子在一步距離內跟著。巫師是個矮小的男人，高度只到**怪獸**的髖部，牠則像個高塔矗立在老人面前。他和妻子屈膝於地，跪在那隻非常特別的動物面前，然後孩子們清楚聽到一個像洞穴般深沉的聲音，以霧族人的語言吐出幾個字。

「牠像人般說話呢！」亞歷山大喃喃低語，直覺得自己像在作夢一樣。

「巴爾德梅洛神父說得對，『神豹』。」

「那意味著牠有人類的智力，妳想妳可以和牠溝通嗎？」

「如果瓦利邁可以，我也可以，但是我不敢靠近。」娜迪雅低語。

他們等了好一會兒，因爲字是一個一個從那隻動物嘴裡蹦出來的，和牠移動的速度一樣慢條斯理。

「牠問我們是誰。」娜迪雅翻譯。

「這我聽得懂，我幾乎全都聽得懂……」亞歷山大喃喃低語，往前走一步，瓦利邁用手勢阻止他。

巫師和**怪獸**之間的對話以同樣令人難受的緩慢速度進行著，沒人移動，同時白色天空的光線有了變化，轉換成橙黃色。孩子們知道在那火山口的外面，太陽應該開始在地平線下沉了。終於瓦利邁站起來，回到他們那兒。

「眾神將會召開一個協商會。」他宣告。

「什麼？還有更多隻那種動物？有幾隻？」亞歷山大問，但是瓦利邁無法解答他的疑問，因爲他不懂得數算。

巫師帶領他們在那座特普伊桌山內部繞著山谷走，直到了岩石上的一個天然小山洞才歇腳，他們在那兒極盡可能先安頓好，然後瓦利邁就出去找食物了。他拿回來一些非常香郁的水果，孩子們以前都沒看過，但是他們餓得什麼都沒問，就把水果給吞下了。夜晚突然降落，他們被最深沉的黑暗包圍著；之前閃亮得讓他們睜不開眼的假黃金城，消失在陰影當中。瓦利邁沒有試著點燃他的第二根火把，他一定是留著從迷宮回去時使用，因此，四下沒一個地方有光線。亞歷山大推斷，儘管那些動物在語言上很人性化，或許某些行爲上也是，但牠們鐵定比山頂洞人更原始，因爲牠們還沒發現火種。和這群**怪獸**比較，印第安人算是非常前衛的了。要是霧族人還更先進，爲什麼會把牠們當作神呢？

熱氣和濕氣並未稍減，因爲那是從那座山本身發出的，宛如他們真的在熄滅的火山口裡。想到人在地岩的薄殼上，下面燃燒著地獄般的火焰，實在無法令人平靜，但是亞歷山大推斷，如果像山內部的過量植物叢所印證的，火山幾千年來都保持安靜，卻剛好在他來訪的那個晚上爆發，那也得要運氣非常不好才會發生。接下來的幾個小時過得很慢。兩個小孩在那個陌生地方幾乎無法睡著。他們記得很清楚死去士兵的模樣。**怪獸**應該是使用牠巨大的爪，以那種毛骨悚然的方式把他的內臟掏空的。那隻動物速度極爲緩慢，應該給了士兵足夠的時間，爲什麼那個人不逃走或開槍呢？唯一可能的解釋是牠會發出令人麻痺的惡臭。如果那些動物決定使用味道腺體進行攻擊，他們根本沒有自我捍衛的辦法。遮住鼻子是不夠的，惡臭會進入身體的每個毛細孔，支配頭腦和意志力；那是一種像箭毒般的致命毒物。

「牠們到底是人類還是動物？」亞歷山大問，但是瓦利邁也無法回答，因爲對他而言沒有差別。

「牠們是從哪兒來的？」

「牠們一直都在這兒，牠們是神。」

亞歷山大想像這座特普伊桌山的內部是個生態檔案，地球其他地方已經消失的物種卻在這裡倖存。他對娜迪雅說，**怪獸**肯定是他們知道的樹懶的祖先。

「牠們不像人類，『天鷹』。我們沒看到房子、工具或武器，沒有任何東西可以解釋有社會的存在。」他補充說明。

「但是牠們像人一樣會說話，『神豹』。」她說。

「牠們應該是新陳代謝非常緩慢的動物，肯定有幾百年的壽命。如果牠們有記憶力，在那麼長的一生裡，也一定可以學到很多東西，包括說話，妳不認爲嗎？」亞歷山大大膽揣測。

「牠們說的是霧族人的語言。是誰發明那個語言的？是印第安人教這些**怪獸**呢？還是**怪獸**教印第安人的呢？」

「不管怎樣，我想到的是，印第安人和樹懶好幾世紀來一直都是共生關係。」亞歷山大說。

「什麼？」她說，她從來沒聽過那個字彙。

「也就是說，爲了存活，他們彼此互相需要。」

「爲什麼？」

「我不知道，但是我會查清楚的。有一次我讀到，神需要人類就像人類需要他的神一樣。」亞歷山大說。

「這群**怪獸**的協商會一定很長，會令人受不了。我們現在最好試著休息一下，這樣我們明天才會精神飽滿。」娜迪雅一邊建議，一邊準備睡覺。她得把波羅霸從她身上拉下來，強迫牠躺下面一點，因爲她受不了牠的體熱。那隻猴子儼然是她本人的延伸體；兩者非常習慣身體的接觸，所以儘管是非常短時間的分開，他們也會覺得像死亡的預兆。

隨著清晨來臨，黃金城的生命也甦醒了，眾神的山谷亮了起來，充滿各種紅、橙黃和粉紅的色調。然而那群**怪獸**卻花好幾個小時消除睏意，一隻隻在岩石和玻璃的組成物之間的窩裡冒出來。亞歷山大和娜迪雅算算有十一隻，三隻公的，八隻母的，有幾隻比其他的高，但是都是成年**怪獸**。孩子們沒看到那個神奇物種的年輕一代，於是好奇牠們是怎麼繁殖的。瓦利邁說牠們很難得會出生，在他一生歷經的歲月裡，從來沒小**怪獸**誕生過，他補充說也沒看過牠們死亡，儘管他知道在迷宮裡有個洞穴葬著牠們的骨骸。亞歷山大推論，這符合他說牠們活好幾個世紀的理論，他想像那些史前哺乳動物一生當中應該有一兩隻幼兒；至少，能看到一隻出生應該是很稀有的事件。近距離觀察那些動物後，他了解由於行動的限制，牠們並無法狩獵，應該是素食動物。巨大的爪子並不是用來殺人，而是攀爬。這樣他終於能解釋這些**怪獸**為什麼可以在他們從瀑布攀岩而來的垂直路段爬上爬下。樹懶使用山岩上印第安人用來攀爬的同樣那些凹槽、突出物和裂縫。牠們還有幾隻在外面呢？一隻還是好幾隻？他多想把看到的這一切帶回去當證據啊！

好幾個小時後，協商會開始了。**怪獸**聚集在黃金城中心，圍成半圓形，瓦利邁和孩子們坐在對面。在那些龐然大物之間，他們顯得非常渺小。孩子們覺得那些動物的身體在顫動，牠們的輪廓模糊不清，隨後他們終於明白：**怪獸**百年的皮膚上巢居著不同種類昆蟲的完整村落，其中一些宛如果蠅般在牠們身邊飛行。空氣中的蒸氣更造成了有朵雲圍住那些**怪獸**的錯覺。他們離**怪獸**群沒幾公尺遠，那是夠把牠們看個一清二楚的距離，但是萬一需要，也有足夠的時間讓他們逃跑，不過他們兩人都知道，如果那十一隻龐然大物隨便一隻決定排氣，在世上是沒有任何力量可以救得了他們的。瓦利邁的舉止非常莊嚴崇敬，但是看起來並沒受到驚嚇。

「這是『天鷹』和『神豹』，霧族人的外地朋友，他們是來接受指示的。」老人說。

一陣永恆的沉寂接續那段介紹，好像那些話花好多時間才能在那些動物的腦內產生撞擊。然後瓦利邁吟唱一首長詩歌，報告部落的消息，從最近的出生事件到酋長摩卡里達的死亡，包括一些幻象中「拉哈坎納里瓦」的出現、族人到低窪陸地的造訪、外地人的到來和伊優米被選爲首領中的首領。巫師和那些動物之間開始一段非常緩慢的對話，娜迪雅和亞歷山大毫無困難就聽懂了，因爲在每個字之後都有時間可以思考或彼此詢問。就這樣他們得知：好幾個世紀以來，霧族人就知道黃金城的位置，也費盡心思保密，保護眾神不受到外面世界的干擾，同時，那些特殊的動物則保留了那個部落歷史的每個用語。那裡曾經發生過一些大型災難，當時那座特普伊桌山宛如水泡般孤立的生態系統遭受嚴重翻攪，稀少的植物無法滿足居住在內部的各種物種的需求；在那些時代裡，印第安人會帶來「供品」：玉蜀黍、馬鈴薯、木薯、水果、核桃，他們把供品放置在特普伊桌山附近，但並沒穿過秘密迷宮深入到山裡，然後再派遣傳信者去通知眾神前來。供品還包括雞蛋和印第安人獵捕到的魚和動物；隨著時間的流逝，**怪獸**群的素食習慣改變了。

亞歷山大．寇德想，如果那些緩慢智力的古老動物需要神力的話，牠們的神將會是達比拉瓦—德里那些隱形的印第安人，那是牠們唯一認識的人類。對牠們而言，印第安人很神奇：行動迅速，可以輕易地繁殖，又擁有武器和工具，他們既是火種的主人，也是外界廣闊世界的主人，他們是萬能的。但是那些龐大的樹懶還沒達到看到自己死亡的演化階段，所以不需要神，牠們那麼長的一生都在純粹物質的層面度過。

那些**怪獸**的記憶裡涵括人類的傳信者曾提供給牠們的所有資訊：牠們分明是活檔案。印第安人不懂得書寫，但是他們的歷史並沒遺失，因爲這些樹懶什麼都不會忘記。只要以耐心加上充分的時間詢問牠們，可以獲知兩萬年前部落第一個年代以來的過往。像瓦利邁那樣的巫師會來拜訪牠們，藉由吟誦有關部落過去和現今歷史的史詩，讓牠們時時保持歷史的新進度。傳信者會過世，由另一些巫師替代，但是那些詩歌的每個詞語卻都留存在**怪獸**們的腦海裡。

自從有歷史開展以來，部落只有兩次曾進入這座特普伊桌山內部，而且都是為了要逃離強悍的敵人。第一次是四百年前，當時一批西班牙軍隊來到「世界之眼」，霧族人必須持續躲避他們好幾個星期。當戰士們遠遠看到外地人用幾根冒著煙又有噪音的「棍子」殺死人，卻一點也不費勁，便了解用他們的武器對付敵人根本沒用。於是他們拆掉茅屋，把稀少的所屬物品埋起來，以泥土和樹枝覆蓋村落的遺跡，將自己的腳印抹去，和婦女孩童撤退到神聖的特普伊桌山。他們在那兒受到眾神的庇護，一直到外地人一個個死去。士兵們尋找黃金城，盲目熱中於貪婪的念頭，最後以彼此謀殺作結，剩下的士兵則被**怪獸**群和原住民戰士們根除。其中只有一個從那兒活著出去，不知他使用何種方法，終於和他的同胞再度相聚；他被綁在拿瓦拉一間收容所的一根木樁上，演說關於神話巨人和一個純金城市的故事，瘋癲地度過餘生。那個傳說永存在西班牙帝國編年史家的扉頁上，直到今日一直豐富著冒險家的幻想。第二次是三年前，納伯族的那些「製造噪音和風的巨鳥」降落在「世界之眼」。霧族人再次躲起來，一直到外地人非常失望地離開，因為他們沒找到尋找中的礦產。然而，印第安人受到瓦利邁的幻象警告，準備外地人再來時好好對付他們。這次納伯族重新冒險回到高原不會是四百年後，因為現在他們可以飛行了。於是這群**怪獸**決定出來置他們於死地，卻沒想過他們有億萬人。牠們習慣了自己物種的稀少數量，以爲可以將敵人一個個滅絕。

亞歷山大和娜迪雅聽到那些**怪獸**說著牠們的故事，慢慢地得到很多的結論。

「所以沒有印第安人死掉，只有外地人。」亞歷山大驚訝地指出。

「那麼巴爾德梅洛神父呢？」娜迪雅提醒他。

「巴爾德梅洛神父和印第安人住在一起，**怪獸**肯定分辨得出味道，所以沒攻擊他。」

「那我呢？那天晚上牠也沒攻擊我……」她補充說。

「那時我們和印第安人在一起。如果**怪獸**看到我們時，我們正和探險隊在一起的話，早就像那個士兵一樣死了。」

「如果我沒弄錯的話，那些**怪獸**是出去處罰外地人的。」娜迪雅下結論。

「沒錯，但是牠們得到反效果。發生的事妳也看到了：牠們反而引起大家對印第安人和『世界之眼』的注意。如果我奶奶沒受聘於一家雜誌社找尋**怪獸**的話，我就不會在這兒了。」亞歷山大說。

下午降臨，然後是夜晚的到來，協商會的參與者沒有達到任何的協議。亞歷山大問共有多少個神離開那座山，瓦利邁說兩個，不過那不是可信的數據，因爲也可能是半打。亞歷山大向那些**怪獸**解釋，拯救牠們的唯一希望是留在特普伊桌山裡面，解救印第安人的方法則是適度與文明建立關係。接觸是不可避免的，他說，遲早直升機都會再度降落在「世界之眼」，這次納伯族來是要留下來。有些納伯族想要毀掉霧族人，然後占有「世界之眼」。然而要講清楚這一點很難，因爲不管是**怪獸**群還是瓦利邁，都不了解怎麼有人可以把土地占爲己有。亞歷山大說有些納伯族想要拯救印第安人，而且一定也會用任何辦法來保護眾神，因爲牠們是地球上那種物種所剩的最後幾隻了。他提醒巫師，身爲伊優米任命與納伯族協商的首領，他要求能得到許可與協助以達成任務。

「我們不認爲納伯族比眾神要強。」瓦利邁說。

「有時候他們是。眾神將無法抵抗他們，霧族人也沒辦法。但是有些納伯族可以制止其他的納伯族。」亞歷山大回答。

「在我的幻象裡，『拉哈坎納里瓦』是非常渴望血的。」瓦利邁說。

「我是被任命安撫『拉哈坎納里瓦』的首領。」娜迪雅說。

「不應該再有戰爭了，眾神應該回到山裡來。娜迪雅和我會爭取讓霧族人和眾神的殿堂受到納伯族的尊敬。」亞歷山大保證，口氣試著讓人聽起來具有說服力。

事實上，他根本不知道如何說服毛洛·卡里亞斯、阿里奧斯托上尉，以及其他貪戀那塊區域財富的冒險家。他甚至不知道毛洛·卡里亞斯的計畫是什麼，也不知道在泯除印第安人過程中，《國際地理雜誌》探險隊的成員扮演著什麼角色。企業家已經清楚說出他們會是證人，但是他無法想像是怎樣的證人。

男孩心裡想著：當他奶奶報導這些**怪獸**和特普伊桌山內的生態天堂存在時，將會引起世界性的震撼。若運氣好又有技巧地掌控報章雜誌，凱特·寇德可以促成「世界之眼」被宣布爲自然保護區，並讓它受到政府的保護。然而，這樣的解決方法卻可能太慢了。如果毛洛•卡里亞斯的計畫得逞，會像他和阿里奧斯托上尉的對話時所說的：「三個月內印第安人就會被滅除」。因此唯一的希望是國際庇護能早點到來，儘管無法避免科學家的好奇心和電視的攝影機，至少可以制止準備馴服雨林並殲滅居民的探險家和墾殖者入侵。他腦中也閃過可怕的預兆，某個好萊塢企業家會把這座特普伊桌山變成另一種迪士尼樂園或侏羅紀公園。他希望奶奶的報導所製造出來的壓力可以延緩或避免那個夢魘的發生。

怪獸們在那個神奇的城市裡占據著不同的廳堂。牠們是獨居的物種，不共享空間。雖然形體龐大，卻吃得少，牠們得花好幾個小時咀嚼植物、水果、根類，以及有時候某隻死傷在他們腳下的小動物。娜迪雅可以和牠們溝通得甚至比瓦利邁更好，兩隻母**怪獸**表現出對娜迪雅有些興趣，還允許她靠近，因爲女孩最渴望的就是能去觸摸牠們。一旦她把手放在硬硬的皮上，上百隻不同種類的昆蟲就從她的手臂爬上來，將她整個人覆蓋住。她拚命拍趕昆蟲，但還是無法趕走其中許多隻，牠們黏在她的衣服和頭髮上。瓦利邁指給她城市裡某個湖泊的位置，她潛入水裡，水溫溫的，還有氣泡。沉下去時，她覺得皮膚好像有氣泡在搔癢。她邀亞歷山大下水，兩人在水中泡了好一段時間，這麼多天在地上爬行流汗之後，終於全身乾乾淨淨了。

這時，瓦利邁在南瓜裡將一種有黑色大種籽的果肉壓扁，隨即和幾顆藍色發亮的葡萄醬汁一起攪和。最後做成一坨紫色糊團，稠度有如他們曾在摩卡里達喪禮喝到的骨灰湯，不過這次帶有可口的滋味，以及蜂蜜和花蜜的持久香味。巫師拿給**怪獸**們喝，然後自己也喝了，再給孩子們和波羅霸喝。那個濃縮的食物馬上消減他們的飢餓感，而且讓他們覺得有點頭暈，好像喝過酒一般。

那天晚上他們被安置在黃金城其中的一個廳室裡，那裡的熱氣不像前晚的洞穴那麼悶。在礦石晶體地貌之間，冒出外界不認得的蘭花，有的香氣濃郁到讓人靠近時幾乎無法呼吸。下了一場好久的雨，又熱又密集，像沖澡一樣，把所有東西都弄得溼透，雨像河流一般在玻璃縫隙裡奔流，彷彿持久的鼓聲作響。最後雨停了，空氣突然變得涼爽，疲憊的孩子們終於躺在黃金國的硬地板上任由睡意支配，感覺肚子裡好像裝滿了有香氣的花朵。

瓦利邁調製的飲品有種神奇的功效，可以把他們帶到集體夢境的神話王國，在那兒，不管是神是人，都共同分享同樣的幻象。這樣一來他們可以節省很多的話語、很多的解釋。他們夢見「拉哈坎納里瓦」被關在一個木頭封箱裡，不耐煩地試著用牠巨大的嘴和可怕的爪子掙脫出來，同時，神和人都被綁在樹上等候著自己的命運。他們夢見納伯族彼此殘殺，每個人臉上都有面具遮住。他們看見食人鳥把箱子弄壞，飛出去準備吞噬沿途出現的一切東西，但這時一隻白鷹和一頭黑豹擋了牠的路，挑釁一決生死。那次決鬥沒有結果，就像在夢中很少有結局一樣。亞歷山大・寇德認出「拉哈坎納里瓦」，因為以前曾在一場噩夢中看過牠以禿鷹模樣出現過，還打破他家一扇窗戶，用巨大的魔爪帶走他母親。

早上醒來，他們不需要說出自己看過什麼，因為在同樣的夢裡所有的人都在場，甚至嬌小的波羅霸也在。眾神的協商會集合要繼續商討事宜時，也不需要像前一天那樣花幾個小時重複同樣的想法，像前一天那樣，大家知道該做些什麼，每個都知道自己在未來事件裡的角色。

「『神豹』和『天鷹』將會和『拉哈坎納里瓦』搏鬥，如果他們勝利，獎賞會是什麼呢？」其中一頭樹懶躊躇許久後，終於提出來。

「鳥巢裡的三顆蛋。」娜迪雅毫不猶豫地說。

「和健康水。」亞歷山大補充說，想著他母親。

瓦利邁驚訝不已，指示孩子們已經觸犯最基本的相互關係規則：沒有施給，便不可收受。那是天然法則。他們竟然敢要神明的東西，卻沒拿出東西交換……那頭**怪獸**不過純粹是禮貌性地發問，有教養的回答該是不要任何回報，孩子們和食人鳥搏鬥是對神明尊敬的行爲，也是對人類憐憫的舉止。面對外地人的要求，那些**怪獸**真的看起來不知所措也不高興。牠們有些還以威脅姿態慢慢站起身來，一邊嗥叫，一邊舉起有如橡樹樹枝那麼厚實的手臂。瓦利邁面朝地趴在協商會前面，結巴地解釋道歉，但是並無法平息牠們的情緒。亞歷山大怕某隻**怪獸**決定用體味將他們擊斃，馬上想到唯一的解救方法：他爺爺的長笛。

「我有東西要獻給眾神。」他說，顫抖著。

那樂器甜美的音符試探性地闖進特普伊桌山的熱空氣裡，**怪獸**們花了好幾分鐘才有反應，牠們意外、驚訝時，亞歷山大已經吹奏好一陣子，沉浸在創造音樂的喜悅裡。他的笛子有如吸取了瓦利邁的超自然神力。音符在黃金城的奇怪劇場裡成倍衍生，變成無止境的琶音彈送回來，讓高聳玻璃形成體之間的蘭花顫動不已。男孩從來不曾那樣吹奏過，從來沒感覺自己這麼神奇有力：他竟然可以用長笛的魔力安撫猛獸。亞歷山大覺得像是和一個神奇的調諧器連結一起，調諧器以整個樂團的管弦樂和打擊樂伴奏著他吹出的旋律。最初靜止不動的**怪獸**們開始像被風吹動的大樹一樣擺動；牠們以千年的腳掌拍打地面，特普伊桌山裡植物富饒的大坑洞像大鐘般產生回音。那時娜迪雅一時興起，跳到協商會的半圓形中央，波羅霸則像是了解這是個關鍵時刻般，安靜地留在亞歷山大的腳旁。

娜迪雅開始以大地的能量跳舞，那種能量像一束光線般挪動她細瘦的骨頭。她從沒看過芭蕾舞，但是她腦子裡卻已儲藏著聽過好幾次的樂曲節奏：巴西的森巴舞、騷莎舞和委內瑞拉的河洛波舞，以及從收音機傳來的美國音樂。她看過黑人、黑白混血兒、卡波克羅人和白人在瑪瑙斯的嘉年華會裡跳到筋疲力盡而倒下，也看過印第安人在他們的儀式裡莊嚴的舞蹈。她不知道自己在做什麼，純粹出自本能，即興創造了給眾神的禮物。她飛翔。身體自然律動，像昏迷般，沒有任何意識或預先的計畫。她像最高瘦的棕櫚樹般擺動，像瀑布的泡沫飛起，像風一樣轉圈。娜迪雅學著金剛鸚鵡飛翔，學美洲豹跑步，學海豚航行，學昆蟲的嗡嗡聲，學蛇的蜿蜒。

千萬年來，特普伊桌山圓桶形的大坑洞裡都有生命存在，但是一直都未曾聽過音樂，甚至連鼓的鼕鼕聲也沒有。霧族人兩次被這傳奇城市的庇護收容，都是使用隱身術的功夫，保持完全寂靜，以不惹眾神生氣的方式進行。**怪獸**們不知道人類有創造音樂的能力，也未曾看過有人身體可以像娜迪雅那樣，輕盈又熱情地舞蹈，迅速又優雅地移動。牠們緩慢地在腦中收納每個音符，每個動作，保留到未來的幾個世紀。那兩位訪客的禮物會和牠們一起留存下來，成爲牠們傳說的一部分。

第十五章　玻璃蛋

怪獸們交給孩子們要求的東西，換取已收受的音樂和舞蹈。牠們下指示，娜迪雅必須爬到特普伊桌山的最高點，到達頂峰，在她歷經的幻象裡，三顆神奇蛋的窩巢就在那裡。至於亞歷山大，必須往下鑽進土地的深處，他可在那兒找到健康水。

「我們可以一起去嗎？先到特普伊桌山的山頂，再到火山口的地底下？」亞歷山大問，想著如果他們一起分擔任務，會比較容易些。

那些樹懶緩慢地搖頭拒絕，瓦利邁解釋所有到靈魂王國的旅程都是一人獨行的。他補充說，他們兩人只有隔天的時間可以履行各自的任務，因爲傍晚時分他務必回到外面的世界；那是他和眾神的約定。如果他們沒回來，將永遠受困在神聖的特普伊桌山裡，永遠無法找到迷宮的出口。

在這天剩餘的時間，年少的孩子們在黃金國到處走動，互相訴說彼此簡短的人生故事；兩個人都渴望在分開之前盡量多知道對方一點。對娜迪雅而言，她很難想像這位朋友在加州和家人相處的情形；她從來沒看過電腦，沒上過學，也從來不知道什麼是冬天；美國男孩則是羨慕女孩和大自然密切接觸、過著這般自由又安靜的生活，娜迪雅・桑多斯有一種他覺得自己永遠無法獲得的常識和智慧。

面對這城市由雲母和其他礦石形成的絕妙地貌，還有到處冒出來不像真的植物以及居住在這地方特有的動物和昆蟲，娜迪雅和亞歷山大感到非常愉悅。他們發覺，有時候穿梭在空中的那些龍，宛如受過訓練的鸚鵡般溫和，很像洞穴裡的那條龍。他們喚一條龍過來，牠優雅地降落在他們腳邊，因此孩子們可以撫摸牠。牠的皮又柔又冷，像魚皮；牠的眼神像隼般炯亮，呵氣像花朵般芳香。他們在溫熱的湖裡泡水，大啖水果，但是只吃瓦利邁認可的水果。那兒有致命的水果和菇類，有些會引起如夢魘的幻象或毀滅意志力，有些會永遠掃除記憶，巫師對他們做這番解釋。他們散步時不是在這兒就是在那兒到處碰到那些怪獸，牠們一生大部分的時間都處於昏睡狀態。怪獸一餵完肚子所需要的葉片和水果，一天剩下的時間就觀看著周遭酷熱的景致，和封住特普伊桌山口的那只雲蓋。「牠們以爲天空是白色的，就那個圓圈的大小。」娜迪雅下評語，亞歷山大回答說他們看到的天空也是部份的，太空人知道天空不是藍色的，而是無盡的深邃漆暗。那晚他們晚些就寢，而且很疲累；他們睡在彼此身旁，沒碰觸到對方，因爲非常熱，不過他們分享著共同的夢境，就像他們曾透過瓦利邁的神奇果實所學到的那樣。

隔天天亮，老巫師交給亞歷山大・寇德一顆空的南瓜，給娜迪雅・桑多斯一顆裝了水的南瓜和一個籃子，她將籃子綁在背上。老人提醒他們一旦開始旅程，不論是上高山或是下地洞，都沒有後悔的餘地。他們必須克服障礙，不然就是在執行任務中死去，因爲空手是不可能回得來的。

「你們確定這是你們想做的事？」巫師問道。

「我確定。」娜迪雅堅決地回答。

她根本沒概念那些蛋可以做什麼，也不知道爲什麼要去找蛋，但是她一點兒都不懷疑自己的幻象。那些蛋應該價值非凡或相當神奇；爲了那些蛋，她準備克服自己最根深柢固的恐懼：懼高症。

「我也確定。」亞歷山大補充說道，想著只要能救得了母親，就算到了地獄都沒關係。

「你們有可能回得來，也可能回不來。」巫師冷漠地道別，因爲對他而言，生命和死亡的界限只不過是最微弱的微風也吹得散的一柱煙霧。

娜迪雅把波羅霸從她的腰上拉下來，對牠解釋無法帶牠去她的目的地。猴子緊緊抓住瓦利邁的一條腿哀聲嚎叫，還用拳頭威脅，但是牠並沒有意圖違抗命令。這兩個朋友緊緊擁抱，既害怕又激動，然後每個人各自朝瓦利邁所指的方向前進。

娜迪雅．桑多斯沿著雕鑿在岩石上的那條階梯攀登而上，那是她跟著瓦利邁和亞歷山大從迷宮下到特普伊桌山山底的同一條階梯。雖然梯台非常陡峭，沒有扶手可支撐，台階又窄又不規則，還磨損過度，但要攀登到那個陽台並不困難。她努力對抗懼高症，快速地看了下面一眼，山谷絕妙的藍綠色景觀包圍在薄霧中，神奇的黃金城就位於中央。然後她往上看，視線迷失在雲層當中。特普伊桌山的山口看起來比底座還要窄，她要如何從內傾的斜坡爬上去呢？她需要如甲蟲的腳。那座特普伊桌山到底有多高呢？雲層遮掩了山的多少部分呢？那個鳥巢的確切位置又在哪兒呢？她決定不去只費心想問題，而是思索解決方法：障礙一個個出現，她也將一一正視面對。要是她之前可以從瀑布爬上去，現在也可以那樣做，她想，儘管她已經不和「神豹」綁在一條繩子上，而是自己單槍匹馬上陣。

到了陽台時，她了解階梯到那兒就結束了，從陽台往前必須懸掛在她抓得住的東西上爬上去。她把籃子放在背上揹好，閉上眼睛，在內心找尋安寧。「神豹」跟她解釋過，生命的能量和膽識就集中在人的中心點。她用所有的力氣呼吸，讓乾淨的空氣充滿胸膛，在體內的通道奔走，直到抵達手腳指頭的指尖為止。她重複三次同樣的深呼吸，眼睛一直閉著，讓她的圖騰動物老鷹顯像。她想像雙臂伸展開來，往外拉長，變成了長著羽毛的翅膀，雙腿則變成尾端有如鐵鉤銳爪的腳，她的臉上長出凶猛的嘴喙，眼睛分開，直到停在頭的兩側。她覺得又柔又捲的頭髮變成黏在頭顱上的硬羽毛，她可以隨意豎起那些隱藏著老鷹智慧的羽毛：那可是一根根的天線，用來感應天上之物，包括看不見的東西。她的身體失去柔軟度，不過相反地，卻獲取一種絕對的輕盈，她可以離開地面和星星一起飄盪。她感到血液裡有一股巨大無比的力氣，那是老鷹全部的力量，她覺得那股力量一直流竄到身體和意識的最後一根纖維。我是「天鷹」，她大聲發音，隨後睜開眼睛。

娜迪雅緊緊抓住她頭上岩石的一個小裂縫，然後把腳放到腰部高度的另一個裂縫。她撐起身體停住，直到找到平衡點。她把另一隻手抬起來，往更上面尋找，直到可以抓住一條樹根，同時，另一隻腳則摸索著，直到找到一個裂縫。她用另一隻手重複那個動作，尋找突出物，當她找著了，就往上爬一點。生長在斜坡上的植物幫了她，包括樹根、灌木叢和藤蔓。她也看到石頭上和幾根樹幹上有深刻的抓痕；她想那是爪子的痕跡。**怪獸**們應該曾爬上去找過食物，不然就是牠們其實不認得迷宮地圖，每次從特普伊桌山進出都得爬到山頂，再從另一邊下山。她估算那該花很多天的時間，也許幾個星期，因爲那些龐大樹懶的速度異常遲緩。

她頭腦裡的一部分依然活躍，清楚理解特普伊桌山的大坑洞並非像從下面看上去的視覺效果，那不是個正立的錐形，山口應該是微開的。火山口事實上比底座要來得寬。畢竟她並不需要甲蟲的腳，僅需要專注和膽量。就這樣她靠著令人敬佩的決心和剛學來的技巧，一公尺又一公尺地攀岩，持續了好幾個小時。那個技巧來自於最隱密、最神秘的地方，是她內心一隅寧靜之處，她的圖騰動物高貴的特性之所在。她是「天鷹」，能飛得最高的鳥，她把窩巢築在只有天使才到得了的地方，她，是天上的女王。

天鷹女孩繼續一步一步往上爬，下面山谷溼熱的空氣變成一股清涼的微風，把她往上推。她非常疲憊，偶爾停下來，與想要往下看或想去估計往上的距離等誘惑掙扎著，但終究還是只專注在下一個動作。一種可怕的乾渴燃燒著她；她覺得嘴巴塞滿沙石，味道苦澀，但是無法鬆手去把瓦利邁給她的裝水南瓜從背後拿下來。到了上面我就喝水，她喃喃自語，想著乾淨的冷水潤濕她的體內。要是能至少下點雨，她想，但是一滴水也沒從雲層滴落下來。當她認爲已經無法再踏出一步了，卻感覺到瓦利邁的神奇護身符掛在她脖子上，給了她勇氣。那是保護她的吉祥物。那個護身符幫助她爬上瀑布的平滑黑岩石，讓她成爲印第安人的朋友，保護她不受**怪獸**攻擊；有它在，她就平安無事。

許久之後，她的頭碰觸到第一層雲層了，雲層像蛋白霜餅一般稠密，然後一團像牛奶的白色物體將她包圍住。她繼續摸索攀爬著，緊緊抓住岩石和植物，越往上爬植物就越稀少了。她沒有意識到她的手、膝蓋和腳都流血了，一心只想著那股支撐她的神奇力量，直到突然她的一隻手碰觸到一個寬闊的裂痕。她迅速地將整個身體往上一提，便抵達永遠被堆積雲層遮隱住的特普伊桌山山頂了。一聲強有力的勝利叫喊聲，一種祖傳的野蠻尖叫聲，像千百隻老鷹同時發出的巨大吶喊，從娜迪雅•桑多斯的胸腔爆發出來，彈向其他峰頂的岩石而碎裂，反彈著、不斷擴大，直到消失在地平面。

女孩在那高處靜止地等待，直到她的叫聲消失在那個大高原最後幾個裂縫裡。於是她心中的鼓安靜下來，終於可以深呼吸了。一旦她覺得在岩石上站穩了，她便伸手拿出裝著水的南瓜，喝盡所有的水。她從來沒有如此渴望過一件東西，那清涼的液體從喉嚨進入，清洗她嘴內的沙石和苦味，濕潤她的舌頭和乾燥的雙唇，像種奇妙的香油滲透到整個身子，宛如有能力治療苦惱並掃除痛處。她明白了：快樂就是獲得我們長久以來所等候的東西。

那個高度，以及克服恐懼到達那兒所使出的猛勁，像是比達比拉瓦—德里印第安人的藥物或瓦利邁的集體夢境藥水更強。她再度感到自己在飛翔，但是她已經沒有老鷹的軀體，已經脫離所有的物質束縛，是個純粹的靈魂。她盤旋在一個輝煌的空間裡。世界在下面非常遙遠的地方，存在幻覺的層次裡。她在那個空間飄蕩了一段無法估計的時間，突然，看見光芒四射的天空有個小孔。她毫不遲疑像支快箭飛射出去，穿透那個開口，進入一個空洞、黑暗的空間，像個無月夜晚的無盡穹蒼。那是個絕對屬於神力和死亡的世界，在那個空間裡，靈魂本身會溶解消散。她本身即是虛空，沒有慾望，也沒有記憶。那兒沒有任何令人害怕的東西。那兒她儼然抽離於時間之外。

但是在特普伊桌山的山頂，娜迪雅的身體慢慢地在呼喊她，要她回來。氧氣將物質現實的一切回歸給她的頭腦，水給了她移動時所需要的能量。最後娜迪雅的靈魂歸返了，再度像支箭穿越虛空中的開口，抵達輝煌的圓頂，在廣袤無垠的白光裡飄蕩一會兒，在那兒又變回老鷹的模樣。她必須抗拒在清風支撐下永遠飛翔的誘惑，她做了最後的努力，回到女孩的身軀。她人坐在世界的高峰上，四下環伺一番。

她在一個高原的最高點，被雲層的浩瀚無聲包圍住。儘管無法看到所在位置的高度或大小，她估算著，和無邊無際的特普伊桌山相比，山內中央的坑洞並不大。那塊土地裂成許多深邃的痕縫，有些地方布滿岩石，其他部分則覆蓋著稠密的植物。她思忖著，離納伯族的鋼鳥前來開發那個地方，應該還有一大段時間，因爲嘗試在那兒降落根本是件荒謬的事，甚至直升機也一樣，至於人的話，幾乎不可能在那個粗糙地表上走動。她感到洩氣，因爲她可能在剩餘的生命中，就算找遍那些裂縫也找不著鳥巢，但是她馬上記起來瓦利邁跟她指示過該從哪邊爬上去。她休息一會兒，繼續前進，在岩石之間爬上爬下，被一種不熟悉的力量推著，那是一種本能的篤定。

她不用爬得太遠。不遠處，很多大岩石形成的一個裂縫中，她找到了鳥巢，窩巢的正中央她看見那三顆玻璃蛋。那些蛋比她幻象裡看到的要更小更亮，非常神奇。

爲了避免滑落到鐵定會摔斷全身上下骨頭的深邃縫隙裡，娜迪雅・桑多斯萬分小心翼翼地爬行到鳥巢旁。她的指頭完全握住那件閃著玻璃光的完美物品，但是手臂卻無法移動它。她覺得奇怪，又去拿另一顆蛋。還是沒法把蛋拿起來，第三顆也一樣。那些東西只不過是一顆巨嘴鳥蛋的大小，不可能重成那個樣子，究竟是怎麼一回事呢？她仔細查看那些蛋，從四邊推擠，一直到確定蛋沒被黏住也沒鎖上螺絲，相反地，那些蛋看起來幾乎是飄蕩在小樹枝和羽毛織成的鬆軟床墊上歇息。女孩坐在一塊岩石上，無法理解所發生的事，也無法相信那整個歷險和抵達終點的努力會前功盡棄。她有超人類的力氣可以像蜥蜴在特普伊桌山的內面牆壁攀爬，而現在，當她人終於在山頂了，卻連一毫米都搬不動她前來找尋的寶藏。

娜迪雅・桑多斯躊躇著，茫然不已，想不出辦法解開那個謎團，就這樣過了好幾分鐘長的時間。突然，她想到那些蛋是屬於某個人的。或許是**怪獸**們把蛋放在那兒，但是也可能是某種神奇動物的蛋，一種鳥或爬蟲，例如龍。在那種情況下，蛋的母親可能在任何時刻出現，要是逮到一個闖入者在牠的巢附近徘徊，更可能以想當然爾的氣憤飛過來突襲闖入者。她不應該留在那兒，她想，但是也不願意放棄蛋。瓦利邁說過不可以空手回去……巫師還對她說了些什麼呢？說了她必須在晚上以前回去。於是她想到睿智的巫師前一天教她的「相互法則」，一個人每拿走一件東西，就應該拿另一個東西交換。

娜迪難過地思索著。她沒有任何東西可以施予。她身上只穿著一件汗衫、一條短褲，背上綁著一個籃子。檢查身體時，她第一次發覺攀岩時造成的刮傷、瘀青和綻開的傷口。讓她可以抵達山頂的生命能量匯聚在她的血液裡，或許血液就是她唯一擁有的珍貴物件。她走近，露出疼痛的身軀，好讓血液滴在鳥巢上。一些紅色的小色塊噴濺在柔軟的羽毛上。她彎下身時，感覺到護身符抵住胸口，隨即了解這才是她該爲那些蛋付出的代價。她遲疑了幾分鐘之久，認爲巫師送的雕花骨頭具有庇護魔力，交出護身符意味著放棄庇護。她永遠不會再有像那個護身符那麼具有魔力的東西了，它的用途實在無法想像。不，她決定，她不能拿掉那個護身符。

娜迪雅閉上眼睛，筋疲力盡，此時從雲層滲透進來的陽光已逐漸改變顏色。有一會兒她回到摩卡里達喪禮中喝下死藤水所做的那個有幻覺的夢，再度變成飛在白色天空的老鷹，盤旋在風中，輕盈又有力。她從上方看到蛋，在鳥巢裡發亮，像在那個幻象裡一樣，她有著當時同樣的篤定：那些蛋蘊藏著拯救霧族人的方法。最後，她吸了一口氣，將眼睛睜開，從脖子取下護身符，放在鳥巢裡。隨即她伸出手，摸到一顆蛋，蛋馬上鬆開，她可以毫不費勁拿起蛋來；另外兩顆也一樣輕易就到手。她將三顆蛋小心地放在籃子裡，準備從爬上來的地方下去。陽光依然從雲層裡穿透進來；她估算下山應該會快些，在天黑前可以抵達下方，像瓦利邁提醒她的那樣。

第十六章　健康水

娜迪雅・桑多斯朝特普伊桌山的頂峰往上爬的同時，亞歷山大・寇德則穿過一條狹窄的通道，往下朝陸地的地心鑽去，那是個封閉、燥熱、漆黑又顫動的世界，一如他那些最糟糕的夢魘。要是至少有把手電筒的話……然而在完全的黑暗中，他得摸索前進，有時候像貓般匍匐，有時候拖著身子。他的眼睛無法適應，因爲那是絕對的漆黑。他伸手摸索著岩石，來估測隧道的方向和寬度，然後移動身體，往裡面一公分一公分地蜿蜒前行。越往前進，隧道彷彿就越窄，他想自己是無法轉身出去的。那裡僅有的些許空氣既悶又臭，像是被埋在墳墓裡。黑豹的特性在那裡對他完全派不上用場；他需要另一種圖騰動物，像是鼴鼠、老鼠或毛毛蟲。

他停下來好幾次，想要在不算晚之前往後退，但是對母親的惦記推動他繼續往前走。每過一分鐘，他胸部的壓迫感就會增加，畏懼感也更強、更深不可測。他再度聽到一顆心臟的悶聲撞擊，在迷宮裡他曾和瓦利邁一起聽到過那個聲音。他發狂的腦子盤算著窺伺他的無數危險；最糟的狀況是活埋在那座山的內部深處。那條通道到底有多長呢？他會走到盡頭，還是在半路就被擊倒呢？氧氣夠他呼吸，還是會窒息而死呢？

有一回亞歷山大臉朝下跌趴下去，疲憊至極，不禁嗚咽起來。他的肌肉緊繃，血液凝集在太陽穴，身上每條神經都疼痛不已；他無法理智思考，覺得頭部因爲缺乏空氣快要裂開。他從沒這麼害怕過，甚至在成年禮的那個長夜，處在印第安人之間，他也沒那麼畏懼。他試著記起他在「船長岩」懸吊在一條繩索上的那種震撼、高昂的情緒，但是根本無法相較。當時，他人在一處山峰上，現在的他卻在山的地底下。那兒他和父親在一起，這兒他卻完完全全孤獨一人。他陷於絕望當中，哆嗦著，身心俱疲。有好長一段如永恆般的時間，漆黑滲透到他的腦海裡，他失去方向，無聲地叫喚著死亡，挫敗不已。就在那一刻，當他的靈魂在黑暗中就要離他而去時，父親的聲音在他一團混亂的頭腦當中開了路，傳達到他耳邊，一開始像幾乎感受不到的低語，然後就比較清楚了。他父親教他攀岩時，對他說過好多次的是什麼話呢？「平靜下來，亞歷山大，尋找你自己的中心點，你的力量就在那裡。呼吸，吸氣時你會充滿能量，呼氣時你會脫離緊繃的壓力。不要思考，聽從你的本能。」那就是他們爬往「世界之眼」時，他自己曾給娜迪雅的建議。他怎麼把它給忘了呢？

他專注於呼吸：吸進能量，不去想缺乏氧氣的狀態，呼出他的恐懼，放鬆，拒絕會讓他癱瘓的負面思想。我可以做到，我可以做到……他重複著。慢慢地他回到他的肉身。他想像看到腳趾頭，漸漸地將那些趾頭一根根放鬆，然後雙腿、膝蓋、髖部、背部、手臂，一直到手指尖端、後頸、牙床骨、眼皮。他的呼吸順暢多了，不再啜泣。他找到自己的中心點，在肚臍高度的一個紅色的顫動處。他聽到自己心臟的搏動聲，覺得皮膚上一陣搔癢，然後靜脈上有熱流，最後力氣返回他的身體、感官和腦內。

亞歷山大・寇德如釋重負放聲吼叫。那聲音碰到某種東西，隨即彈回他的耳朵。他發覺蝙蝠的聲納就是那樣產生作用的，因而牠們可以在黑暗中移動。他重複叫喊，期待喊叫聲彈回來幫他指引距離和方向，這樣他便可以「用心聆聽」，像娜迪雅對他說過好多次那樣，他終於找到在漆黑裡前進的方法。

剩餘的隧道旅程在半無意識狀態中度過，他的身體在隧道裡自行移動，好像認得路一般。偶爾亞歷山大會短暫和他的邏輯思考連接上，然後在火花般的剎那間，他推斷那個充滿陌生氣體的空氣應該會影響到他的腦部，沒過多久，他以爲自己是活在睡夢中。

狹窄的通道看似永無盡頭時，男孩終於聽到像河流般的潺潺水聲，一股熱空氣撲進他已排空的肺腔。他因此恢復了體力。他往前推進，在地道的拐彎處感受到眼睛可以在黑暗裡辨識一點東西，最初非常昏暗的一道光慢慢地轉亮。他繼續匍匐前進，抱著希望，然後看到光線和空氣慢慢增加了。他很快就置身於一個洞穴內，那裡應該以某種方式和外部有所接連，因爲洞穴出現時有些微的光線照著。一種奇怪的味道衝著他的鼻子撲來，刺鼻，有點令人作噁，像是醋和腐爛花朵的味道。洞穴有閃閃發光的礦石結晶體地貌，和他在迷宮裡看過的是同一種，那些結構的切割面功能像鏡子，反射著滲透到那裡的微弱光線，光線因而倍增。他到了一個小湖畔，湖泊的水源來自一條如無脂牛奶般的白色小溪。從剛剛去過的墳墓走來，他覺得那個白色湖泊和河流是一生中看過最美的東西，難道那就是永保青春的泉源？那個味道讓他頭暈，他想這該是從地心深處發出來的一種氣體，或許是種會讓他頭腦變鈍的毒氣。

一個低語又輕拂的聲音引起他注意。他很驚訝，感受到距離沒幾公尺外的小湖對岸有東西，當眼珠可以適應洞穴微薄的光線時，他辨識出一個人影。他無法看清楚，但分明是個女孩的外形和聲音。不可能，他說，女妖並不存在，我要發瘋了，是那股氣體，是那股味道；但是那個女孩看起來像真的，她的長髮飄動，皮膚放射出光線，舉止是人的動作，且聲音撩人。他想要跳入白水裡喝到不再乾渴為止、洗去身上的泥土，以及手肘和膝蓋上瘀青的血印。靠近那個叫喚他的漂亮寶貝及縱慾享樂的誘惑，實在令他無法抗拒。當他想要那麼做時，發現那人的外型和賽西麗雅・伯恩斯是一樣的，和她一樣的栗色頭髮，一樣的藍色眼睛、一樣無生氣的動作。他腦中的意識提醒他，那個女妖是他腦內的想像，還有那些膠狀又透明的海中水母也是，牠們飄浮在洞穴微薄光線的空氣裡。他記得曾聽過有關印第安人的神話，瓦利邁講述的那些有關宇宙起源的故事，起源處有條牛奶河，孕育著具有生命的所有種子，但是也包括腐爛和死亡。不，他確定，那不是會還給他母親健康的神奇水；那是他腦子的小花招，要讓他執行任務時分心。沒有時間可以浪費，每分鐘都是珍貴的。他用汗衫把鼻子掩住，和讓他頭昏腦脹的刺鼻香味對抗。他看到沿著所在的河岸伸展出一條狹窄的通道，通道順著小溪的水流消失不見，他就從那兒溜出去。

亞歷山大‧寇德沿著小徑走，把湖泊和女孩奇異的幻影丟在後面。他很訝異薄弱的光線持續亮著，至少他已經不用匍匐摸索著前進。那味道越來越淡，一直到完全消失。他盡其所能以最快速度前進，彎著腰，試著不讓頭撞上洞頂，並在崖邊的窄廊上保持平衡，他想，如果往下掉到河裡，或許會被河流沖走。可惜沒有時間查證那種看似像牛奶、味道又像沙拉調味醬的液體是什麼。那條長長的小徑上覆蓋著一種滑溜的苔蘚，上面盡是成千上萬的微小動物，包括幼蟲、昆蟲、毛毛蟲和藍色大蟾蜍等。蟾蜍的皮膚極爲透明，看得到內部跳動的器官，像蛇信的長舌頭試著要舔他的腿。亞歷山大懷念起他的登山鞋，因爲他得光著腳丫踩那些東西，牠們像果凍的身軀又軟又冷，讓他有種無法控制的噁心感。再過去兩百公尺，苔蘚層和蟾蜍消失了，小徑變得更寬。他鬆了一口氣，終於能在周圍瞧上一眼，那時他第一次發現牆壁上噴濺著美麗的色彩。靠近仔細看那些牆壁，他了解那些都是寶石和昂貴金屬的礦脈。他打開瑞士陸軍小刀，在岩石上挖刨，確認那些石頭可以滿輕易地剝離下來。到底是什麼東西呢？他認出來幾種顏色，像是翡翠強烈的綠和紅寶石的純紅。他被難以置信的寶藏圍繞著：那才是幾世紀來冒險家垂涎的真正黃金國。

只要用他的小刀刮那牆壁就可以得到一筆財富。如果將瓦利邁給他的南瓜裝滿那些寶石，回到加州他就會變成百萬富翁，可以給付最好的醫療治癒母親的惡疾，買一幢新房子給父母親，給兩個妹妹受教育。那給他自己呢？他會幫自己買一輛跑車，好羨煞他那些朋友，讓賽西麗雅‧

伯恩斯目瞪口呆。那些珠寶是他解救人生的方法：他將可以投入音樂、攀岩或做他想要做的事，不用掛心要去賺一份薪水……不！他在想什麼？那些寶石不僅僅是他的，而應該是用來幫助印第安人才對。有了這筆不可思議的財富，他可以獲得力量實踐伊優米派付給他的任務：和納伯族協商。他將會變成部落和他們的森林、瀑布的保護者；用他奶奶的筆和他的財富可以把「世界之眼」變成世界上幅員最廣的自然保育區。幾個小時內他就可以把南瓜裝滿，並且改變霧族人民和他自己家人的命運。

男孩開始用小刀尖端繞著一塊綠色石塊挖鑿，讓岩石的小碎片蹦跳出來。幾分鐘後，他終於讓石塊鬆落，把它拿在指間時，他可以把石頭看個清楚。石塊並沒有精美翡翠該有的光澤，不像戒指的翡翠那樣，但是毫無疑問那是同一種顏色。他就要把石塊放到南瓜裡，卻記起他到陸地底層這個任務的目的：在南瓜裡裝健康水。不！能買回他母親健康的並非珠寶，需要的是某種有神蹟的東西。他嘆了一口氣，將綠色石塊藏放到褲子的口袋裡，繼續往前走，他很擔心，因爲已經失去寶貴的幾分鐘，而且不知道還要走多遠才能抵達神奇的泉源。

突然，通道在一堆石塊前阻斷。亞歷山大摸索著並確定應該會有方法繼續前進，他的旅途不可能以那麼粗糙的方式結束。如果瓦利邁已經將他派送到那個如地獄般的旅途，要他往山底的深處去，那是因爲泉源的確存在，一切不過是找到它的問題；但是也可能是他走錯路，可能在隧道某個交岔路口走岔了。或許他應該穿越牛奶湖泊，因爲那女孩不是讓他分心的誘惑，而是讓他找到健康水的嚮導……那些疑問開始像全分貝的喊叫聲在他的腦內轟隆作響。他把雙手放到太陽穴上，試著靜下心來，他重複在隧道練習過的深呼吸，傾聽父親引領他的遙遠聲音。我必須把自己放在我的中心點，那裡有平靜和力量，他喃喃自語。亞歷山大決定不要花費體力去觀想可能已經鑄成的錯誤，而是該放在接下來的障礙上。前一年的冬天裡，母親曾要求他把一大堆的木柴從庭院搬到車庫底端。他辯解連大力士都做不到，母親教他怎麼做，方法是：一次搬一根木柴。

少年慢慢將石塊移開，先搬卵石，再搬容易鬆動的中型石塊，最後才是大塊岩石。那是個既緩慢又笨重的工作，但是一段時間之後，他鑿通了一個狹窄入口。一股熱蒸氣衝到他臉上，好像打開的是烤箱門，強迫他往後退。他等候著，不知道下一步該怎麼走，這時卻有股熱氣跑出來。他對礦石一竅不通，但是曾經讀過礦井內部經常會漏氣，他猜如果真是那樣的話，就死定了。他發覺不消幾分鐘，那股熱氣減弱了，好像是受到壓力，最後就消失了。他等一會兒，然後把頭伸進洞裡探望。

在缺口的另外一邊是個洞穴，中央有個深井，井內冒出煙霧和一道泛紅的光線。從那兒聽得到小小的爆破聲，好像下面某種濃稠的東西沸騰著，爆裂成氣泡。他無須靠近便可猜測那該是熱岩漿，也許是一個非常古老的火山爆發後所留下的最後殘渣。他人在火山的心臟地帶。考慮到蒸氣可能有毒，但是既然聞起來不臭，他想可以進入洞穴裡。他將身體的其他部位從開口穿進去，人就在熱石塊的地面上了。他冒險走了一步，然後再一步，下定決心要勘查那個場地。

那裡的熱氣比蒸氣浴更糟，很快他便全身汗流浹背，不過那兒有足夠的空氣可以呼吸。他脫掉汗衫，繞在嘴巴和鼻子上綁好，他的眼睛流下淚水。他了解該以高度的謹慎前進，以防滑落到井內。

洞穴寬敞呈不規則狀，下面劈啪作響的火發出的微顫紅光照亮洞穴。右邊有另個小室敞開，他試探地勘查，發現那小室更漆黑，因爲照亮第一個空間的光線幾乎沒進到那裡面。小室裡的溫度比較可以接受，也許有新鮮空氣從某個裂縫滲透進來。男孩已經處於耐力極限，全身汗水淋漓，又覺得乾渴，他相信已經沒有足夠體力從之前走來的漫長路途回去。他找尋的泉源到底在哪兒呢？

就在那時，一陣強烈和風吹來，接著是一陣駭人的振動在他的神經網裡轟隆作響，他好像置身於一座大型金屬鼓內。他本能地塞住耳朵，但是那不是噪音，而是一種無法忍受的能量，沒有辦法防禦那股能量。亞歷山大回頭去找尋原因，然後他看到了一隻龐大的蝙蝠，攤開的翅膀從一端到另一端應該約有五公尺長，牠像老鼠般的身形卻比他的狗笨球大上兩倍，大腦袋上的嘴鼻張開，裡面有猛獸的長形犬齒。牠不是黑的，而是全白，一隻白化症的蝙蝠。

受到驚嚇的亞歷山大了解那隻動物就像**怪獸**一樣，是一個非常古老時代的最後倖存者，那是千萬年前最初的人類還得從地上抬起額頭，驚訝地看著星辰的年代。那隻動物眼盲並非對亞歷山大有利，因爲那股振動能量是牠的聲納系統：那隻吸血鬼清清楚楚地知道闖入者是什麼樣子，人又在哪裡。嚴厲的風不斷襲來：那對翅膀不停拍動，準備好要出擊了。難道那就是印第安人的「拉哈坎納里瓦」，可怕的吸血鳥嗎？

亞歷山大的思緒開始飛翔，他知道逃亡的可能性幾乎是零，因爲他不能退到另一個空間，也不能在那個叛變的領地上開跑而不冒著掉進岩漿井裡的危險。他本能地將手伸到腰間的瑞士陸軍小刀，儘管他知道那把刀和他的敵人的規模相較，根本是種荒謬的武器。他的指頭碰到掛在腰帶的長笛，沒再多想第二次，他就把笛子解下，拿到唇邊。亞歷山大先低聲說出爺爺約瑟夫・寇德的名字，求他在這個臨死的危險時刻幫助他，然後開始吹奏。

最初幾個音符在這有妖術的空間裡響起，像玻璃般脆亮、清新、純淨。那隻巨大的吸血鬼，對聲音極端敏感，收起翅膀，大小像縮了水般。牠或許好幾個世紀來一直活在孤獨當中，活在那個地下世界的靜肅裡，那些聲音在牠腦內有種爆破的作用，牠覺得被百萬支刺人的飛鏢傷得千瘡百孔，牠以人類耳朵聽不見卻會明顯感到疼痛的聲波發出叫喊聲，但是那股振動力卻和音樂混合一起，吸血鬼無法在牠的聲納裡辨識自己的回聲，變得不知所措。

亞歷山大吹奏笛子的同時，那隻巨大的白色蝙蝠卻往後移動，慢慢地向後退，直到停留在一個角落裡不動，像頭長了翅膀的白熊，牠的犬齒和爪子露在外面，但是癱瘓不動。男孩再次爲長笛的神力感到驚奇，每個冒險的關鍵時刻，那支笛子都隨行如影。就在動物移動時，他看到一絲微弱的水流從洞穴牆壁流出來，那時他知道已經到達旅途終點了：他正面對著令人長春不老的泉源。那不是傳說中所描寫的位於花園中央的充沛水源，而不過是幾滴細小的水滴在全片岩石上流動。

亞歷山大・寇德小心地前進，一次一腳步，沒中斷吹奏，他慢慢靠近畸形的吸血鬼，試著以心臟取代頭腦思考。那是個相當奇特的經驗，他無法只相信理智或邏輯，這時該動用他攀岩和創造音樂所使用的同一個方法了：直覺。他試著想像那隻動物會有什麼感覺，然後推斷牠應該像他一樣異常驚嚇。牠第一次遇到人類，從沒聽過像長笛的聲音，那聲響在牠的聲納裡應該是震耳欲聾的，所以才會像被催眠一樣。他記得必須取水裝在南瓜裡，並且在天黑前回去。根本不可能估算他到底在地下世界幾個小時了，但是他唯一渴望的是盡快離開那裡。

亞歷山大一邊用一隻手以長笛製造出一個單音，一邊將另一隻手朝泉源伸去，他幾乎擦觸到吸血鬼，但是起初的幾滴水一掉進南瓜裡，小水流的水量便遞減到完全消失。亞歷山大的挫敗大到差點想要用拳頭擊打岩石，唯一阻止他那麼做的是這隻可怕的動物，牠這會兒正像哨兵般矗立在他身旁。

正想轉身時，他記起瓦利邁關於大自然不可避免的法則那席話：要收穫多少就要施予多少。他檢視自己稀少的財產：羅盤、瑞士陸軍小刀和長笛。他可以留下前兩樣東西，反正對他也沒什麼大功用，但是他無法放棄魔笛，那是他有名氣的爺爺留下的遺物，是具有神力的樂器。沒有這支長笛，他會感到無助。於是他把羅盤和小刀放在地上，等著。什麼都沒發生。連一滴水都沒再從岩石裡滴下來。

對他而言，健康水是這世界上最珍貴的寶藏，是唯一可以拯救他母親性命的東西。他必須交出最寶貴的所屬物品作交換。他將笛子放置在地上的同時，最後的幾個音符在洞穴的牆壁上反彈著。那微弱的水柱馬上又重新流出來。他等了像永恆般漫長的幾分鐘來裝滿南瓜，緊緊盯住正在他身邊窺伺的吸血鬼。牠這麼靠近，亞歷山大可以聞到牠像墳墓般的惡臭，數算牠的牙齒，並且因爲包圍牠的那種深層孤獨，而對牠感到無限的憐憫，但是他並沒讓那些事情分心而忘了手中的工作。等到南瓜裡的水溢出來的時候，他爲了不要招惹怪物，便緩慢地往後退。他離開洞穴，進入那個可以聽到岩漿在土地深處燃燒顫動的洞穴，然後從缺口溜出去。他想把石塊放回去封住開口，但是沒有時間，他推想吸血鬼身軀龐大，無法從那個洞逃出來，也不會過來追他。

因爲他認得路了，所以回程的路途走得較快。他並不想採拾寶石，經過有賽西麗雅・伯恩斯的海市蜃樓靜候的牛奶湖泊時，他遮住鼻子，抵擋空氣中會擾亂神志的香氣，沒敢停步耽擱。最困難的是要再度鑽入他進來時的那個狹窄隧道，而且還要保持南瓜垂直，不讓水倒出來。那顆南瓜有個蓋子，是一小片綁在繩子上的皮革，可惜無法密封，而他又不願失去任何一滴神奇的健康水。這次那個通道雖然又悶又陰暗，他卻不覺得可怕，因爲他知道最後會看到光線，呼吸到空氣。

特普伊桌山山口的雲層床墊接收到最後幾道太陽光線，呈現著泛紅色調，從鏽蝕顏色到金黃色都有。娜迪雅・桑多斯和亞歷山大・寇德回來時，六個有光線的月亮開始在特普伊桌山奇怪的穹蒼裡消失了。瓦利邁由波羅霸陪著坐在怪獸協商會面前，在黃金城的圓形劇場等候。猴子一看到牠的主人回來，欣喜地跑去懸掛在她的脖子上。兩位年少的孩子筋疲力竭，全身到處是割傷和瘀青，但是各自帶回來他們所找尋的寶物。老巫師並沒有表現出驚訝的樣子，他以執行生命裡每件事所抱持同樣的沉靜態度去迎接他們，並指示他們出發的時間到了。沒有時間可以休息，他們必須整個晚上穿越山的內部，出去山的外頭，回到「世界之眼」去。

「最後我得將我的護身符留下。」娜迪雅沮喪地告訴她的朋友。

「我留下我的笛子。」他回答。

「你可以得到另一支笛子。音樂是你創造的，不是那支長笛。」娜迪雅說。

「護身符也一樣，它的神力就在妳身上。」他安慰她。

瓦利邁細心地觀看那三顆蛋，還嗅了南瓜裡的水。他相當認真地裁定合格。然後拆下掛在他巫醫枴杖上的其中一只小皮囊，交給亞歷山大，並教導他如何研磨樹葉，再和那些水攪和在一起，用來治療他母親的病。男孩把小皮囊掛在脖子上，眼睛充滿淚水。瓦利邁在亞歷山大的頭上揮動他的石英棒好一會兒，在他的胸膛、太陽穴和背上吹氣，用枴杖碰觸他的手臂和雙腿。

「如果你不是納伯族，就會是我的繼承人，你生來就有巫師的靈魂。你有治病的能力，好好使用它。」他對亞歷山大說。

「那意味著我可以用這些水和這些葉子治好我母親嗎？」

「可能會，也可能不會……」

亞歷山大發覺他的願望其實並沒有一個邏輯基礎，他應該相信的是德州醫院的現代醫療，而不是一個裝水的南瓜和從亞馬遜河流域一個裸體老人那兒得來的幾片葉子，但是在那趟旅行中，他學會敞開心胸去看奧秘事物。超自然的能力和現實的其他面向都同時存在，就像這座住著史前時代動物的特普伊桌山。真的，幾乎一切都可以理性解釋，包括那些**怪獸**，但是亞歷山大寧願不要那樣去解釋，而是很單純地全心全意期待有個奇蹟。

眾神協商會已經接受外地小孩和睿智的瓦利邁的忠告，牠們將不會出去殺害納伯族，那是個沒用的活兒，因爲他們的數量像螞蟻那麼多，其他的人也會不斷前來。**怪獸**則繼續留在牠們的聖山裡，那兒比較安全，至少目前是這樣。

娜迪雅和亞歷山大向大家辭別，不忍心丟下那些大樹懶。最好的情形是，要是一切順利，通往特普伊桌山的謎樣入口將不會被發現，直升機也不會從空中降落。要是運氣好的話，在人類好奇心找到史前時代最後的庇護所以前，還可以再度過另一個世紀。如果不是這樣，至少他們希望科學團體在探險者貪婪地破壞那些奇特動物之前，可以保護牠們。不管怎樣，孩子們再也看不到那些**怪獸**了。

夜晚降臨時，他們爬上通往迷宮的台階，瓦利邁的樹脂火把照亮著迷宮。他們在錯綜複雜的隧道系統，毫不遲疑地穿梭，巫師對這裡可是瞭若指掌，他們不曾遇到沒出口的死胡同，從不需要後退或走回頭路，因爲地圖烙印在巫師的腦子裡。亞歷山大放棄了念頭，不去記憶一圈又一圈的路途，因為儘管他可以記住，甚或在紙上畫出來，再怎麼說，他都缺乏參考據點，也不可能找得到地方。

他們到了看見第一條龍的奇妙洞穴，面對洞內閃亮的寶石、玻璃和金屬的眾多顏色，再次感到心醉神迷。那是個不折不扣的阿里巴巴洞穴，只要是最野心勃勃的腦袋想像得到的任何神奇寶藏那兒都有。亞歷山大記起他放到口袋裡的綠色石塊，拿出來比較。在洞穴黯淡的光芒裡，那粒石塊已經不是綠色，而是泛著黃光，於是他了解那些寶石的色彩不過是光線的產物，可能就像黃金國的雲母一樣沒什麼價值可言，他拒絕用南瓜裝滿那些寶石而不裝健康水的誘惑是對的。他把假翡翠收好當紀念：他要帶給母親當禮物。

有翅膀的龍窩在角落裡，就像他們第一次看到牠那樣，但是有另一條體型更小的龍在身邊，小龍身上有多種微紅的色彩，或許是牠的女伴。牠們在三個人類面前並沒移動，甚至當瓦利邁的鬼魂妻子飛去跟牠們打招呼，像個沒翅膀的仙女繞著牠們盤旋時，牠們也沒動。

這次，就像他到陸地底部的遊歷所發生的一樣，亞歷山大覺得回程更短更容易，因為他認得路，也不期待有驚奇的事發生。的確沒有任何驚奇，走過最後通道後，他們便到了離出口只有幾公尺的洞穴。瓦利邁指示他們在那兒坐下，打開其中一只神秘的小皮囊，拿出幾片像菸草的葉子。他向兩位年少的孩子簡短地解釋，他們必須被「洗乾淨」，洗去對看過東西的記憶。亞歷山大不想忘掉那群**怪獸**，也不願忘記到陸地底下的旅程，娜迪雅也不希望放棄學到的東西，但是瓦利邁向他們保證，他們會記得所有那一切，他只是從他們腦子裡洗去有關道路的記憶，讓他們不能再回到聖山。

巫師把葉子捲起來，用唾液黏住，像菸一般把葉子點燃，開始抽它。他吸了一口，然後用力把煙吹到小孩們的嘴裡，先是亞歷山大的嘴，再是娜迪雅的。那過程並不愉快，煙又臭又熱又嗆，當面直接吹過來，效果像是吸了胡椒粉一樣。他們頭內覺得被尖銳的針刺了一下，忍不住想打噴嚏，很快地就頭昏了。亞歷山大與菸草接觸的第一次經驗回到他腦裡，那時他奶奶凱特和他一起關在車內，直到他病倒爲止。這次的症狀很像當時的情形，還加上周圍的一切都在旋轉。

這時瓦利邁熄掉火把。洞穴裡沒接收到幾天前他們進去時的微薄光線，現在是完全的漆黑。兩個年少的孩子手牽著手，同時波羅霸驚嚇地哀叫，緊摟著主人的腰不放。兩人沉浸在黑暗中，覺得有怪物在窺伺，還聽到驚悚的嚎叫聲，但是他們並不害怕。他們用剩餘的一點兒清醒，推斷那些可怕的幻象是吸進去的煙霧的效果，況且，再怎麼樣只要巫師朋友跟他們在一起，就很安全……。他們彼此擁抱，舒服地往地上躺下，幾分鐘後失去了意識。

他們無法估算睡了多久。兩人慢慢醒來，很快就感覺到瓦利邁叫喚他們的名字，還有他的手摸索著在找他們。洞穴已經不完全是漆黑了，柔和的昏暗容許看到洞內的輪廓。巫師對他們指了指出去外面該通過的狹窄通道，他們還有點暈眩，在後頭跟著他走。當他們走出來，到了蕨類森林裡，「世界之眼」已經天亮了。

第十七章　食人鳥

隔天，三位旅者開始啓程，返回達比拉瓦—德里。在他們接近那兒時，看到直升機在樹林間閃閃發亮，便知道納伯族的文明產物終於抵達村落了。瓦利邁決定留在森林裡；他一輩子都和外來者保持距離，這不是他改變習慣的時刻。巫師像所有霧族人一樣擁有變成幾乎隱形的能力，好幾年來他都在納伯族身邊繞來繞去，靠近他們的營地和鄉鎮仔細觀察，但沒讓任何人知道他的存在。只有娜迪雅・桑多斯和巴爾德梅洛神父認識他，神父是和印第安人住在一起那段時間以來就結交的朋友。巫師好幾次在他的幻象中遇到「蜂蜜膚色的女孩」，他相信她是鬼魂的使者。他把她當做家人，因此允許她在他們倆單獨相處時可以叫他的名字，他講述印第安人的神話和傳說給她聽，送她護身符，引領她到眾神的聖山裡。

亞歷山大遠遠看到直升機時欣喜若狂；他將可以返回熟悉的世界，不會永遠迷失在**怪獸**群的星球上了。他想著，直升機好幾天來一定飛遍「世界之眼」尋找他們。奶奶在他消失時一定讓一切大亂，強迫阿里奧斯托上尉從空中搜索那塊無邊際的區域。他們可能看到焚燒摩卡里達屍骸火堆的煙霧，就這樣發現了村落。

瓦利邁向孩子們解釋，他會在樹林間躲起來，看村落到底會發生什麼事。亞歷山大想給他一個東西做紀念，換取那個將還給他母親健康的神奇辦法，他將瑞士陸軍小刀交給瓦利邁。印第安人拿著那件上了紅漆的金屬物品，感覺到它的重量，打量那奇怪的形狀，無法想像那東西有何用途。亞歷山大把刀子、夾子、剪刀、開瓶器、起子一個個打開，直到那東西變成一隻發亮的刺蝟。他教巫師每個部分的用途，還有怎麼打開、收合。

瓦利邁謝過那份禮物，但是他活了超過一個世紀都不認得金屬，老實說他覺得自己要去學納伯族的計謀嫌老了點；但是他不想失禮，把瑞士刀掛在脖子上，和他的牙齒項鍊以及其他護身符掛在一起。然後他提醒娜迪雅記得貓頭鷹的叫聲，那叫聲可以用來彼此叫喚，這樣他們就可以取得聯繫。女孩將裝著三顆玻璃蛋的籃子交給他，因爲她認爲蛋在老人手中會更安全。她不想拿著蛋出現在外地人面前，蛋是屬於霧族人的。他們道別，然後不到一秒鐘，瓦利邁就消失在大自然當中，像個幻影般。

娜迪雅和亞歷山大小心翼翼地靠近印第安人所謂的那些「製造噪音和風的鳥」降落的地方。他們躲在樹林中，雖然在那兒他們離得太遠無法聽清楚聲音，卻可以仔細觀察而不被發現。在達比拉瓦—德里中間有幾隻「製造噪音和風的鳥」，此外還有三個帳篷，一個大遮篷，甚至有個煤油爐灶。探險隊拉了一條鐵絲，上面吊著用來吸引印第安人的禮物：刀、鍋、斧頭和其他的鋼鋁製品，在陽光下光芒四射。他們看到好幾個有裝備的士兵保持警備姿態，但是一點印第安人的足跡都沒有。霧族人已經不見了，就如他們在面對危險時向來的反應。這個戰略對這部落相當管用，不過，其他正面接觸納伯族的印第安人不是被殲滅就是被同化。那些參與文明的印第安人變成了乞丐，失去戰士的尊嚴和土地，像老鼠般活著。因此，摩卡里達酋長從來不允許他的族人接近納伯族，或接受他們的禮物，他堅持：若是換來一把砍刀或一頂帽子，部落就會永遠忘記自己的源頭、自己的語言和自己的神。

兩個年輕人揣測那些士兵到底想做什麼。如果士兵也是滅絕「世界之眼」印第安人計畫的一分子，最好不要靠近。他們記得在聖母瑪麗亞雨林聽到阿里奧斯托上尉和毛洛・卡里亞斯那段對話的每個詞語，孩子們很清楚，如果他們膽敢插手的話，便會有生命危險。

開始下雨了，一天大概下個兩三次，都是出其不意的陣雨，短暫又強烈，一下子把一切都淋得溼透，旋即戛然停止，讓世界變得清新又乾淨。兩位朋友從樹林間的藏身處觀察營地幾乎一個小時之久，這時他們看到一個三人小組抵達村落，顯然是出去勘查周遭情勢，現在跑回來，全身都濕透了。儘管距離遙遠，他們還是馬上認出那些人：是凱特・寇德、塞撒・桑多斯和攝影師提摩西・布魯斯。娜迪雅和亞歷山大不由自主地發出一聲欣慰的尖叫：那意味著勒布朗教授和歐麥菈・多瑞斯醫師也在附近遊走。有他們在村落裡，阿里奧斯托上尉和毛洛・卡里亞斯就不會訴諸子彈把印第安人——或他們——除掉。

年輕的孩子不再躲藏，謹慎小心地走近達比拉瓦—德里，但是沒走多久，就被哨兵看到，馬上被包圍起來。凱特・寇德看到孫子時高興地叫喊，叫聲只能和塞撒・桑多斯看到女兒時的叫聲相比擬。兩人跑去迎見小孩，他們骯髒的全身滿布割傷和瘀青，衣服破成布條，筋疲力竭。而且亞歷山大留著印第安髮型看起來更不一樣了，他的頭頂是光禿禿的，有一道被乾痂覆蓋住的刀痕。桑多斯用強健的雙臂把娜迪雅抬起來，緊緊地擁抱她，力氣大到差點把波羅霸的肋骨弄斷，因爲牠也躺在懷抱裡；相反地，凱特・寇德卻能控制住心中有如狂瀾的情緒與欣慰，一到了伸手可觸及孫子的距離時，她就在他臉上刮了一巴掌。

「這巴掌是因爲你讓我們大家受到驚嚇，亞歷山大。下次你再消失在我的視線外，我就殺了你。」奶奶說。亞歷山大的回應是擁抱她。

其他人隨即到來：毛洛・卡里亞斯、阿里奧斯托上尉、歐麥菈・多瑞斯醫師和不可理喻的勒布朗教授，教授全身被蜜蜂叮得到處都是腫包。印第安人卡拉卡威像往常一樣孤僻，看到孩子們一點也沒有驚喜的表情。

「你們怎麼到這裡的？沒有直升機根本不可能到這地方來。」阿里奧斯托上尉問道。

亞歷山大簡短地說了一下他和霧族人的歷險，沒有講細節，也沒解釋他們從哪邊上來。他也沒提到和娜迪雅到神聖的特普伊桌山的旅程。他想他並沒有洩密，因爲納伯族已經知道那個部落的存在了。有明顯的徵兆顯示印第安人幾個小時前才剛撤村：木薯漿從籃子縫隙滴落下來，小火堆裡的炭火依然有餘溫，最後一次狩獵的獵物在單身漢的茅屋裡沾滿蒼蠅，有些馴養的寵物還在附近徘徊。士兵們已經用砍刀殺死溫和的蟒蛇，牠們被斬剁的身體在陽光下腐爛。

「印第安人在哪裡？」毛洛・卡里亞斯問。
「他們已經離開，走得遠遠的了。」娜迪雅回答。
「我不相信他們帶著女人、孩子和爺爺奶奶會走多遠，他們不可能沒留下足跡就消失不見。」
「他們是隱形人。」
「小女孩，我們得認真說話！」他吼叫。
「我說話一向都很認真。」
「妳要跟我說那些人也像巫婆一樣會飛嗎？」
「他們不會飛，但是跑得很快。」她澄清。
「妳可以說那些印第安人的話嗎？小美人。」
「我的名字叫娜迪雅・桑多斯。」
「好，娜迪雅・桑多斯，妳到底可不可以和他們溝通？」卡里亞斯堅持，沒耐心了。
「可以。」
歐麥菈・多瑞斯醫師插進來解釋幫部落打疫苗的迫切需要。那村落已經被發現，在非常短的時間內，他們不可避免會和外地人接觸。
「像妳所知的，娜迪雅，我們雖不願意，但是卻可能傳染給他們致死的疾病。有整個村落就因爲一個感冒在兩三個月的時間內全體死亡，最嚴重的是痲疹。我有疫苗，我可以讓那些可憐的印第安人具有免疫力。這樣他們便會受到保護。妳可以幫我嗎？」美麗的女人懇求。

「我試試看。」女孩應允。

「妳怎麼和部落聯繫呢？」

「我還不知道，我得想一想。」

亞歷山大・寇德把健康水移裝到一個有密封蓋子的瓶罐，小心地把瓶子放到他的袋子裡。他的奶奶看到，想知道他在做什麼。

「這是要治療我母親的水。」他說：「我找到青春永駐的泉源，其他人找了好幾個世紀的那個泉源，凱特，我媽媽會好起來的。」

從男孩有記憶以來，那是奶奶第一次主動對他做出關懷的動作。他感覺到她細瘦有肌肉的手臂圍住他，感覺到她菸斗菸草的味道，用亂刀剪成的粗髮，乾粗如鞋底的肌膚；他聽到她沙啞的聲音叫著他的名字，懷疑或許他奶奶畢竟還是有點愛他。凱特・寇德一發覺自己所做的事，便粗魯地和他分開，把他推向桌子，娜迪雅正在桌旁等他。兩個小孩又飢餓又疲憊，衝向菜豆、米飯、木薯麵包和幾條半焦還全身是刺的魚。在凱特・寇德訝異的雙眼注視下，亞歷山大以強烈的食慾狼吞虎嚥，她知道孫子本來在飲食上是挑剔得令人討厭。

吃過飯後，兩個朋友在河裡泡個又久又長的澡。他們曉得自己被隱形的原住民包圍著，印地安人繼續自密叢裡跟蹤納伯族的每個動作。他們在水裡拍水玩耍時，覺得霧族人的眼睛就在自己身上，好似用手摸著他們一樣。少年們的結論是，有陌生人和直升機在場的話，印第安人是不會靠近的，他們在天空隱約看過那些直升機，但從沒近看過。孩子們嘗試稍微走遠一點，想著如果他們單獨相處的話，霧族人就會出現，但是村落裡人來人往，他們不可能撤到森林裡而不被注意到。幸好士兵們一步都不敢離開營地，因爲被怪獸的故事以及牠把一個同伴內臟掏空的方式給嚇壞了。他們以前沒人勘查過「世界之眼」，聽說過在那個地區有靈魂和魔鬼遊走，不過他們比較不怕印第安人，因爲他們有軍火武器，而且本身的血脈裡也流著原住民血液。

天黑時，除了站崗的哨兵以外，所有的人都分組圍著一個個火堆抽菸喝酒。氣氛有些哀傷，有人要求來點音樂提振士氣。亞歷山大必須承認他丟了約瑟夫・寇德名貴的長笛，但是他無法說出在哪裡弄丟，以免提到在特普伊桌山山底的歷險。奶奶對他投注一個要殺人的眼神，但是什麼都沒說，她猜孫子隱瞞她很多事情。一個士兵拿出口琴，吹奏兩首流行的旋律，但是他的美意卻石沉大海，因爲畏懼已經占據大家的情緒。

凱特・寇德把小孩帶到一邊去，告訴他們不在時所發生的事，從印第安人把他們帶走開始。發覺小孩已經失蹤不見，他們馬上進行搜尋，拿著手電筒到森林裡，幾乎一整晚叫喊著他們。勒布朗還拿他其中一個「準確」的預言增添大家的苦惱：他們被印第安人拖走，那時一定正在吃小孩被串在棍子上燒烤的身體。教授利用機會解釋加勒比海的印第安人將活犯人切成肉塊用來吞食的方法。沒錯，他承認，探險隊面對的不是加勒比海的印第安人，一百多年前那些印第安人不是被文明化，就是被殲滅了，但是永遠沒人知道文化可以影響到多遠的地方。塞撒・桑多斯差點要拿拳頭撲到人類學者身上。

事發隔天下午，終於出現一架直升機前來救援。那艘載著不幸的約耳・岡薩雷茲的船隻已經平安無事抵達聖母瑪麗亞雨林，醫院的修女在那兒負責照料他。印第安嚮導馬杜維爭取到救援，他本人也跟著阿里奧斯托上尉所搭乘的直升機前來。他的方向感超乎常人，雖然從來沒飛翔過，卻可以在雨林無窮盡的綠色面積裡找出方位，並且精準指出《國際地理雜誌》探險隊等候的地方。他們一下飛機，凱特・寇德就強迫軍人用無線電廣播再要求更多的軍援，以便有系統地尋找失蹤的小孩。

塞撒・桑多斯打斷女作家的話，補充說明：凱特還威脅阿里奧斯托上尉，要是他不合作的話，她大有報章雜誌、美國大使館、甚至中央情報局等等管道；就這樣她弄到第二架直升機，飛機帶來更多的士兵，還有毛洛・卡里亞斯。她表明態度，少了孫子她不會考慮離開那裡，儘管得步行走遍整個亞馬遜河流域也無所謂。

「凱特，妳真的那樣說嗎？」亞歷山大開心地問。

「不是因為你，亞歷山大，那是原則問題。」她嘟囔著。

那天晚上娜迪雅・桑多斯、凱特・寇德和歐麥菈・多瑞斯占用一個帳篷，盧多維克・勒布朗和提摩西・布魯斯使用另一個，毛洛・卡里亞斯睡他自己的，其他的男人都睡在樹木間的吊床上。他們在營地四側都設崗，並且讓煤油燈保持燃燒。儘管沒人大聲說出來，大家都認為這樣可以和**怪獸**保持距離。光線會把他們變成印第安人更容易發現的靶子，但是到那時為止，各部落從未在黑暗中進行攻擊，因為他們怕從人類噩夢裡逃出來的夜間魔鬼。

淺眠的娜迪雅睡了幾個小時，在半夜裡被凱特・寇德的鼾聲吵醒，確定女醫生也入睡之後，她命令波羅霸留在原地，自己安靜地溜到帳篷外面。她曾以高度注意力觀察過霧族人，決定模仿他們四處遊走卻不被注意的能力，就這樣，她發現那不僅是掩飾身體而已，也需要一種要變成非物質並刻意消失的堅定意志力。她需要專注才可以達到隱身的精神狀態，在這種狀態下，身體可能離另一個人一公尺遠卻不會被看到。她知道何時已達到那種狀態，因為她感受到身體非常輕盈，然後好像溶化掉，完全被抹除。她需要不分心，保持她的意圖，不可以讓神經網絡背叛她，那是唯一在他人面前保持隱蔽的方法。從帳篷出來時，她必須溜過離巡邏營地的哨兵相當近的距離，但是那樣做她卻一點都不害怕，因為她在周遭製造出來的特殊心靈磁場保護著她。

在朦朧月光照耀下的森林裡，娜迪雅一感到安全後，便模仿兩次貓頭鷹的歌唱聲，然後靜待著，一會兒後，覺得瓦利邁安靜來到身邊。她請求巫師向霧族人說話，說服他們走近營地來接種疫苗。她說，他們不能無盡期地躲藏在樹林的陰影下，要是他們企圖建造另一個新村落，會被那些「製造噪音和風的鳥」發現。她向巫師承諾會讓「拉哈坎納里瓦」保持在合理範圍內，「神豹」會和納伯族協商。她告訴老人，亞歷山大有個很能幹的奶奶，但是並沒試著跟他解釋在報章雜誌上寫作和發表的功能，她猜巫師不會了解那是指什麼，因為他不知道文字的存在，也從來沒看過一張有印刷的紙。她只能說那個奶奶在納伯族的世界裡有相當大的魔力，儘管她的魔力在「世界之眼」裡用途並不大。

亞歷山大・寇德則是睡在戶外一張吊床上，和其他人有點隔離。他期待晚上印第安人可以和他溝通說話，但是他沉睡得像塊石頭。他夢見黑豹，和他的圖騰動物相遇是如此地清晰又真實，以至於隔天不確定是夢見牠還是真的發生過。在夢裡他從吊床起身，小心翼翼離開營地，沒被哨兵看到。進去森林時，在火堆和煤油燈的光線照射範圍外，他看見黑色貓科動物躺在一棟巨大栗樹的粗大樹枝上面，牠的尾巴在空中搖晃著，眼睛在黑夜裡像耀眼的黃玉閃閃發光，就像他喝了瓦利邁神奇藥水時出現在他的幻象裡那般。牠的牙齒和爪子可以挖空一條鱷魚的內臟，強有力的肌肉使牠像風一般飛躍，牠的力量和勇氣讓牠可以面對任何敵人。那是一隻絕妙的動物，猛獸之王，太陽神之子，美洲神話的王子。在夢裡，男孩停在離美洲豹幾步路之遙，然後就像他在毛洛・卡里亞斯的庭院裡第一次的相遇，他聽見如洞穴低沉的聲音叫著他的名字、向他打招呼：亞歷山大……亞歷山大……，那聲音像個龐大的銅鑼在他腦內響著，一次又一次重複著他的名字。那個夢是什麼意思呢？黑豹想傳達給他的又是什麼訊息呢？

他醒來時營地所有的人都已經起床了。前晚逼真的夢境讓他很苦惱，他確定裡面有個訊息，但是他無法解讀。美洲豹出現時唯一說的字是他的名字，亞歷山大。其他什麼都沒說。他奶奶拿一大杯加了煉乳的咖啡走近，這是他以前根本不去品嘗的東西，但是現在卻覺得那是一份美味的早餐。一時衝動下，他對奶奶說出他的夢。

「人類的捍衛者。」他奶奶說。

「什麼？」

「那就是你的名字的意涵，亞歷山大是個希臘名字，意思是捍衛者。」

「凱特，他們為什麼給我取這個名字呢？」

「因為我。你父母親想給你取名約瑟夫，像你爺爺一樣，但是我堅持叫你亞歷山大，像亞歷山大大帝，古代的偉大戰士。我們在空中丟銅板，結果我贏了，所以你就取這個名字。」凱特解釋。

「妳怎麼會想到我該有那個名字呢？」

「這世界上有很多受難者得保護，有很多尊貴的事業需要捍衛，亞歷山大，一個戰士的好名字有助於為正義而戰。」

「妳會對我大失所望的，凱特，我不是英雄。」

「我們等著瞧吧！」她回答，把大杯子遞給他。

被上百隻眼睛盯著的感覺讓營地裡所有的人神經緊繃。最近幾年來，政府好幾個派來幫助印第安人的工作人員，反而都被他們想要保護的部落謀殺而死。有時候第一次接觸是友好的，大家交換禮物和食物，但是突然印第安人會緊握武器突擊他們。印第安人是不可預警又暴力的，阿里奧斯托上尉說，他完全同意勒布朗的那些理論，因此他無法鬆懈警戒，他們必須永遠保持戒備。娜迪雅插話說霧族人是不一樣的，但是沒人理會她。

歐麥菈・多瑞斯醫師解釋，最近十年來，她主要是在馴化的部落之間從事醫療工作；完全沒聽說過娜迪雅稱呼爲霧族人的印第安人。不管怎樣，她希望這次運氣比過去好，能夠在部落被感染之前幫他們接種疫苗。她承認之前好幾次她的疫苗都到得太晚，她幫印第安人注射，幾天後他們還是生病，上百人成群地死去。

那時盧多維克・勒布朗已經完全失去耐性。他的任務已是徒勞，必須空手而歸，因爲少了亞馬遜河流域赫赫有名的**怪獸**的消息。他要怎樣跟《國際地理雜誌》的編輯們交代呢？說一個士兵被分屍、死於詭異狀況，說他們暴露於一種相當令人不悅的氣味裡，他還非自願地倒在一種不知名動物的糞便中。坦白說，要證明**怪獸**的存在，那些都不具說服力。要談論那塊區域的印第安人，他也沒任何資料可以補充，因爲他甚至沒瞄到他們一眼。他已經可憐地浪費了自己的時間，現在卻看不到能回大學的時間表，在學校他可像英雄般被對待，也不用忍受蜜蜂叮咬以及其他的不便。他和團隊的關係乏善可陳，跟卡拉卡威的相處更是糟透了。那個被他雇用來當私人助理的印第安人在他們剛離開聖母瑪麗亞雨林後，就不再用香蕉葉幫他搧風，不爲他服務也就算了，甚而有之，還到處找他麻煩。勒布朗指責這位助理在他的袋子裡放了一隻活蠍子，在他的咖啡裡放了一條死毛毛蟲，還存心不良，把他帶到蜜蜂螫咬他的地方。探險隊的其他成員忍受教授是因爲他行徑非常古怪，他們可以在他面前揶揄嘲諷，他卻全然不知被影射。勒布朗自以爲身價頗高，他無法想像其他人不這麼認爲。

毛洛・卡里亞斯派遣好幾組士兵朝好幾個方向去勘查。他們不情願地出發，很快就回來了，沒有帶回部落的消息。他們也用直升機在那個區域上方盤飛，儘管凱特・寇德要他們知道那噪音會嚇走印第安人。女作家建議耐心等候：遲早他們會回到自己的村落的。她和勒布朗一樣，對**怪獸**遠比對原住民來得有興趣，因爲她必須寫那篇文章。

「亞歷山大，你有沒有**怪獸**的消息？你什麼都沒跟我說呢！」她問孫子。

「可能有，也可能沒有。」男孩回答，不敢看她的臉。

「那算哪門子的回答？」

大約中午時分，營地發出警報：一個人影從森林裡出來，膽怯地走近。爲了不嚇走那個人，毛洛・卡里亞斯命令士兵後退後，作出友好的手勢叫喚那個人。攝影師提摩西・布魯斯把照相機傳給凱特・寇德，自己則拿起錄影機，畢竟和一個部落做第一次接觸是獨一無二的機會。娜迪雅和亞歷山大馬上認出來訪者，那是伊優米，達比拉瓦－德里的首領中的首領。她一個人來，裸露，不可思議的老態，全身都是皺紋，沒有牙齒，撐著一根拿來當枴杖的彎棍子，一頂黃色羽毛的圓帽子塞在耳後。她一步步靠近，納伯族看得目瞪口呆。毛洛・卡里亞斯叫來卡拉卡威和馬杜維，問他們認不認得那個女人所屬的部落，但是他們都不認得。娜迪雅站出來。

「我可以和她說話。」她說。

「告訴她我們不會傷害她，我們是她的族人的朋友，希望他們不要帶武器來找我們，因爲我們有很多禮物要給她和其他人。」毛洛・卡里亞斯說。

娜迪雅自由地翻譯，並沒提到武器的部分，她不覺得那是個好主意，尤其看到士兵身上武器的數量。

「我們不要納伯族的禮物，我們要他們離開『世界之眼』。」伊優米篤定地回答。

「那沒用，他們不會離開的。」娜迪雅對老人解釋。

「那麼我的戰士們會殺了他們。」

「他們會有更多人來，更多更多，然後妳的戰士會全部死掉。」

「我的戰士們很強壯，這些納伯族人沒有弓也沒有箭，他們很煩人、笨拙，頭殼又軟弱無比，而且像小孩一樣容易受到驚嚇。」

「開戰不是解決辦法，首領中的首領，我們必須協商。」娜迪雅懇求。

「這個老女人到底說些什麼鬼話？」卡里亞斯沒耐心地問，因爲有好一會兒女孩沒翻譯了。

「她說她的族人好幾天沒吃東西，很餓。」娜迪雅立即瞎編。

「告訴她，我們會給他們要的所有食物。」

「他們怕武器。」她補充說，儘管事實上印第安人從沒看過手槍或步槍，也不知道那些武器致死的威力。

毛洛．卡里亞斯下個命令要那些人放下武器象徵親善，但是勒布朗受到驚嚇，插話提醒他們印第安人通常會在背地裡襲擊。考慮到這點，他們卸下機關槍，但是手槍還是掛在腰上。伊優米從歐麥菈．多瑞斯醫師手中收下一碗加了玉米的肉，往她來的地方離去。阿里奧斯托上尉想要跟蹤她，但是不到一分鐘的時間，她就在植物叢裡變成煙霧了。

那天剩餘的時間大家等候著，不停查看叢林，卻沒看到任何人，同時還要忍受勒布朗的警告，他可是等著一部隊準備撲食他們的食人族來；全副武裝的教授身邊圍著士兵，那位頭戴黃色羽毛帽子的裸體曾祖母造訪之後，他就不停地哆嗦。幾個小時過去了，沒有任何插曲，除了歐麥菈・多瑞斯醫師逮到卡拉卡威把手伸進她的疫苗箱裡，造成了片刻的緊繃氣氛。那已經不是第一次發生了。毛洛・卡里亞斯插手警告那個印第安人，如果再看到他靠近藥物，阿里奧斯托上尉會馬上將他逮捕入獄。

下午，他們都已經懷疑老女人不會再回來了，霧族人的整個部落卻具體成形出現在營地前。他們先看到女人和小孩，細薄、孱弱又神秘，之後又花了幾秒鐘的時間才看到男人，事實上戰士們之前已經抵達，早已圍成一個半圓形。霧族人由達哈馬帶頭，從虛無當中冒出來，無聲又壯大，用胭脂的紅色、煤炭的黑色、石灰的白色和植物的綠色畫成上戰場的樣子，身上裝飾著羽毛、牙齒、爪子和種子，手上拿著他們全部的武器；他們人在營地中央，但是外貌可以模擬環境模擬得唯妙唯肖，必須調整視線才可以清晰地看到他們。他們很輕，像乙醚，看起來像是被畫在風景裡，但是毫無疑問，他們也是凶悍的。

好長的幾分鐘過去，兩邊隊伍互相無聲地觀察對方，一邊是透明的印第安人，另一邊是不知所措的外地人。終於毛洛・卡里亞斯回神過來，開始行動，指示士兵送上食物並發放禮物。亞歷山大和娜迪雅難過地看著婦女和小孩收下想用來吸引他們的那些小玩意兒，他們知道這樣一來，這些看來無害的禮物將開啓部落的末日。達哈馬和他的戰士們站著保持警戒，沒鬆開武器。最危險的是他們粗重的棍棒，他們可以用棍棒在一秒鐘內撲擊；相反地，瞄準一支箭要花多一點時間，這會給士兵足夠的時間開槍。

「跟他們解釋疫苗的事，小美人。」毛洛・卡里亞斯命令女孩。

「娜迪雅，我叫娜迪雅・桑多斯。」她回答。

「那是爲他們好，娜迪雅，是要保護他們。」歐麥菈・多瑞斯醫師補充說明：「他們會怕打針，但是事實上那比蚊子咬還不痛。或許男士想要先注射，示範給婦女和小孩看……」

「那爲什麼您不先示範呢？」娜迪雅問毛洛・卡里亞斯。

總是掛在企業家古銅色臉上的完美微笑，在女孩的挑釁下抹散，一個絕對可怕的表情短暫地在他的雙眼穿梭而過。亞歷山大看到那一幕，認爲是種誇張的反應。他知道有人會怕打針，但是卡里亞斯的臉像是看到了吸血鬼德古拉伯爵。

娜迪雅翻譯之後，就和伊優米展開一長串的討論，討論中出現好幾次「拉哈坎納里瓦」這個名字，最後老女人同意考慮這件事，她說需要和部落商量。就在她們倆談論關於疫苗對話當中，伊優米突然低聲下個外地人無法感受到的命令，霧族人馬上就像出現時那樣消失不見。他們像影子般撤退到森林裡，沒讓人聽到任何腳步聲，也沒聽到一個字或嬰兒的一點哭聲。剩下來的夜晚裡，阿里奧斯托的士兵站著崗，等候隨時會發生的突擊。

半夜，娜迪雅感覺到歐麥菈・多瑞斯離開帳篷而醒來。她猜女醫生應該是去灌木叢裡方便，但是她心血來潮，決定跟蹤她。凱特・寇德保持她的一貫特色，睡得很沉又打鼾，不知道她兩個同伴忙進忙出。女孩像隻貓一樣安靜，使用剛學會的隱身能力前進。她躲在幾株蕨類後，在薄弱月光下看到女醫生的剪影。一分鐘後第二個人影走近，攬著女醫生的腰親吻她，娜迪雅詫異不已。

「我害怕。」她說。

「別怕，我的寶貝，一切都會好好的。兩天後我們會結束這裡的事，就可以回到文明世界了。妳知道我需要妳……」

「你真的愛我嗎？」

「當然，我愛妳入骨，我要讓妳非常幸福，妳會擁有一切想要的東西。」

娜迪雅偷偷摸摸地回到帳篷裡，躺在她的草蓆上裝睡。

和歐麥菈・多瑞斯醫師在一起的男人是毛洛・卡里亞斯。

早上霧族人回來了，婦女帶來裝著水果的籃子和一隻死大獏來回禮，因爲前一天他們收下禮物。儘管戰士沒卸下棒棍，態度看起來卻比較鬆懈，也表現出和婦女、小孩一樣的好奇心。他們沒走近奇特的「製造噪音和風的巨鳥」，就遠遠看著「大鳥」，然後摸摸納伯族的衣服和武器、擺姿勢給相機拍照，也戴上塑膠項鍊、試用砍刀和其他刀械，感到驚訝萬分。

歐麥菈・多瑞斯醫師認為那種氣氛適合開始她的工作。她要求娜迪雅，把保護他們免於受到傳染的急迫性再一次解釋給印第安人聽，但是這些人並沒有被說服。阿里奧斯托上尉沒用子彈強迫他們的唯一原因是凱特・寇德和提摩西・布魯斯在場；他無法在報章雜誌前訴諸魯莽的武力，他必須偽裝；上尉沒有其他辦法，只能耐心等候娜迪雅・桑多斯和部落間費時的討論。軍人的腦子裡從未閃過：用槍殺了他們來避免他們死於痲疹的作為並不合理。

娜迪雅提醒印第安人，「拉哈坎納里瓦」通常用可怕的瘟疫懲罰人類，而她是伊優米派任安撫這疾病的首領，所以他們必須聽從她。她自願第一個接受打疫苗，但是那卻讓達哈馬和他的戰士們感到羞辱。最後他們說，他們會當第一批人。她滿足地嘆了一口氣，翻譯出霧族人的決定。

歐麥菈・多瑞斯醫師指使在陰影下擺一張桌子，她打開針筒和藥罐，同時毛洛・卡里亞斯試著要部落排成一排，這樣才能確保沒人沒接種到疫苗。

這時娜迪雅把亞歷山大拉到一旁，跟他說前一晚她所看到的事。兩人都不知道該如何解釋那一幕，但是他們卻隱約覺得被背叛了。怎麼可能甜美的歐麥菈・多瑞斯會和毛洛・卡里亞斯有關係呢？就是那個「把心臟帶在手提箱裡」的男人耶！他們推斷毫無疑問，是毛洛・卡里亞斯誘惑了那位好醫生，不是聽說他很受女性歡迎嗎？娜迪雅和亞歷山大一點也看不出來那個男人有什麼吸引人的地方，但是他們猜想他的風度和財勢可以欺騙其他人。這個消息一定會像顆炸彈般對女醫生的愛慕者產生極大震撼：塞撒・桑多斯、提摩西・布魯斯，甚至於勒布朗教授。

「我一點也不喜歡這樣。」亞歷山大說。

「你也吃醋了？」娜迪雅笑他。

「不是！」他生氣地喊叫。「但是我覺得胸口這裡有東西，有種出奇沉重的東西。」

「那是幻境，我們在黃金城共同享有的幻境，你還記得嗎？當我們喝下瓦利邁的集體夢的藥水，我們大家都做同樣的夢，包括那些**怪獸**。」

「沒錯，那個夢很像我在開始這趟旅行前的一個夢：一隻巨大禿鷹擄走我母親，帶著她飛走。那時我把牠解釋成威脅她生命的疾病，我想禿鷹代表死亡。在特普伊桌山我們夢見『拉哈坎納里瓦』打破關住牠的箱子，印第安人被綁在樹上，妳記得嗎？」

「記得，納伯族還戴著面具，那些面具是什麼意思呢，『神豹』？」

「秘密、謊言、背叛。」

「你想爲什麼毛洛・卡里亞斯這麼有興趣要幫印第安人打疫苗呢？」

那個問題留在半空中，像支箭停滯在飛程中。兩個孩子互相對看，毛骨悚然。在那清醒的瞬間，他們察悟大家陷入的可怕陷阱：「拉哈坎納里瓦」就是瘟疫！原來威脅部落的死神不是一隻神話裡的鳥，而是一種更具體、更直接的東西。他們跑到村落中央，歐麥菈・多瑞斯正將針筒的針頭對準達哈馬的手臂。想都沒想，亞歷山大像顆流星衝向戰士身上，從背後把他拉倒在地上。達哈馬跳著站起來，拿起棍棒要把男孩像打蟑螂一樣壓扁，但是娜迪雅的號叫聲把戰士的武器喝止在半空中。

「不要！不要！『拉哈坎納里瓦』就在那裡面！」女孩喊叫，指著那些裝疫苗的瓶子。

塞撒・桑多斯想他女兒瘋了，試著抱住她，但是她掙脫了他的手臂，不停尖叫，用拳頭捶打擋路的毛洛・卡里亞斯，跑去和亞歷山大在一起。她以全速試著跟印第安人解釋她弄錯了，疫苗並不會拯救他們，相反地，會殺了他們，因為「拉哈坎納里瓦」就在針筒裡面。

第十八章　血跡

歐麥菈・多瑞斯醫師並沒有失去鎮定。她說那一切都是小孩的幻覺，熱氣把他們弄昏了，她還命令阿里奧斯托上尉把他們帶走。她隨即準備繼續被打斷的工作，儘管那時霧族人的情緒已經完全改變了。那時，阿里奧斯托上尉準備好要下令開槍，士兵們則一邊和娜迪雅和亞歷山大對抗，卡拉卡威向前走來，他在整個旅程沒說超過半打的字。

「慢著！」他喊叫。

面對整體的混亂，那個在整個旅程只說了半打字的人宣布他是原住民保護局的官員，他詳細解釋他的任務是查明為什麼亞馬遜河流域的部落會大批死亡，尤其是住在黃金和鑽石礦床附近的那些部落。他好久以來就懷疑毛洛・卡里亞斯，那個開墾那塊區域獲利最多的人。

「阿里奧斯托上尉，請您查收這些疫苗！」卡拉卡威下令：「我要拿去檢驗室檢測。如果我沒猜錯，那些罐子裝的不是疫苗，而是一種致死的麻疹病毒。」

阿里奧斯托上尉的回應是拿起他的武器瞄準，往卡拉卡威的胸膛開槍，官員當場倒地斃命。毛洛・卡里亞斯推了歐麥菈・多瑞斯醫師一把，拿出他的武器，就在塞撒・桑多斯跑去用他的身體遮擋那女人的時候，卡里亞斯耗盡手槍的子彈把桌上排成直線的罐子打成碎片，藥液散灑在地上。

這些事件發生得既快速又殘暴，之後沒人可以精確描述過程，每個人都有不同的說辭。提摩西・布魯斯的錄影機記錄下來部分的實況，其他就留在凱特・寇德拿著的照相機裡。

看到被打破的罐子，印第安人以爲「拉哈坎納里瓦」已經逃出監禁，回到牠食人鳥的模樣要吞食他們。在沒人可以阻止之前，達哈馬發出一聲令人毛骨悚然的咆哮，朝毛洛・卡里亞斯的頭上大力揮出棒棍，企業家像個布袋倒在地上。阿里奧斯托上尉轉身把武器對準達哈馬，但是亞歷山大撞上他的腿，娜迪雅的猴子波羅霸則跳到他的臉上。上尉的子彈消失在空中，給了達哈馬時間後退，已經拉緊箭弓的印第安戰士們保護著他。

在士兵們組織好並把手槍掏出槍套的短短幾秒鐘裡，部落就散開了。婦女和小孩像松鼠般逃走，消失在植物叢裡，男人們也在逃逸之前射出好幾支箭。士兵盲目地開槍，同時，有娜迪雅和波羅霸幫忙的亞歷山大還在地上和阿里奧斯托對抗。上尉用手槍槍托在他牙床骨上用力擊打，讓他處於半暈眩狀態，然後揮打娜迪雅和波羅霸幾個耳光。凱特・寇德跑去拯救孫子，把他拖離槍戰中心。一片喊叫和混亂當中，沒人聽到阿里奧斯托發號施令的聲音。

就那麼幾分鐘，村落染了血跡：除了卡拉卡威的屍體和奄奄一息的毛洛・卡里亞斯以外，有三個士兵中箭受傷，好幾個印第安人身亡。一個婦女被子彈射穿倒下，懷裡的嬰兒被丟到離她一步遠的地上。勒布朗從部落出現開始就保持相當的距離，躲在一棵樹後自我防衛，此刻他卻做了個大家意想不到的反應；到那時爲止他的神經一直處於高度緊張狀態，但是看到小孩暴露在暴力下，他不知哪兒來的勇氣，跑著穿越戰場，抱起可憐的幼兒。那是個幾個月大的嬰兒，身上濺滿了母親的血，死命地尖叫著。勒布朗留在那兒，暴露在一片混亂當中，他把嬰兒緊緊抱在胸前，因暴怒和驚慌失措而不停顫抖。他那些有如恐怖夢魘的理論被顛覆了：野蠻人不是印第安人，而是他們自己。最後他走近凱特・寇德，把幼兒交給她，那時她正試著用一點水清洗孩子流血的嘴巴。

「拜託，寇德，您是女人，您知道這要怎麼辦。」他對她說。

女作家訝異地接過小孩，張開雙臂抱住他，好像那是個花瓶似的；這麼多年來，她手上不曾有過嬰兒，不知道該拿他怎麼辦。

那時娜迪雅已經可以站起來了，她凝視著軀體遍布的戰場。她走近那些印第安人，試著辨識他們，但是父親強迫她後退，抱住她，叫她的名字，低聲說些有鎮定作用的話。娜迪雅可以看到伊優米和達哈馬不在那些屍體裡，她想至少霧族人還有兩個首領，因爲其他兩個，「天鷹」和「神豹」，並沒達到他們的期待。

「全部靠到那棵樹上！」阿里奧斯托上尉命令探險隊隊員。軍人臉色發青，手上拿著武器發抖，事情變得非常糟糕。

凱特・寇德、提摩西・布魯斯、勒布朗教授和兩個小孩都遵從他的指示。亞歷山大一顆牙齒斷了，嘴巴都是血，槍托打在牙床骨的事件讓他還發著愣；娜迪雅看來像休克，一聲喊叫哽塞在胸口，眼睛直盯著死去的印第安人和那些躺在地上哀嚎的士兵。歐麥菈・多瑞斯醫師無視於周圍一切，哭得唏哩嘩啦，她腿上撐著毛洛・卡里亞斯的頭顱。她親吻著他的臉，要求他別死，不要丟下她，她的衣服沾滿血跡。

「我們就要結婚了……」她像念禱文般一直重複念著。

「女醫生是毛洛・卡里亞斯的同謀。他說有個信賴的人和探險隊一起行動，就是指她，妳還記得嗎？我們竟然誣賴卡拉卡威！」亞歷山大喃喃對娜迪雅說話，但是她陷入驚嚇中，無法聽到他說話。

男孩察悟到，企業家用痲疹、瘟疫殲滅印第安人的計畫需要多瑞斯醫師的合作。好幾年以來，雖然政府當局努力要保護原住民，原住民卻一直大批死於痲疹和其他疾病。瘟疫一旦爆發，就沒什麼可做的了，因爲印第安人缺乏抵抗力；他們幾千年來一直都離群索居，身上的免疫系統無法抵抗白種人的病毒。一個普通的感冒就可以在短短幾天殺死他們，其他更嚴重的疾病更不在話下，研究那個問題的醫生們不懂爲什麼沒有一種預防措施奏效。沒人想像得到，受委託幫印第安人注射疫苗的歐麥菈・多瑞斯，就是給他們注射死亡毒液的人，她那麼做，只爲了讓她的情人可以占有他們的土地。

那個女人已經滅除了好幾個部落都沒引起懷疑，她企圖如法炮製對待霧族人。卡里亞斯到底向她承諾了什麼，讓她犯下如此滔天大罪？或許她不是爲了錢財，而只是因爲愛著那個男人。不管怎樣，是愛或貪婪，結果都是一樣：幾百個男人、女人和小孩遭受謀害。要不是因爲娜迪雅・桑多斯看到歐麥菈・多瑞斯和毛洛・卡里亞斯兩人親吻，那對情侶的意圖是不會被揭穿的，還得感謝卡拉卡威適時的干預——他用生命付出代價——那個計畫才失敗。

現在亞歷山大・寇德了解毛洛・卡里亞斯委派給《國際地理雜誌》探險隊隊員的角色了。被接種痲疹病毒兩個星期後，瘟疫便會在部落裡爆發，傳染病會快速蔓延到其他村落。屆時輕率的盧多維克・勒布朗教授會在世界報章雜誌前證明，和霧族人做第一次接觸時他也在場。這麼一來，便無法舉發任何人：當局已經採取必要預防措施保護村落了。人類學家有凱特・寇德的報導和提摩西・布魯斯的照片背書，就可以證明部落所有成員都注射過疫苗。在世人眼前，瘟疫將是個不可避免的不幸，沒人會懷疑其他可能，那樣毛洛・卡里亞斯便確定政府不會採取研究調查的行動。那是個乾淨俐落的殲滅手段，不像子彈或炸彈會留下血跡，好幾年來彈藥被用來對抗原住民，用來「清洗」亞馬遜河流域的土地，提供通道給礦工、走私者、墾荒者和冒險家。

聽到卡拉卡威的檢舉時，阿里奧斯托上尉失去理智，爲了保護卡里亞斯和他自己，一時衝動殺了這位官員，他那樣做是因爲他的制服給他的保障；在那個遙遠又幾乎沒人煙的地區，法律的長手臂並沒能伸進來，沒人會質疑他的話，那給他一種具危險性的權力。他是個既粗野又肆無忌憚的人，在邊界的崗位度過好幾年，已經習慣暴力；似乎他腰上的武器和軍官的頭銜並不夠，還需要毛洛・卡里亞斯的庇護。同時企業家也和政府最高階層有互動關係，他屬於統治階級，錢財萬貫、威望遠播，沒人會要求他做解釋的。阿里奧斯托和卡里亞斯合作，對雙方都有好處。上尉估算不到兩年就可以把制服掛起來離去，然後變成百萬富翁，到邁阿密生活；但是現在毛洛・卡里亞斯已經頭顱破裂躺著，已經不能庇護他了，那一切意味著已到了逍遙法外的盡頭。在政府面前，他必須爲卡拉卡威和躺在營地中間的印第安人的謀殺事件作辯解。

凱特・寇德懷裡還抱著嬰兒，她推斷她的性命和包括小孩在內的其他探險隊隊員的性命，都處於非常危險狀態，因爲阿里奧斯托會不惜代價，力求避免達比拉瓦—德里的事件流傳出去，這已經不是用汽油澆淋軀體、點火讓他們消失的單純問題。上尉的計畫適得其反：《國際地理雜誌》探險隊在場不再有利，而且還演變成嚴重的問題。他得把證人打發掉，但是必須非常謹慎行事，開槍處決他們不可能不惹上糾紛。不幸的是這些的外國人，身處遠離文明之地，上尉可以輕易掩蓋他們的蹤跡。

凱特・寇德確信，只要軍人決定要殺害他們，士兵們不會動一根手指頭來避免事情發生，也絕不敢檢舉長官，且雨林將會吞下一切罪行的證據。他們不能袖手旁觀等著被補上一槍斃命，他們必須做些什麼。沒什麼會損失的，情況已經不能更惡劣了。阿里奧斯托是個沒人性的人，此外他還很神經質，可能讓他們走上與卡拉卡威相同的命運。凱特腦子裡空無計畫，但是她想首先得讓敵人隊伍分心。

「上尉，我想當急之務是送那些人去醫院。」她提議，指著卡里亞斯和傷兵。

「閉嘴，老女人！」軍人回過頭來吼叫。

然而，幾分鐘後，阿里奧斯托命令把毛洛・卡里亞斯和三個士兵抬到一架直升機上。把傷患送上機前，他命令歐麥菈・多瑞斯試著從他們傷口上拔出飛箭，但是女醫生完全不理會：她的眼睛只盯在垂死的情人身上。凱特・寇德和塞撒・桑多斯埋頭用破布條製作臨時棉塞，避免不幸的傷兵繼續流血。

當那些軍人把傷患安頓在直升機上，同時試著用廣播和聖母瑪麗亞雨林聯繫，但卻徒勞無功時，凱特低聲向勒布朗教授解釋她對他們處境的畏懼，這位人類學家得到的結論跟她一樣：他們落在阿里奧斯托上尉的手上，比在印第安人或**怪獸**的手上更危險。

「要是我們可以逃到雨林裡去的話……」凱特低聲說。

這回這個男人的合理反應讓她頗爲訝異，凱特非常習慣教授的捶胸頓足和隨便喊話，所以看到他那樣平靜，反而自然而然幾乎把主導權讓給他。

「那會是個瘋狂行爲。」勒布朗篤定地回答：「離開這裡的唯一方法是搭乘直升機，關鍵在於阿里奧斯托。幸好他既無知又自負，那對我們有利。我們應該要裝作不懷疑他，再用詭計制伏他。」

「要怎麼做呢？」女作家問，一臉不相信。

「操弄。他受到驚嚇，因此我們可以給他機會救他一命，甚至讓他變成英雄離開這裡。」

勒布朗說。

「絕不！」凱特喊叫。

「別傻了，寇德，那不過是我們給他的機會，並不意味我們得實踐。一旦安全離開這個國家，盧多維克·勒布朗將會是第一人檢舉對這些可憐印第安人施暴的惡行。」

「我看您對印第安人的觀感已經有點改變了。」凱特·寇德嘰嘰咕咕說著。

教授不屑於回答。他把整個矮小身軀挺直，把噴濺著泥土和鮮血的襯衫拉整齊，朝阿里奧斯托上尉走去。

「我們要怎樣回到聖母瑪麗亞雨林呢？我敬愛的上尉！我們全部的人擠不下第二架直升機呀！」他說，手指著士兵和在樹旁等候的團隊。

「別插手管這件事！這裡由我下命令！」阿里奧斯托咆哮。

「當然！由您負責這些事真是令人欣慰，上尉，換個方式的話，我們的處境會非常窘困。」勒布朗溫和地評論，發愣的阿里奧斯托注意聽著。「要不是您的英雄風範，我們早就全死在印第安人的手裡了。」教授補充說。

阿里奧斯托稍微冷靜下來，他算著人數，看到勒布朗說的有道理，決定第一趟派一半的士兵隊伍回去。那樣一來，只剩他、五個士兵和探險隊隊員，但是既然這些隊員沒有軍備，就不構成危險。飛機開始飛行，離開地面起飛時製造出泛紅的塵霧。直升機往雨林的綠色冠層上方飛遠了，消失在天空中。

娜迪雅・桑多斯經歷這些事件時都緊抱著她父親和波羅霸，她後悔把瓦利邁的護身符留在玻璃蛋的窩巢裡，因爲沒有護身符的守護讓她覺得迷茫無助。突然她開始像貓頭鷹一樣啼叫。塞撒・桑多斯不知所措，以爲他可憐的女兒情緒遭受過多的刺激，變得歇斯底里。村落裡進行的那場戰役非常殘暴，傷兵的哀嚎聲和毛洛・卡里亞斯的那股鮮血都是令人毛骨悚然的場面；印第安人的軀體依然躺在他們倒下的地方，沒人理會收拾。嚮導推論娜迪雅被剛發生的粗暴事件弄得失常，此外沒有其他可以解釋女孩的哇叫聲。相反地，亞歷山大・寇德聽到他朋友的叫聲卻得掩飾他驕傲的笑容：娜迪雅正求助最後一招可能的解救辦法。

「把膠卷交給我！」阿里奧斯托上尉對提摩西・布魯斯提出要求。

對攝影師而言，那無非是交出他的性命。他對他的底片非常鍾愛，一卷都不曾脫手過，而且全部都仔細分類，放在他倫敦的工作室裡。

「我覺得您最好採取防範措施，不要遺失那些珍貴的底片，阿里奧斯托上尉。」勒布朗插話：「那些底片是這裡發生事件的證據，證明那個印第安人如何攻擊卡里亞斯先生，證明您勇敢的士兵如何倒在箭下，證明您本人如何被迫對卡拉卡威開槍。」

「那個人插手干涉他不該管的事！」上尉喊叫。

「當然！當然！他是個瘋子，他想阻止多瑞斯醫師盡守職責。他的指控根本沒大腦！我很遺憾那些疫苗罐子在吵雜打鬥中被破壞了。現在我們永遠不知道裡面裝的是什麼東西，也就無法證實卡拉卡威說謊。」勒布朗詭計多端地說。

阿里奧斯托做了一個鬼臉，在其他狀況那或許可以解釋成笑容。他把武器放到腰上，擱下底片這件事，第一次沒用喊叫聲回話。或許這些外國人什麼都沒懷疑，比他想像的還要更蠢，他心裡咕噥著。

凱特・寇德張大嘴巴聽著人類學家和軍人的對話，她從來沒想過慌張又愛管閒事的勒布朗竟然可以這麼鎮定。

「別叫了，娜迪雅，拜託。」娜迪雅第十次重複貓頭鷹的叫聲時，塞撒・桑多斯請求她。

「我想我們會在這裡過夜，您要我們準備點東西當晚餐嗎？」勒布朗親切地提議。

軍人允許他們煮菜並在營地裡走動，但是他命令他們保持在半徑三十公尺以內，好讓他可以看得到他們。他指使士兵收拾印第安人的死屍，全部放到同一個地方，隔天可以埋了或燒掉。晚上的那幾個小時他有時間決定怎麼處置那些外國人。桑多斯和他的女兒可以消失不見，沒人會問起他們，但是對其他人就得謹慎行事了。盧多維克・勒布朗是個名人，老女人和男孩是美國人。他的經驗裡，一個美國人發生事情，總是會有調查行動的：那些目中無人的美國佬總是自以爲是世界的主人。

雖然是勒布朗教授出的主意，卻是塞撒・桑多斯和提摩西・布魯斯張羅晚餐，因爲人類學家連水煮蛋都不會煮。凱特・寇德推說只會做肉丸子，那裡沒有材料；此外，她忙著用小湯匙試著給嬰兒餵食煉乳加水的溶液。這時候，娜迪雅坐下來仔細查看茂密叢林，偶爾重複著發出貓頭鷹的叫聲。在她一道謹慎命令下，波羅霸跳離她的懷抱跑開，消失在森林裡。半小時後阿里奧斯托上尉又記起膠卷的事，拿出勒布朗的話當藉口，逼迫提摩西・布魯斯把底片交給他，表示底片在他的手裡會比較安全。英國攝影師極力辯解甚至企圖賄賂他都沒用，軍人堅持到底。

他們輪班吃飯，士兵則一邊監視，然後阿里奧斯托命令探險隊隊員回到帳篷裡睡覺，他說，要是有人襲擊的話，隊員在那裡會受到較佳的庇護，不過真正的原因是這樣可以比較好控制他們。娜迪雅和凱特・寇德與嬰兒共用一個帳篷，勒布朗教授、塞撒・桑多斯和提摩西・布魯斯用另一個。上尉沒忘記亞歷山大怎樣攻擊他，對他恨之入骨，對他來說，都是那兩個臭小孩的錯，特別是要命的美國男孩，他才會捲入這麼一個大亂子裡，毛洛・卡里亞斯的腦袋已經變成泥漿，印第安人已經逃走了，他變成百萬富翁到邁阿密居住的計畫陷入嚴重危機。亞歷山大對他無非是個風險，理應受到懲罰。他決定把他和其他人隔離，下令把他綁在營地另一端的一棵樹上，和其他隊員的帳篷離得遠遠的，也離煤油燈遠遠的。凱特・寇德憤怒地抗議孫子所受到的對待，但是上尉要她住嘴。

「或許這樣比較好，凱特。『神豹』非常聰明，他一定會想到逃走的方法。」娜迪雅低聲說。

「阿里奧斯托想在晚上殺掉他，我確定。」女作家回答，因憤怒而顫抖。

「波羅霸去尋求救援了。」娜迪雅說。

「妳相信那隻小猴子救得了我們？」凱特喘著氣。

「波羅霸很聰明。」

「小女孩，妳的頭腦有毛病！」奶奶喊叫。

幾個小時過去，營地裡沒人睡得著覺，除了嬰兒，他哭得筋疲力盡睡著了。凱特‧寇德把他安頓在一捆衣服上面，自問要拿那個不幸的幼兒怎麼辦：她這輩子最不想要的就是負責一個孤兒了。女作家保持警戒，她相信任何時刻阿里奧斯托都可能先殺掉她的孫子，然後馬上殺掉其他人，或許相反，先殺他們，然後再用某種緩慢又駭人的死法報復亞歷山大，那個男人非常危險。提摩西‧布魯斯和塞撒‧桑多斯也是把耳朵貼在他們的帳篷上，試著猜測外面士兵的動靜。相反地，勒布朗教授則是推說要方便而走出他的帳篷，並留下來和阿里奧斯托上尉聊天。人類學家意識到每過一個小時他們的風險就會越高，也意識到最好是讓上尉分心，所以他邀請軍人玩一輪牌局，一起分享凱特‧寇德提供的一瓶伏特加。

「別想把我灌醉，教授。」阿里奧斯托提醒他，卻把自己的酒杯倒滿。

「您怎會這樣想呢？上尉！就一口伏特加不會對一個像您這樣的男人產生影響的。夜晚長得很，我們可以好好享受一下。」勒布朗回答。

第十九章　守護

就像經常發生在高原上的情景一樣，溫度在日落時急降。士兵們已經習慣低地的燠熱，裹在依然浸滿午後雷雨的衣服裡哆嗦著。沒有任何士兵可以睡覺，在上尉的命令下，每個人都要在營地周圍站崗。他們兩隻手緊握著武器，保持警戒。他們已經不僅是怕雨林裡的魔鬼或是**怪獸**出現，還怕印第安人，霧族人可能隨時回來替死去的族人報復。士兵有軍火的優勢，但是印第安人熟悉地勢，還擁有從虛無當中冒出來的那種令人發毛的特異功能，有如孤魂野鬼。要不是有那些軀體堆在一棵樹旁，他們會認爲，霧族人不是人類，子彈也傷害不了他們。士兵們焦慮地等待著早晨，想要盡快飛離那裡；在黑暗中時間過得很慢，森林四周的聲響變得很恐怖。

凱特・寇德盤腿坐在女人帳篷裡熟睡的小孩旁邊，她思索該如何幫助孫子，如何活命離開「世界之眼」。火堆透過帳篷稍微滲進來的光線中，女作家可以看到娜迪雅的剪影，她裹在她父親的背心裡。

「我現在要出去……」女孩低語。

「妳不可以出去！」女作家攔住她。

「沒人看得到我，我可以隱身。」

凱特・寇德拉住女孩的手臂，確定她在胡言亂語。

「娜迪雅，妳聽我說……妳不是隱形人，沒人是隱形人，那是幻想。妳不可以離開這裡。」

「我可以。您別出聲，寇德女士。請您照顧這小孩直到我回來，然後我們把他交還給他的部落。」娜迪雅低聲地說，她聲音裡透露著堅定和冷靜，凱特沒敢留下她。

娜迪雅・桑多斯首先把自己安頓在隱形的精神狀態，像她跟印第安人學的那樣，再縮小到虛無、到純粹的透明靈魂。然後她無聲地打開帳篷封線，由陰影掩護溜到外面去。她像隻悄然的雪鼬，通過教授和上尉玩牌的桌子幾公尺距離的地方，經過徘徊在營地的武裝警衛兵面前，走過亞歷山大被綁的樹前，沒有任何人看到她。女孩遠離油燈和火堆的搖晃光圈，消失在樹林裡。很快地貓頭鷹的啼叫聲打斷了蟾蜍的鳴叫聲。

亞歷山大也像士兵們一樣冷得打哆嗦，他的腿麻掉了，雙手手腕被繩子捆住受到壓迫而腫脹。他的牙床骨疼痛不已，可以感覺到嘴皮緊繃，應該瘀青得很嚴重。他用舌頭碰觸斷裂的牙齒，覺得上尉的槍托擊中的齒齦腫脹難堪。他試著不去想眼前將延續的幾個黑暗時辰，或是被殺害的可能。爲什麼阿里奧斯托把他和其他人隔離呢？他計畫要對他做什麼呢？他想成爲黑豹，想擁有那隻偉大貓科動物的力氣、凶猛和敏捷，想變成有強健的肌肉還有爪子、牙齒，來對抗阿里奧斯托。他想到在他袋子裡等候的那瓶健康水，想著他該活著離開「世界之眼」，把水帶給他母親。他對家人的記憶模糊不清，像一張失焦照片的模糊影像，照片裡母親的臉不過是個蒼白的色塊。

他開始點頭打瞌睡，被疲憊打敗，這時突然感到有雙小手觸摸他。他吃驚地直起身子。在黑暗中他可以辨識出是波羅霸在嗅他的脖子，猴子抱著他，在他耳邊哀嚎。波羅霸，波羅霸，少年低聲叫著，感動得眼睛充滿淚水。那不過是一隻松鼠大的猴子，但是牠的出現卻燃起他如浪濤的希望。他讓動物撫摸他，深深感到安慰。那時他發現身旁有另個東西出現，是個隱形又無聲的東西，掩護在樹的陰影裡。他一開始以為是娜迪雅，但是馬上發現是瓦利邁。矮小的老人彎身在他身旁，他可以感受到巫師身上的煙霧味，但是不管怎樣調整視線就是看不到人。巫師把一隻手放在他的胸上，好像在找他的心跳。那隻友情之手的重量與溫熱傳遞勇氣給男孩，他覺得安穩多了，不再顫抖，也可以清楚地思考。小刀，小刀，他低語。他聽到金屬喀啦被打開了，很快小摺刀的刀鋒滑向他的綁繩上。他沒動。天色黑暗，而瓦利邁從沒使過刀，可能會切斷手腕，但是一分鐘後，老人就割斷綁繩，拉著他的手臂，引領他朝雨林走去。

在營地裡，阿里奧斯托上尉已經結束牌局，伏特加瓶子裡也什麼都沒剩。盧多維克・勒布朗想不出怎樣讓他分心，而離天亮還有好幾個小時。酒精並沒有像他預期的把軍人弄暈，上尉真的有個鋼製的肚子。於是他提議他們可以用無線電發報機，看看是否可以和聖母瑪麗亞雨林的軍營聯繫。他們在震耳欲聾的沙沙聲中操弄著機器好一會兒，但是根本不可能和接線員聯繫上。阿里奧斯托很擔心；他離開軍營並不妥當，應該盡快回去才對，他需要控制士兵描繪達比拉瓦—德里事件的各種版本。他的士兵會怎樣描述呢？他應該發個公文給他那些陸軍上屬，並在謠言傳播之前和報章雜誌對質。歐麥菈・多瑞斯已經喃喃說些關於痲疹病毒的事。如果她開始說話就完蛋了。好蠢的女人呀！上尉含糊地說。

阿里奧斯托命令人類學家回到帳篷去，自己在營地繞了一圈，證實手下都盡本份地站崗，然後他朝綁著美國男孩的那棵樹走去，準備好好和他玩一會兒。就在那時一股臭氣像棍棒般把他擊倒。那股衝擊力把他從背後拉倒在地上。他想把手移到腰部拿取武器，但是無法移動。他感到一陣嚴重惡心，心臟在胸腔裡爆開來，然後就什麼都沒了。他陷入無意識的狀態，沒能看到**怪獸**矗立在三步遠的距離內，用牠諸多腺體的致死惡臭直接噴灑在他身上。

怪獸令人窒息的惡臭侵入到營地其他部分，先扳倒士兵，然後扳倒被帳篷保護的其他人。不到兩分鐘的時間，沒有人還站著。兩三個小時的時間之久，一種可怕的寂靜籠罩著達比拉瓦—德里和附近的雨林，甚至鳥兒和動物都被惡臭嚇到而逃竄了。同時進行攻擊的兩隻**怪獸**以慣有的遲緩撤走，但是惡臭持續了大半夜的時間。營地裡沒人知道那幾個小時所發生的事，因為他們到了隔天早上才恢復知覺。稍後他們看到腳印，可以得到幾個結論。

亞歷山大的肩上騎著波羅霸，他跟著瓦利邁避開植物叢在黑暗中行走，一直到營地搖晃的光線完全消失。巫師像是在大白天前進一樣，或許跟隨著他的天使妻子，但亞歷山大看不到她。

他們在樹林裡蜿蜒前進好一會兒，最後老人找到之前留下娜迪雅，讓她等待他的地方。娜迪雅•桑多斯和巫師在下午和晚上的大半時間都藉著貓頭鷹的叫聲溝通，一直到她可以離開營地和他相聚一起。兩個年輕朋友見到面抱在一起，波羅霸則掛在牠主人身上快樂地尖叫。

瓦利邁證實了他們已經知道的事：部落監視著營地，但是族人已經學會害怕納伯族的魔力，不敢面對他們。戰士們那麼靠近，可以聽到嬰兒的哭聲，同樣也聽到還沒得到應有喪禮的死者頻頻呼喚。被殺害的那些男人和那個女人的靈魂還黏在屍體上，瓦利邁說；沒有一個合宜的儀式、沒有復仇，他們是不能脫離的。亞歷山大向他解釋原住民唯一的希望就是夜晚襲擊，因爲白天納伯族會用「製造噪音和風的鳥」跑遍「世界之眼」，直到找到他們爲止。

「如果他們現在攻擊，有些人會死，但是不那樣做，整個部落會被殲滅。」亞歷山大說，並補充表示，他準備帶領他們一起搏鬥，爲了那樣他才接受成年禮的：他也是個戰士。

「戰爭的首領：達哈馬，以及和納伯族協商的首領：你。」瓦利邁回答。

「要協商已經太晚了，阿里奧斯托是個殺人凶手。」

「你說過有些納伯族是壞人，其他的納伯族是朋友。那些朋友在哪裡？」巫師堅持問道。

「我的奶奶還有營地裡的幾個男人是朋友，阿里奧斯托上尉和他的士兵是敵人，我們無法和他們協商。」

「你的奶奶和她那些朋友必須和納伯族敵人協商。」

「那些朋友沒有武器。」

「他們沒有魔力嗎？」

「在『世界之眼』他們的魔力不強。但是離這兒較遠的地方，在城市裡，在世界其他地方，有其他魔力高強的朋友。」亞歷山大・寇德拿出論據說著，爲語言的限制感到絕望。

「那麼你該去那些朋友那裡。」老人下個結論。

「怎麼去？我們被困在這裡啊！」

瓦利邁已經不再回答其他問題了。他蹲著凝視黑夜，由他妻子陪著，她已經採用最透明的身形，所以兩個小孩沒人能夠看到她。亞歷山大和娜迪雅好幾個小時沒睡，他們靠得很緊，試著彼此傳熱，沒說話，因爲沒什麼好說的。他們想著等待凱特・寇德、塞撒・桑多斯和其他隊員的命運會是什麼；他們想著注定滅亡的霧族人；想著百年樹懶和黃金城；想著健康水和玻璃蛋。他們兩人受困在雨林裡，自己的命運又是什麼呢？

一股可怕的臭氣突然沖到他們這邊，因距離遠所以比較稀薄，但是完全可以認得出來是臭氣。他們跳著站起來，但是瓦利邁卻沒動，好像本來就在等待臭氣。

「是**怪獸**耶！」娜迪雅叫喊。

「可能是，也可能不是。」巫師無動於衷地評論。

剩下的夜晚變得很漫長，即將天亮前的寒冷嚴冽，讓年少的孩子們和波羅霸蜷縮在一起，冷得牙齒直打架，巫師老人卻保持不動等候著，視線消失在陰影中。隨著最初的天亮跡象，猴子們和鳥兒都醒來了，於是瓦利邁做個出發的手勢。他們跟著他在樹林裡好一會兒，直到太陽光已穿過枝葉時，他們才來到營地前。火堆和燈光都被熄滅了，四處沒有生命跡象，惡臭還充斥在空中，好像一百隻臭鼬同時在那地方噴灑過臭氣。他們用手遮蓋著臉，進入不久前還是達比拉瓦—德里安寧村落的周界線內。帳篷、桌子、爐灶，所有東西都散躺在地上；還有剩菜丟得到處都是，但是沒有任何猴子或鳥隻在渣堆和垃圾裡刨扒，因爲他們不敢挑釁**怪獸**的劇烈惡臭。甚至波羅霸都躲得遠遠的，在好幾公尺外又叫又跳。瓦利邁面對惡臭表現出前晚面對寒冷同樣的無謂。年少的孩子們沒有其他方法，只能跟著他。

沒看到任何人，沒有探險隊隊員的足跡，沒有士兵或阿里奧斯托上尉的足跡，也沒有被殺害的印第安人的屍體。武器、行李，甚至提摩西•布魯斯的照相機都在那裡；他們也看到亞歷山大被綁的那棵樹附近的泥土被一大片血跡染暗了。這次短暫的檢查，看來令瓦利邁相當滿意，隨後蒼老的他開始撤退。兩個小孩沒發問，跟在後面啓程，他們被惡臭熏得頭昏得厲害，幾乎沒辦法站立。隨著他們走遠，肺腔也充滿清晨新鮮的空氣，慢慢地恢復了精神，但是太陽穴不停跳動，還覺得惡心。走沒多久後，波羅霸加入他們，小團隊深入雨林內部。

好幾天前，達比拉瓦—德里的居民看到那些「製造噪音和風的鳥」在天上環繞，就逃離村落，丟下他們稀少的所屬物品和家畜，這些東西會阻礙他們的隱藏功力。他們在植物叢的遮掩下，移動到另一個安全的地方，並在那兒的樹冠裡搭設臨時住所。阿里奧斯托派遣的士兵小組經過，離他們很近，卻沒看到他們，相反地，外地人的所有動靜都被達哈馬以及掩飾在大自然裡的戰士們觀察入眼。

伊優米和達哈馬用很長的時間談論納伯族，也討論「天鷹」和「神豹」建議接近納伯族的好處。伊優米認爲她的族人不可以像猴子般永遠躲在樹林裡：拜訪納伯族的時間到了，接受他們的禮物和疫苗是不可避免的。達哈馬的看法是寧可死於搏鬥；但是伊優米是首領中的首領，最後她的論點占上風。她決定當第一個走近納伯族的人，因此她單獨到達營地，戴著黃色羽毛裝飾的華貴帽子，向外地人表示誰是主導者。看到剛從聖山回去的「神豹」和「天鷹」出現在外地人之間，讓她很安心。他們是朋友，可以翻譯，因此當那些穿著惡臭破布條的可憐人類在她面前，她不會覺得無助。納伯族友好地接待她，毫無疑問他們被她威嚴的舉止和皺紋的數量嚇到了，那證明她活了好久、吸收了很多的知識。儘管他們給她食物，老女人還是不得不要求他們離開「世界之眼」，因爲他們在那裡打擾到部落；那是她最後的發言，她不打算協商。伊優米莊嚴地退出，帶回一只裝了玉蜀黍和肉塊的碗，篤信她無上尊嚴的威力已經嚇到納伯族。

眼見伊優米拜訪成功，部落的其他人也鼓起勇氣，仿效她的成功事蹟。就這樣他們回到現在已經被外地人蹂躪的村落所在地，外地人顯然不了解最基本的謹愼和禮貌的法則：沒受邀請是不得拜訪夏波諾的。在那兒印第安人看到閃亮的「大鳥」、帳篷和奇怪的納伯族，霧族人聽過那些人非常駭人的故事。那些舉止粗野的外地人應該在頭上挨幾個重棒棍，但是在伊優米的命令下，印第安人應該要對他們有耐心。印第安人爲了不得罪他們而接受對方的食物和禮物，然後去打獵並採收蜂蜜和水果，這樣才能回報、酬謝已收受的禮物，那樣才有教養。

隔天，當伊優米確定「神豹」和「天鷹」還在那兒，她允許部落再度出現在納伯族面前接種疫苗，她或任何人都無法解釋那時所發生的事。不知道爲什麼外地小孩這麼堅持打疫苗的必要性後，卻又突然跳出來阻止。他們聽到一種陌生的聲音，像是短雷的聲音。看到罐子破裂，「拉哈坎納里瓦」跳出來，以牠隱形的模式攻擊印第安人，讓他們沒受到弓箭或棒棍襲擊便倒地而死。戰役的暴力下，其他人盡量逃亡，不知所措，也弄不清楚狀況。他們已經不知道誰是朋友，誰又是敵人了。

終於瓦利邁到來，給了他們幾個解釋。他說「天鷹」和「神豹」這兩個小孩是朋友，應該受到幫助，但是所有的其他人都是敵人；而「拉哈坎納里瓦」已衝破牢籠自在遊走，可能以任何形式出現：需要非常有力的咒語才能派送牠回到鬼魂王國裡。他說，他們需要求助於神。於是，那兩隻還沒回去神聖特普伊桌山、還在「世界之眼」徘徊的龐大樹懶，被呼喚而來，整個夜晚將牠們引領到已成廢墟的村落。牠們從來不會主動靠近印第安人的住所，千萬年來都不曾那樣做過。瓦利邁必須讓牠們了解那已經不是霧族人的村落，因爲已被納伯族的出現和在那地上所犯的謀殺罪行給糟蹋了。達比拉瓦─德里必須在「世界之眼」的其他地方重建起來，離那兒遠遠的，而且新的地點得讓人類的靈魂和祖先的鬼魂覺得舒適自在，也不會讓惡行汙染尊貴的土地。兩頭**怪獸**負責噴灑納伯族的營地，一起消滅了朋友和敵人。

達哈馬的戰士們得等候好幾個小時，直到惡臭消散到可以靠近的程度。接著他們先收拾印第安人的軀體一起帶走，要爲他們準備一個合宜的喪禮，然後又回來找其他人的軀體，拖在地上拉走，包括阿里奧斯托上尉已被神明的可怕爪子分屍的屍體。

納伯族人一個個醒過來。他們躺在雨林一塊空地上，異常驚愕，甚至不記得自己的名字。更不用說記得怎麼到那個地方了。凱特・寇德是第一個有反應的人。她沒概念自己身在何處，也不知道營地、直升機、上尉那些事，尤其不記得孫子所發生的事。她想起嬰兒，四處尋找，但是沒找著。她搖了搖其他人，他們慢慢清醒。每個人的頭和關節都疼痛得要命，然後嘔吐、咳嗽還哭泣，覺得像被棍子打昏一樣，但是沒人身上有暴力的痕跡。

最後一個睜開眼睛的是勒布朗教授，那個經驗對他產生重大影響，他無法站起身來。凱特・寇德想到來一杯咖啡和一口伏特加對大家都好，但是他們沒有任何東西可以往嘴裡送。**怪獸**的惡臭還滲透在他們的衣服、頭髮和皮膚上；他們必須拖著身子到附近一條溪流，潛在水裡很長一段時間。少了武器和上尉，五個士兵感到迷茫無助，因此當塞撒・桑多斯負起指揮大責時，他們都乖順地服從，一聲都不吭。提摩西・布魯斯因爲曾那麼靠近卻沒拍到**怪獸**而感到不快，他想回到營地去找照相機，但是不曉得該往哪個方向走，看來沒人打算陪他去。曾陪凱特・寇德到過戰場、災難現場和許多歷險場合的冷漠英國人，臉上鮮少不掛著嫌惡的神情，但是最近這些事件讓他變得脾氣更暴躁。凱特・寇德和塞撒・桑多斯只想到孫子和女兒。孩子們在哪兒呢？

嚮導非常注意地檢查地面，找到斷裂的樹枝、羽毛、種子和霧族人的其他痕跡。他推斷是印第安人把他們帶到那裡，救了他們一命，要不是那樣，他們早就窒息死掉或被**怪獸**分屍了。儘管這樣，他還是無法解釋爲什麼印第安人沒利用機會殺了他們，這樣可以替同族死者報仇。如果可以思考的話，勒布朗教授也不得不再度檢視一次他關於那些部落的凶殘理論，但是可憐的人類學家臉朝著地面哀哀嚎叫，惡心加頭痛讓他幾乎處於瀕死狀態。

大家都確定霧族人會回來，事情也是這樣發生；突然整個部落從叢林裡冒了出來。他們移動時絕對無聲，幾秒鐘就變成人形，這種不可思議的能力讓他們在被發現之前便將外地人包圍住。得對印第安人的死負責的士兵們，像幼兒般發抖。達哈馬走近，把視線盯在他們身上，但是沒有碰他們；也許他想那些「毛毛蟲」根本不值得像他那樣尊貴的戰士好好揮上幾個棍擊。

伊優米往前走了一步，以她的語言發表一長串沒人聽得懂的演說，然後抓起凱特·寇德的襯衫，開始在她臉上兩公分的距離吼叫一些話。女作家唯一想到的是抓住戴黃色羽毛帽子的老女人的肩膀，同時以英文對她喊叫。就這樣兩個奶奶僵持了好一陣子，彼此用不懂的語言痛罵對方，直到伊優米罵累了，轉身去坐在一棵樹下。其他的印第安人也坐下來，他們之間七嘴八舌，吃著手上傳來傳去的那些在樹根間找到的水果、核桃和菇類，同時達哈馬和他好幾個戰士保持警備，但是沒襲擊任何人。凱特·寇德在一個年輕女孩的懷裡辨識出照顧過的嬰兒，她很高興嬰兒經過**怪獸**的致死惡臭倖存下來，回到親人的懷裡。午後，瓦利邁和兩個小孩出現了。凱特·寇德和塞撒·桑多斯跑去迎接，欣慰地擁抱他們，因爲之前擔心再也看不到小孩了。娜迪雅的出現讓溝通變得簡單多了；她可以翻譯，如此便可以澄清許多疑點。外地人得知印第安人還沒把他們同胞的死跟士兵的軍火聯想在一起，因爲他們從沒看過那些武器。他們唯一想要的是在另一個地方重建村落，喝下死者的骨灰，恢復一向享有的和平。他們想要把「拉哈坎納里瓦」送回牠自己的地方，讓牠和魔鬼爲伍，想把納伯族趕出「世界之眼」。

勒布朗教授稍微平復一點了，但仍然因爲不舒服而有點頭昏，他開始發言。他遺失了有小羽毛的澳大利亞帽，而且和大家一樣又髒又臭，衣服都是**怪獸**的臭味。娜迪雅負責翻譯，特地調整一下句子，免得印第安人認爲所有的納伯族都像那個矮小男人一樣傲慢自負。

「各位可以安心了。我個人保證將負責保護霧族人。盧多維克・勒布朗說話的時候，全世界都在聽。」教授保證。

他補充說會發表所見事件的觀感，不僅發表在《國際地理雜誌》的文章裡，還要寫另一本書。他保證，多虧有他，「世界之眼」將會被列爲原住民保護區，免於任何形式的開發。他們將會看到盧多維克・勒布朗是什麼人物的！

霧族人不了解那些枯燥無味的說辭，但是娜迪雅概括地說，他是個納伯族朋友。凱特・寇德補充說她和提摩西・布魯斯也會幫助勒布朗的計畫，因此他們也被加入納伯族朋友的等級。最後，在看誰是朋友、誰是敵人沒完沒了的商討後，原住民同意隔天帶領大家回到直升機停放的地方。大家希望到時候**怪獸**在達比拉瓦—德里留下的臭味會減弱。

向來實際行事的伊優米命令戰士們去狩獵，同時婦女則準備火堆和幾個吊床準備過夜。

「亞歷山大，我再跟你重複一次我之前問過的問題，你對那隻**怪獸**知道多少？」凱特・寇德對孫子說。

「不是一隻，凱特，是好幾隻。牠們看起來像巨大的樹懶，那是非常古老的動物，也許是石器時代或更久的。」

「你看到牠們了？」

「如果沒看到，我沒有辦法描繪牠們的，妳不覺得嗎？我看到十一頭，但是我認爲還有一兩頭在這附近繞著。牠們看起來像是新陳代謝很緩慢，活了好多年，或許好幾個世紀。牠們可熟記東西，記性很好，而且妳不會相信，牠們會說話。」亞歷山大解釋。

「你在開我玩笑吧！」他奶奶喊叫。

「是真的。我們這樣說吧！牠們口才不是非常好，但是牠們和霧族人說同一種語言。」亞歷山大・寇德開始向她報告，爲了換取印第安人的保護，那些動物保存了霧族人的歷史。

「有一次妳告訴過我印第安人因爲記性好，所以不需要文字，那些『樹懶』就是霧族人活生生的記憶體。」男孩補充說明。

「亞歷山大，你在哪裡看到牠們的？」

「我不可以告訴妳，那是個秘密。」

「我猜牠們住在你找到健康水同樣的地方……」奶奶大膽假設。

「可能是，也可能不是。」她孫子回答，語帶嘲弄。

「亞歷山大，我需要看到那些**怪獸**，也需要把牠們拍下來。」

「為什麼呢？就為了一本雜誌的一篇文章？那將會是那些可憐動物的大限之日，凱特，有人會來獵捕牠們，關到動物園裡，或者在實驗室裡研究牠們。」

「我總該寫點東西吧！因這緣故他們才聘用我的……」

「那妳就寫**怪獸**是個傳說，純粹是迷信。我向妳保證好久好久的時間都不會有人再看到牠們，大家會忘掉牠們。書寫關於霧族人還比較有趣，那個好幾千年來保持不變的族群還可以隨時消失不見呢！妳就說有人就要幫他們注射麻疹病毒，像曾幫其他部落注射過那樣；妳可以讓他們成名，這樣可以拯救他們免於被殲滅，凱特。妳可以變成霧族人的守護人，用點詭計就可以讓勒布朗成為妳的盟友。妳的筆可以把一點正義帶到這邊來，妳可以檢舉像卡里亞斯和阿里奧斯托那些壞人，質疑軍人的角色，並把歐麥菈・多瑞斯帶到法庭面前。妳必須做點事，否則很快就有其他惡棍會在這一帶犯下罪行，卻同樣永遠逍遙法外。」

「我看你這幾個星期已經長大不少，亞歷山大。」凱特・寇德坦承，表現出讚賞的表情。

「奶奶，妳可以叫我『神豹』嗎？」

「就像汽車的牌子？」

「對。」

「每個人都有他的喜好，我可以隨你想要的方式叫你，只要你別叫我奶奶。」她回答。

「好，凱特。」

「好，『神豹』。」

那天晚上納伯族和印第安人簡便吃了烤猴子當晚餐。自從那些「製造噪音和風的鳥」來到達比拉瓦—德里，部落就失去他們的菜園、香蕉和木薯，他們也因爲不要引起敵人的注意而無法生火，好幾天都餓著肚子。凱特·寇德嘗試要和伊優米以及其他婦女交換訊息的同時，勒布朗教授抗拒不了誘惑，頻頻向達哈馬詢問部落的習慣和戰爭的藝術。負責翻譯的娜迪雅發現達哈馬邪惡的幽默感，他跟教授說了一連串天馬行空的話。中間他還對教授說，他是伊優米的第三個丈夫，從沒生過小孩，因此破除了勒布朗關於「男人中的男人」遺傳至上的理論。不久的將來，達哈馬的那些故事就會成爲知名的盧多維克·勒布朗教授另一本書的腳本。

隔天，霧族人由伊優米和瓦利邁帶頭，達哈馬和他的戰士們做後衛，引領納伯族回到達比拉瓦—德里。離村落一百公尺的地方，他們看到阿里奧斯托上尉的軀體，印第安人之前把他放在一棵樹的兩根粗樹枝中間，充當鳥和動物的食物，就像他們對待那些不值得喪禮儀式的人一般。他被**怪獸**的爪子粉碎得不成人形的模樣，讓士兵們根本沒有胃口把他卸下來帶回去聖母瑪麗亞雨林。他們決定以後再回來收拾屍骨，以天主教儀式埋葬他。

「**怪獸**伸張了正義。」凱特喃喃自語。

塞撒·桑多斯命令提摩西·布魯斯和亞歷山大·寇德收拾士兵散落營地的所有武器，以防有人緊張起來，爆發另一場暴行。然而，那是不可能發生的，因爲**怪獸**的惡臭依然滲透大家體內，讓大家既錯愕又束手無策。除了帳篷，桑多斯讓行李上了直升機，他們把帳篷埋了，因爲他估算帳篷的惡臭是不可能去除的。在拆下的帳篷裡，提摩西・布魯斯找回他的照相機和好幾卷膠卷，不過其中被阿里奧斯托上尉徵收的那些都沒用了，因爲軍人把膠卷曝了光。亞歷山大則找到他的袋子，裡面那瓶健康水絲毫未損。

探險隊隊員急著準備趕回聖母瑪麗亞雨林。他們沒有駕駛，因爲那架直升機來時是阿里奧斯托上尉駕駛的，而另一位駕駛已經隨第一架回去。桑多斯從來沒駕駛過那種裝置，但是他確定，如果他有能力讓自己那架吵雜的小飛機飛得動，現在他也可以如法炮製。

向霧族人道別的時刻到了。就像印第安人的習慣一樣，大家互相交換禮物。有些人從腰帶拿下大小刀具和烹煮器皿，其他人拆下羽毛、種子、蘭花和牙齒項鍊。亞歷山大把羅盤送給達哈馬，戰士把羅盤掛在脖子上當裝飾品；他則送美國男孩一捆抹上箭毒的毒鏢和一個三公尺長的吹箭筒，他們差點無法用直升機的有限空間運送吹箭筒。伊優米再次抓住凱特・寇德的襯衫，以最大的音量對她吼上一段演說，女作家則以同樣的熱情以英文回應。最後一刻，當納伯族準備搭上那隻「製造噪音和風的鳥」時，瓦利邁交給娜迪雅一個小籃子。

第二十章　分道揚鑣

返回聖母瑪麗亞雨林的旅途是個夢魘，因爲塞撒・桑多斯花了一個多小時才掌握飛控系統、穩住機身。在那第一個小時內，沒有人認爲自己會活著抵達文明世界，甚至凱特・寇德都不例外，她已是個像深海冷血魚那麼冷靜的人，竟也緊緊握住她孫子的手道別。

「再見，『神豹』。我怕我們只到此爲止了，我很遺憾你的生命是這麼短暫。」她對他說。

士兵們高聲祈禱，還喝酒鎮定緊張的情緒，同時提摩西・布魯斯則揚起左眉表示他深度的不滿，這是他即將發飆的動作。唯一真正平靜的是娜迪雅以及盧多維克・勒布朗教授，她已經失去對高度的恐懼感，也相信她父親堅定的手，教授則頭暈腦脹到根本意識不到危險的存在。

幾個小時後，經過像起飛時一樣晃動不已的降落，探險隊隊員終於可以住進聖母瑪麗亞雨林那間簡陋的旅館裡。隔天他們就要回到瑪瑙斯，從那兒搭飛機回各自的國家。他們會像來時一樣乘船穿越內格羅河，因爲塞撒・桑多斯的小飛機雖然換了新引擎，卻拒絕離地起飛。提摩西・布魯斯的助手約耳・岡薩雷茲已經復元得相當好，會和他們一起離開。修女臨時做了一個石灰馬甲，把他從脖子到臀部固定不動，她們預測他的肋骨會康復，而且不留後遺症，不過這個不幸的人可能永遠不會從噩夢中復元，他每天晚上都夢見一條蟒蛇抱住他。

修女也確定那三個傷兵會康復，因為他們運氣不錯，身上那些箭並沒上毒，相反地，毛洛・卡里亞斯的未來看來卻相當不樂觀。達哈馬的棍擊傷到他的腦部，最好的狀況下他會變得一無是處，坐在輪椅上度過餘生，靠導管進食，腦子一片空白。他已經被送上自己的小飛機，和歐麥菈・多瑞斯一起被送抵卡拉卡斯城，她沒有一刻離開他。那女人不知道阿里奧斯托已經死亡，沒辦法保護她了；她也沒猜想過這些外國人一說出假疫苗的事她就必須面對司法。她的精神受創，一次又一次重複著一切都是她的錯，喃喃說著上帝已經為了痲疹病毒的事懲罰了她和毛洛，但沒人了解她奇怪的表白，不過去給垂死者提供精神安慰的巴爾德梅洛神父，卻注意聽她說話，還記錄下她的說辭。和卡拉卡威一樣，好久以來神父也懷疑毛洛・卡里亞斯有個開發印第安人土地的計畫，但是一直無法發現到底葫蘆裡賣些什麼藥，女醫生表面看似胡扯的言語卻給了他答案。

阿里奧斯托上尉負責指揮駐軍時，企業家在那塊土地上為所欲為。雖然好幾年來傳教士已經把他的質疑呈報給教會，他仍然缺乏權力揭穿那些人。他的忠告因為缺乏證據而被忽視，而且他們還誤認為他已經半瘋了；毛洛・卡里亞斯負責傳播謠言，說神父自從被印第安人擄劫後就胡言亂語。巴爾德梅洛甚至還到梵蒂岡舉發有人對原住民的胡作非為，但是他的教會上司卻提醒他，他的任務是把基督的話帶到亞馬遜河流域，不是插手干涉政治。神父挫敗歸來，自忖他們怎麼可以企圖要他拯救靈魂上天堂，卻不先拯救地上的性命。另一方面，印地安人有自己的精神模式，他懷疑他們信仰天主教是否合宜。巴爾德梅洛神父想著，他們幾千年來和大自然和諧相處，就像天堂裡的亞當和夏娃，有什麼必要灌輸他們原罪的觀念呢？

傳教士一得知《國際地理雜誌》的團隊回到了聖母瑪麗亞雨林、阿里奧斯托上尉也以無法解釋的方式身亡，便馬上現身旅館。關於在高原發生的事，那些士兵的陳述版本互相矛盾，有些怪罪印第安人，有些怪罪**怪獸**，也不乏有人用手指頭指著探險隊成員。不管怎樣，沒有阿里奧斯托在場，終於有個伸張正義的小機會了。因爲很快會有另一個軍人掌管軍隊，卻一點也沒把握他會比阿里奧斯托正直，那個人一樣可能屈服於賄賂和罪行，這在亞馬遜河流域是常有的事。

巴爾德梅洛神父把他收集的資訊交給勒布朗教授和凱特・寇德。毛洛・卡里亞斯藉由歐麥菈・多瑞斯醫生的共謀以及一位陸軍軍官的袒護來傳播瘟疫，這樣的陰謀是非常驚人的罪行，若沒有證據沒人會相信。

「他們以那種方式屠殺印第安人的消息，將會震驚世界，可惜我們無法證明這件事。」女作家說。

「我想我們有辦法的。」塞撒・桑多斯回答，從背心口袋裡拿出一瓶有嫌疑的疫苗罐。

他解釋，卡拉卡威被阿里奧斯托殺害之前沒多久，曾從女醫生的行李中偷走那瓶罐子。

「亞歷山大和娜迪雅逮到他在疫苗箱子堆裡翻弄，而即使他威脅孩子們不可以告發他，他們還是把事情告訴我。我們認爲卡拉卡威是卡里亞斯派來的人，從來沒想過他是政府官員。」

凱特・寇德說。

「我知道卡拉卡威替原住民保護局工作，所以我才建議勒布朗教授雇用他當作私人助理。這樣他可以陪著探險隊卻不引起懷疑。」塞撒・桑多斯解釋。

「所以說您利用了我，桑多斯。」教授指出。

「您需要有人用香蕉葉給您搧風，卡拉卡威剛好也要跟著探險隊走。沒人有損失，教授。」嚮導微笑，補充說好幾個月以來卡拉卡威就一直調查毛洛・卡里亞斯，他有一大疊關於那個人不當交易的資料，特別是企業家開發原住民土地的方法。他一定是懷疑毛洛・卡里亞斯和歐麥菈・多瑞斯醫師之間的關係，所以決定跟蹤那女人。

「卡拉卡威是我的朋友，不過他是個沉默寡言的人，只說該說的話，從來沒跟我提過他懷疑歐麥菈。」桑多斯說：「我猜想他一直在找答案來解釋印第安人大量死亡的現象，所以才奪走一瓶疫苗交給我，要我收在安全的地方。」

「有這個東西，我們就可以證明用來傳播傳染病的陰險模式了。」凱特・寇德說，對著光看那個小瓶子。

「我也有個東西給妳，凱特。」提摩西・布魯斯微笑說著，遞過手掌裡的幾卷膠卷給她看。

「這是什麼？」女作家問，非常好奇。

「是阿里奧斯托近距離射殺卡拉卡威，還有毛洛・卡里亞斯企圖破壞疫苗罐，以及印第安人被射擊的鏡頭。多虧勒布朗教授讓上尉分心半個小時，我才有時間在他毀掉底片之前掉包。

我交給他的是旅程第一部分的膠卷，救了這些。」提摩西・布魯斯解釋清楚。

凱特・寇德做了令人不可置信的反應：她跳到桑多斯和提摩西・布魯斯的頸項前，在他們的臉頰上重重親吻一下。

「你們棒極了，孩子們！」她快樂地喊叫。

「如果這東西像我們認爲的裝著病毒，毛洛・卡里亞斯和那個女人就是執行了種族滅絕，他們必須爲這件事付出代價……」巴爾德梅洛神父喃喃低語，用兩根手指頭捏著那個小罐子，手臂伸得直直的，好像怕毒藥跳到他臉上似的。

他建議設立一個以保護「世界之眼」爲目的的基金會，特別是保護霧族人。他激動地解釋，有凱特・寇德的健筆和盧多維克・勒布朗的國際聲望，一定可以達到目的。缺乏資金，沒錯，但是大家可以一起想看看怎麼籌錢：他們會求助於教會、政黨、國際組織、政府，在籌到需要的基金之前，不會放掉任何機會之門的。傳教士認爲必須要拯救部落，其他人也同意他的說法。

「您將會是基金會的董事長，教授。」凱特・寇德釋出善意。

「我？」勒布朗真的又驚訝又高興。

「誰能比您做得更好呢?當盧多維克・勒布朗說話的時候，全世界都在聽……」凱特・寇德說，還學著人類學家自負的口氣，大家都笑了起來，當然，勒布朗除外。

亞歷山大・寇德和娜迪雅・桑多斯坐在聖母瑪麗亞雨林的碼頭，幾個星期前他們也是在那兒開始第一次談話，展開他們的友誼。就像那次一樣，夜晚已經帶著蟾蜍的哇叫聲和猴子的呼號聲降臨，只是這次並沒有月亮照耀他們，漆黑穹蒼遍灑著星星。亞歷山大從來沒看過這樣的天空，他想像不到有這麼這麼多的星星。兩個孩子覺得自從相識以來走過了好長一段人生路，在那短短幾個星期內，兩人都成長了，也改變了。他們想著很快就得分開，無言望著天空好一會兒，直到娜迪雅記起帶來給朋友的小籃子，也就是瓦利邁道別時給她的那個籃子。亞歷山大恭敬地將籃子拿過來打開：聖山的三顆蛋在裡面閃閃發光。

「好好收著，『神豹』，這些蛋非常珍貴，是世界上最大的鑽石。」娜迪雅低語對他說。

「這些是鑽石？」亞歷山大驚嚇地問，不敢觸摸那些蛋。

「對，它們屬於霧族人。根據我的幻象，這些蛋可以拯救那些印第安人和他們向來所居住的森林。」

「爲什麼要給我呢？」

「因爲你被任命爲和納伯族協商的首領，鑽石可以讓你交易。」她說。

「唉！娜迪雅，我不過是個十五歲的小毛頭，在世界上沒有任何權力，我不可能和任何人談判，更不可能負責這筆財富。」

「抵達你的國家時，把這些蛋交給你奶奶。她肯定知道怎麼處置它們。你的奶奶看起來像是個很有辦法的女士，她可以幫助印第安人。」女孩很有把握。

「這些東西看起來像是玻璃碎片，妳怎麼知道是鑽石呢？」他問。
「我拿給爸爸看，他第一眼就認出來是鑽石。但是在鑽石到達安全的地方之前，沒有其他人可以知道這件事，否則會被偷，你懂嗎？『神豹』。」
「我懂。勒布朗教授看過這些蛋嗎？」
「沒有，只有你、我爸爸和我。如果教授知道了，會跑出去告訴半個世界。」她斷言。
「你爸爸是個非常正直的人，任何其他人早就留下鑽石，占爲己有了。」
「你會那樣做嗎？」
「不會！」
「我爸爸也不會。他不想碰它們，他說會帶來厄運，因爲人們會爲了這些石頭彼此殘殺。」娜迪雅回答。
「在美國我怎麼帶著鑽石通過海關呢？」男孩問，拈量著那些神奇蛋的重量。
「放在口袋。如果有人看到，會想：那是亞馬遜河流域賣給觀光客的手工藝品。沒人會猜想有那種大小的鑽石，更不會落在半個頭光禿禿的小男孩身上。」娜迪雅大笑，手指頭摸過他剃度的頭頂。
他們有好長一段時間保持沉默，看著腳下的水和在陰影中包圍他們的植物，覺得很傷心，因爲再過幾個小時，就得道再見了。他們想，兩人的生命裡永遠不會再發生像他們共享的歷險那麼奇妙的事了。有什麼東西可以買到**怪獸**、黃金城、亞歷山大的陸地底層之旅，以及娜迪雅上山到神奇蛋窩巢的經驗呢？

「我奶奶已經受委託要爲《國際地理雜誌》寫另外一篇報導，她必須前往『金龍王國』。」亞歷山大說。

「那聽起來像『世界之眼』一樣有趣。那是在哪兒？」她問。

「在喜馬拉雅山裡。我想跟她去，但是……」

男孩了解那幾乎是不可能。他得回歸正常的生活。已經缺課好幾個星期，是該回去上課的時候了，不然他會延誤一整個學年。他也想看看家人，抱抱他的狗笨球。特別是，他需要把健康水和瓦利邁給的植物交給母親；他確信有那個東西再加上化療，她會康復的。然而，沒有比丟下娜迪雅更讓他痛苦的事了，他希望天永遠不會亮，希望有他的朋友作伴，能一起永遠留在星辰下。在世界上沒人這麼了解他，沒人像那個他在世界盡頭奇蹟似遇到的蜜膚色女孩那麼貼近他的心。她在未來會變成怎樣呢？她將會在雨林裡有智慧又野蠻地成長，離他遠遠的。

「我會再看到妳嗎？」亞歷山大嘆氣。

「當然會囉！」她抱著波羅霸說，爲了不讓他看到她的淚水而假裝高興。

「我們會寫信，會吧？」

「這邊的郵政哦！好像不怎麼樣……」

「沒關係，即使信件到得慢，我都會給妳寫信。這趟旅行對我最重要的就是我們能相識。我永遠、永遠不會忘記妳，妳將永遠是我最要好的朋友。」亞歷山大・寇德用變啞的聲音保證。

「你也是我最要好的朋友，只要我們可以用心靈碰面。」娜迪雅・桑多斯回答。

「再會，『天鷹』……」

「再會，『神豹』……」

「天鷹與神豹的回憶」：首部曲
怪獸之城

2007年7月初版 定價：新臺幣300元
2007年8月初版第二刷

有著作權・翻印必究
Printed in Taiwan.

著者 Isabel Allende
譯者 張雯媛
發行人 林載爵

出版者 聯經出版事業股份有限公司
台北市忠孝東路四段555號
編輯部地址：台北市忠孝東路四段561號4樓
叢書主編電話：(02)27634300轉5043・5228
台北發行所地址：台北縣汐止市大同路一段367號
電話：(02)26418661
台北忠孝門市地址：台北市忠孝東路四段561號1-2樓
電話：(02)27683708
台北新生門市地址：台北市新生南路三段94號
電話：(02)23620308
台中門市地址：台中市健行路321號
台中分公司電話：(04)22312023
高雄門市地址：高雄市成功一路363號
電話：(07)2412802
郵政劃撥帳戶第0100559-3號
郵撥電話：26418662
印刷者 世和印製企業有限公司

叢書主編 邱靖絨
校對 劉洪順
吳美滿
封面設計 李東記

行政院新聞局出版事業登記證局版臺業字第0130號

本書如有缺頁，破損，倒裝請寄回發行所更換。 ISBN 13：978-957-08-3162-7（平裝）
聯經網址：www.linkingbooks.com.tw
電子信箱：linking@udngroup.com

© ISABEL ALLENDE, LA CIUDAD DE LAS BESTIAS, © 2002
繁體中文版 © 聯經出版公司 2007

國家圖書館出版品預行編目資料

天鷹與神豹的回憶：首部曲 怪獸之城/
Isabel Allende著．張雯媛譯．初版．
臺北市：聯經，2007年（民96）
296面；14.8×21公分．
譯自：La Ciudad de Las Bestias
ISBN 978-957-08-3162-7（平裝）
〔2007年8月初版第二刷〕

885.8157 96009298